主编　凌翔

盲　婚

赵舒娴　著

国文出版社
· 北京 ·

图书在版编目（CIP）数据

盲婚 / 赵舒娴著 . -- 北京：国文出版社，2025.
ISBN 978-7-5125-1870-4

Ⅰ . I247.5

中国国家版本馆 CIP 数据核字第 2024LC0702 号

盲婚

作　　者	赵舒娴	
责任编辑	侯娟雅	
责任校对	凌　翔	
插　　图	胖　胖	
出版发行	国文出版社	
经　　销	全国新华书店	
印　　刷	三河市中晟雅豪印务有限公司	
开　　本	710 毫米 ×1000 毫米	16 开
	17.5 印张	247 千字
版　　次	2025 年 8 月第 1 版	
	2025 年 8 月第 1 次印刷	
书　　号	ISBN 978-7-5125-1870-4	
定　　价	79.80 元	

国文出版社
北京市朝阳区东土城路乙 9 号　　邮编：100013
总编室：（010）64270995　　传真：（010）64270995
销售热线：（010）64271187
传真：（010）64271187-800
E-mail：icpc@95777.sina.net

作者近照

作者在美国里士满城市整理修改《盲婚》期间留影（作者供照）

序言

　　《盲婚》这部作品展现了中国女子嫁给外国人之后的各种生活状态。作品选取了几个典型的例子：有的女子为了爱情漂洋过海，战胜了生活的困难后过上了美好的日子；有的人没有遇上合适的伴侣，最后黯然离去；有的人为了赚钱而不择手段，坑害同胞；有的家庭因为两国文化和观念上的差异，最终被金钱问题影响了感情，过着长期分居若即若离的婚姻生活……

　　不管是为了挣钱还是为了婚姻，"外嫁"并不是一条绝对可靠的出路，它也许会让余生走得艰难——文中不少女士为了经营好自己的婚姻，到了花甲之年还要到处奔波打工，如果她们留在国内生活，已经可以过上退休养老的悠闲生活。"外嫁"路上也可能陷阱重重，作品中披露了一些出国中介公司只为挣钱而不讲道义，对某些负面情况进行隐瞒，最终让外嫁女子付出代价的现象。

　　《盲婚》这部作品开阔了我们的眼界，让我们看到"外嫁"领域的人生百态和人性善恶。它让人明白，"外嫁"或者移民国外只是一种人生的选择，出国生活跟幸福快乐并没有必然的联系。如果一个人拥有豁达平和的心态，不强求幸福也不抗拒苦难，以平常之心去体验生活的无常变化，就更容易获得心安和幸福。

一鸣

2025 年 6 月 16 日

目　录

2018 年在美国游轮上（作者供照）

第一部 余生谁能陪你走

第1章　她是这个男人的第五任妻子

2013 年美国的新年元旦，昀儿到达美国阿拉巴马。这天夜幕降临时，昀儿跟着肯尼的脚步，走进了她曾经在网上看到过的房子。这一切肯尼说是为昀儿准备的，不管怎么说，在美国有这么一个家，总算是让昀儿和她的家人放心了，起码是真实的人、真实的婚姻，让昀儿感觉来美国一趟还是很值得的事，因为对昀儿来说，这次行程是很顺利的，不像那些单身姐妹说的那样玄乎，没有不可忍受的。

昀儿的这段跨国婚姻，是翻译公司的老板柯总介绍的，昀儿通过翻译，跟肯尼在网络上开始了信件交流，速成了一桩婚姻。昀儿出生于1986 年，属虎；肯尼是个美国男人，1958 年出生，按中国属相来说，属狗。虽说两人相差 28 岁，但按网上婚配测试，两人的婚配还是会幸福长久的，于是昀儿在中介公司柯总安排的翻译指导下，同意先书信交往，并同意肯尼来中国见她。

肯尼从美国飞往中国探望昀儿，一周后就决定娶昀儿。肯尼相中了昀儿，说是真心实意地想要昀儿早日到美国成婚。办理申请未婚妻签证等待了半年的时间，昀儿顺利合法地嫁给了肯尼。昀儿有时会想，自己是否太草率了，这样交往半年后，就踏上了到美国的飞机，稀里糊涂地就把自己给嫁了。昀儿心里没底，只知道在柯总公司的服务下，自己顺利地嫁给了老外，让很多未婚单身女会员们羡慕，他们都说昀儿运气真好，一上网就被有钱、条件好的老外相中。昀儿那个时候也是很得意，虚荣心作怪，她甚至忘记了害怕和冷静。说句实话，昀儿自己都不知道自己到底需要什么、嫁过来是否真是她想要的生活。这些问题，当昀儿到了美国才开始从心里冒出来。不过，余生她将要和眼前的这个美国男人肯尼在一起生活，这将是真正的新的人生的开始。

肯尼牵着昀儿的手走进大厅，昀儿一眼就看到了开放式的厨房，厨房的中央有一个很大的水槽台。客厅与餐厅连在一起，一楼右手边客房、卫生间各一间。主卧室设在左边，有两个洗手台面，一间淋浴房、一间泡澡浴室。中间有隔断墙，有一个马桶。主卧室有三扇门，一扇进主卧室里，一扇对着卫生间，一扇通往后院，都是玻璃门。主卧有一组五屉柜，上面有一面长方形的镜子，正对着主卧的床。整间主卧室，感觉处在明亮的镜子和后院的旷野之中。二楼有一间洗手间，一间健身房，还有一间备有沙发床的客房。没来客人时客房主要用作看电影。

肯尼一一介绍着房间里的功能用途。昀儿默默地跟随着肯尼边看边熟悉着，印象最深的是，她发现主卧室卫生间台面水槽里有女人的头发。

房子从整体看上去虽然是全新的，但是仔细看台面上有许多划痕。昀儿打开水龙头，发现排水排得很慢，顺手一抹，就有很多女性的发丝。昀儿瞬间明白了，但是什么也没说。

虽然刚经过两天的路途颠簸，但此刻，昀儿却睡意全无。

肯尼对昀儿说："今天可以早点休息，我开车开了十几个小时，也有点累了。"

昀儿说："OK，你先睡觉吧，我还需要整理旅行箱子。"

忙完了两个箱子的整理，就已经到了深夜两点。临睡前，昀儿好奇地检查了一下四周，看看门窗关好了没有。房间里没有开灯，能看见从后院门窗射进屋子里的月光，让人感觉到很多光照着室内，因为全是透明的玻璃门，没有门窗帘子遮挡。

昀儿轻轻走进主卧室，在床上躺了下来，躺在床上向外看去，能看到后院的一切，有一个草坪，有几棵小树，还有月光映照下的游泳池，在微风吹拂下，隐隐约约地能看到水面的波纹在缓缓荡漾。昀儿感觉自己仿佛是在室外躺着。左侧面五屉柜的镜子正对着睡在床上的昀儿，虽然很困乏，但她怎么也无法入睡，一双眼睛直盯着门外的方向。一点儿隐私空间都没有，昀儿脑子里突然想到，假若有人偷偷翻进后院，主卧室里的人和全房的动态都会呈现在窥视者的眼底。

想想就不安全，昀儿根本睡不着了。再看看肯尼，昀儿听到他的打鼾声越来越大。她心想，这一晚上，自己也不知道要多久才能入睡。后来实在是困了、乏了，昀儿以一种一动也不敢动的姿势，半睡半醒地一直熬到了天亮。

看天终于慢慢亮起来了，昀儿轻手轻脚地走出屋子，一个人在院子里边走边看，看看四周，静静地发呆。

这是昀儿到美国阿拉巴马州的第一天，是她作为肯尼第五任妻子身份迎来的第一个早晨。昀儿是在办理未婚妻签证的时候，才知道肯尼曾经有过四次婚史。那个时候，昀儿曾经有过一丝丝的不悦，她甚至想临时放弃，但被中介公司柯总的一番话说服："老外能如实填写申请表中的这些离异情况，说明他诚实，而且那是他过去的事情，与现在的你无关。"

昀儿默认了这一切，心里祈祷着肯尼能善待她。

这时候肯尼醒来，看到身边没有昀儿的人影，冲着屋子外喊："你在哪儿，早上你在外面干吗呢？"

昀儿答应道："哎，你醒了，我在院子里四处看看。一晚上都睡不着，可能是要倒时差吧。"

她跑进房间，跺跺脚，对着一双冰冷的手哈热气。这 12 月底的天气有些寒冷，昀儿走进客厅，到厨房里取了一杯热水，想焐一焐自己的双手。

肯尼问道："亲爱的，昨天晚上睡得不好吗？"

昀儿听到"亲爱的"这几个字，还真有点儿不习惯。虽然与肯尼已经是合法夫妻了，昀儿仍有些感觉陌生，她对肯尼客气回道："早上好！"

昀儿似乎还没有把自己当成这座房子的女主人。

昀儿说："你可以起来了，我想给你做点早餐，随后你带我看看外面，好吗？"

肯尼答道："OK，没有问题，但必须亲吻我一下。抱抱。"

昀儿慢慢地走到肯尼的身边，肯尼很用力地抱着昀儿，嘴巴就往昀儿的嘴唇上贴上来。昀儿借右手拿着热水杯，示意小心开水烫着了，便自然而然地躲开了，只让肯尼亲到她的脸颊。只吻到昀儿的脸，肯尼显得有点不高兴。

其实昀儿真的不喜欢在没有刷牙、洗脸的时候亲吻，本能地有一种抗拒。多年来的单身生活，有一种保护自己的习惯已经养成，她一时还真不太习惯西方人这种热情的表达方式。

而且，她真的不习惯深度亲吻，以前不习惯，现在到了美国仍然还是不习惯，她接受不了这种没有刷牙的亲吻。昀儿其实是个慢热的女人，她感到有安全感的时候，才会享受到被爱的关心。如果真的遇到让她倾心的男人，她会给以相同柔情的爱。眼前的这位肯尼来得太快了一点，她还没找到那种让她心动有激情又很放心的好男人，而且肯尼有点粗鲁，心急了点。

这些尴尬，让昀儿不得不赶快转身离开。她知道，这种微妙的感觉千万不能让肯尼察觉出来。

经过不长时间的接触了解，她已经感觉到，肯尼有点急躁，容易发怒，也没有耐心。昀儿直接走到厨房，打开燃气炉，做了两个煎蛋，倒了两杯牛奶，一杯放进微波炉加温。昀儿是中国人的饮食习惯，喜欢喝热的，再说本来也是冬天。她计划把一杯凉的牛奶加点麦片给肯尼，她知道美国人喜欢喝凉的。

肯尼从卧室卫生间走出来，看到餐厅台桌上已经摆放好了西式早点，脸上这才有了微笑。他穿着昀儿从中国带来的宝蓝色金丝绒睡衣，懒散地走到餐桌前，给了昀儿一个拥抱，边拥抱边说："亲爱的，谢谢你。"

昀儿坐下来的时候，清晨的阳光正好照在餐桌上，西式的餐点虽然没有中国的早餐那么丰富，但看起来还是很浪漫的。这是昀儿尝试着给肯尼做的第一顿早餐。她知道，未来还有很多事情需要她去学、去适应，她真不知道自己是否能够适应下来。

一切都是挑战，一切都是未知数。昀儿感到有些恐慌，因为她不知道自己是否能够适应下来。对没有英语基础的昀儿来说，连讲话表达都是很头疼的一件事。她知道，自己必须像婴儿一样开始观察、学习，一切从零开始。在美国，昀儿失去了在中国时的那种自信，也没有了自己一直以来拥有的优势。她甚至想到，自己连最基本的语言表达能力都没有掌握，就敢嫁给美国男人肯尼，也真算是一个"十分勇敢"的女人了。昀儿开始后怕。怎么办？来都来了，只能边过日子边委屈地迁就肯尼。

昀儿找到一个很好的理由安慰自己。她心想，一切只能忍让着，什么事情若是她不计较，应该都会过去的。现在，自己是这座房子里的女主人，是肯尼正式、合法娶进家门的第五任妻子，虽然听起来有些扎心、别扭，可这是现实！

第 2 章　不和谐的相处

　　肯尼去工作后，留下昀儿一个人在家。这时，昀儿才有了一点放松的感觉，她连忙躺到床上去补睡一觉。躺在床上，昀儿满脑子里想的都是自己刚刚落地美国时的那一幕。

　　那天，她一走出机场大厅，就听见肯尼的声音："嘿！亲爱的，我在这！"

　　顺着肯尼声音的方向，昀儿远远地看到，肯尼身着米色的短裤，脚穿十字拖鞋，上身却穿着一件夹克。要知道，这是在 12 月份，深冬。当时，肯尼的手上拿着一枝白色的百合花。昀儿不理解美国男人的穿法，怎么会是这样的搭配？

　　昀儿走到肯尼的跟前，担心地说："你不冷吗？怎么穿成这个样子？"

　　肯尼："我为了接你，特意将车洗得干干净净，看时间可能不够了，所以来不及换衣服就来到了机场。"

　　肯尼殷勤地接过昀儿手中推着的两个大旅行箱，昀儿就只背了一个随身的小包。肯尼腾出一只手，搂着昀儿的腰，向机场外走去。

　　当时已经是美国休斯敦晚上 9 点多钟了，夜色早已降临，昀儿看到的美国休斯敦机场，并没有她在中国居住的城市机场那么大，还没走 10 分钟，就已经走过了机场。再穿过几个路口，等在人行道上的旅客，好像是在等公交巴士。

　　昀儿上车之前回头又看了看休斯敦机场，它的外部建筑很一般，一点也不起眼。昀儿忽然想到，刚才走过机场大厅及取旅行箱包的那些地方，几乎没有人看护旅行箱，也没有工作人员检查核对机票和取箱票，机场内环境也没有中国各大城市机场那样明亮、大气。

当然，昀儿对这些并不关心，而且，她也明白，并不是所有的东西都是美国好。应该说，没来之前，她也曾经听人介绍过美国的情况。不过，真没想到，到达美国的第一站，就让她大跌眼镜。

肯尼已经给昀儿准备了一个安装了翻译软件的手机，他们就通过这种方式对话。肯尼跟昀儿谈到他俩的婚礼计划，打算在肯尼父母居住的农场举行婚礼。谈话中，昀儿提到，说她自己已准备好了婚礼的礼服，只是忘记了把结婚用的鞋子带来美国，要另外买一双鞋子。听到这句话，肯尼似乎有点不高兴，这一个面部表情的细节还是被细心的昀儿看见了。

难道再买双鞋子还要计较吗？在即将成为一家人的未婚妻面前，还要这么斤斤计较吗？昀儿心想，仅仅就是需要再买一双高跟鞋而已，美国家庭也不至于差那么一点钱吧。

那一天，肯尼跟昀儿在小旅馆里凑合着过了一夜，第二天，肯尼开车带着昀儿前往父母居住的小镇。

昀儿在心中一直安慰自己，要求自己不要太计较这些生活中的小事。但后来婚礼环节中互送戒指的一幕，则让她真正感到了不愉快。

在婚礼前一天，肯尼才想到要买结婚戒指，这有点让昀儿没有想到。而且肯尼买婚戒只用了56美元，婚戒形状简单，像韭菜叶子，价值相当于人民币300多元。昀儿实在不明白肯尼是怎么想的。

难道美国人都这么小气抠门？就是再节约，也不应该将婚姻当作过家家一样，这真有点太随便了！虽然说昀儿并不十分介意这个，但是从婚戒价格的高低上就能看出肯尼对待婚姻的态度。昀儿不愿多想，也不想多想，反正她也不是很物质的女人，婚姻也只是一种形式，她心中只是希望这个男人今后能对她好一些。只要他能对自己好，这些微不足道的表面形式，昀儿都可以不计较。

婚礼结束两天后，为了工作，肯尼要赶回他工作的小镇，他在那里办了一个小厂。昀儿想要早日看到他们的小家，那个他们即将要在一起共度余生的地方。昀儿想，只要有爱的地方，就是他们的家，她期待着。

　　这天凌晨，昀儿从梦中突然醒来。这是昀儿来到肯尼的小家的第二天，初来乍到的昀儿一直不太习惯，一直在倒时差，她总是想睡觉，总是梦见与肯尼在一起说话的场景，可是，一旦从梦中醒来，她就是记不清肯尼在梦里的讲话内容。

　　也不知道睡了几个小时，起床后，昀儿在后院看了看，又在前门四周看了看，整个院子里没有一个人。昀儿明白，第一天躲开了肯尼的亲吻，第二天早上肯定躲不过去，她知道肯尼爱做那个事儿。

　　昀儿想让肯尼明白，爱是需要相互间的引力，要有爱的氛围，你有情，我才能有义，只有在这种情况下，爱才是有意义的。昀儿不喜欢肯尼像莽夫一样，上来就抱，就急不可待地做那些事情。昀儿其实很明白肯尼想要什么，但她自己的心里过不去。

　　如果是体贴人的男人，这个时候完全应该会想到这一点。昀儿看到，一遇到自己身体的稍微拒绝，肯尼就不高兴。那神情让昀儿心里十分不悦，心里说：怎么会这样不理解人呢？

　　哪有女人例假的时候还强行做爱？如果有一点生理卫生常识，谁都会明白。可是肯尼偏偏在这件事上一点也不理解她，她的推让和解释都没有用，他总是一下子把昀儿抱在怀里。有时候昀儿使尽全身力气挣脱了他的怀抱，跑到洗手间里，那时，她常常惊恐万状地看到镜中失了魂的自己，一种悲凉无助的感觉，让她对自己的未来害怕起来。

　　每到这时，肯尼看到昀儿跑开，就会满脸通红，大气直喘，非常生气地走进厨房，然后掀开冰箱，拿出一瓶冰可乐，"咕咚咕咚"地喝起来。

　　昀儿躲在洗手间里听着肯尼的声音，就知道他很生气。这些，昀儿在洗手间里听得清清楚楚，她一时不敢也不愿意走出卫生间，就这样一直躲在里面待着，坐在马桶上不出来。

一是真有点怕肯尼的这个脾气，二是也不想和他发生正面冲突。昀儿心想，两个人毕竟是夫妻，今后还要过日子，还是要尽量相让。直到听到外面没有声音的时候，昀儿才出来，这时常常会看到肯尼已经到后院遛狗去了，她赶紧穿好衣服，到厨房里做早餐，一边煎鸡蛋，一边将牛奶、餐具摆好，避免双方的尴尬。

见昀儿做好了早餐，肯尼走进餐厅，大口吃起来，不一会儿工夫，就吃完了他的早点。他直接走进卧室，拿着他的衣服去洗手间冲澡。肯尼有个习惯，习惯在早上洗澡，晚上不洗澡。趁肯尼洗澡的工夫，昀儿赶快去吃一点早点，洗完碗，收拾好桌面，也赶快走进后院，打开水龙头，给花草浇水，找点事情做，有意避开与肯尼的不愉快。就这样，两个人就像躲猫猫一样一起生活着。

双方开始了冷战，都觉得自己有理。可惜夫妻之间真的不是讲理的地方，讲理是讲不清楚的。昀儿也想得天真，以为不多解释，只做好女人的本分，做好家务事，时间会让肯尼慢慢地好起来的。

谁不想被自己的伴侣爱呢？但是要看对时间，要看好心情，难道自己身体不舒服的时候还非要顺从迁就对方吗？有时候肯尼想干那事的时候，常常不管昀儿的心情，把昀儿拖过来就朝床上拉。这时，昀儿常常想，这不是爱，是占有。想着想着，昀儿常常为自己感到悲哀。

只要昀儿有一次不迁就，就会得到肯尼的一个冷脸色。昀儿心想，仅仅这样不理不睬还好，就怕他生气发火。要是往后的日子都这样，那该怎么相处呀？昀儿心里真的感到害怕，又不好争辩什么，有的话昀儿又说不明白，毕竟她的英文水平还没有达到能深入交谈的程度。她心里常常这样想：我是一个活人，又不是做爱的工具。可肯尼偏偏好这一口，不想谈感情，昀儿不知道自己今后究竟应该怎么办了。现在，这日子还只是刚刚开始，就这么憋屈，昀儿不敢去想未来，心想，先试着磨合磨合，再等等看看吧。

第 3 章　街区的桂林女人

昀儿在阿拉巴马州认识的第一个来自中国的人是孟云，昀儿和她结识于 2014 年的元旦派对上。在肯尼朋友家的聚会上，昀儿遇到了住在同一个街区的孟云。

这是昀儿在美国过的第一个节日。聚会其实很简单，就是朋友之间聚在一起，将食物盘并排放在一起的自助餐形式，每个人带份自己做的熟食，也可以带酒，也可以带花，或者带些其他礼物，大家在一起谈天说地。昀儿感到自己显得有些多余，在聚会上插不上一句话，也没有人主动和她说话，有些无聊。当时有肯尼的三对夫妻朋友，其中一对是来自菲律宾的年轻夫妻，妻子是某医院的护士长，也是当天请客的女主人索菲亚。另外一位女人也来自菲律宾，她是在医院里做护工的，年纪大点，叫罗娜。还有一对是肯尼在街区刚刚认识的邻居，是和昀儿住在一个街区的一对中美夫妻——来自中国桂林的女人孟云和她的美国丈夫布莱恩。

昀儿主动与孟云聊起一些话题。难得两个中国人，在异国他乡，能痛快地讲一口流利的中国话，慢慢地，昀儿与孟云熟悉了起来。

孟云自我介绍说："我是办结婚签证嫁过来的，嫁到美国已经有四年了。"孟云是到美国探望女儿的时候，在女婿公司的派对聚会上认识布莱恩的，当时他俩互相留下了微信和邮箱，在网上聊了一个月后，孟云决定接受布莱恩的求爱。应布莱恩邀请，孟云来阿拉巴马州的小镇，与布莱恩同居了三个月，由于旅游签证的时间快要到了，如果不结婚，孟云必须离开美国。

在即将离开美国的时候，孟云终于等到布莱恩的承诺，布莱恩答应，给孟云一个一起回中国探亲的计划，在中国与孟云登记结婚。他们俩的婚姻就这样定了下来。

接下来的日子，布莱恩在中国的桂林见到了孟云的家人，两个人在桂林领了结婚证，小范围地办了一个简单的结婚仪式。

孟云原来在桂林是从事导游工作的，她学过英语，会说"英语900句"，所以让她带国外的旅行团。当时，带国外旅行团队的导游补助费相对较高。孟云的英语水平能跟外国游客进行简单会话，当时，孟云还留了一点小私心，计划找机会留在美国，成为美国人。

孟云的女儿妮妮也受孟云的影响，大学一毕业就迅速找了一个美国国籍的男友杰夫，并且很快就登记结婚了。这样，杰夫自然变成了孟云的女婿，也正因为女婿的公司组织年会聚餐，而且聚餐时可以带家属，所以，这样一次偶然的机会，孟云与布莱恩的相遇、相识，促成了这段异国婚姻，孟云如愿地移民到了美国。

孟云似乎有点炫耀地说她是如何搞定了"老外"布莱恩的。她那么善谈，昀儿都插不上一句话。

昀儿心想，孟云可能是憋坏了，平时很难找到一个像昀儿这样能听得懂中文的听众。孟云倾诉的愿望十分迫切，似乎要将内心中的所有故事都说出来。

昀儿注意到，孟云说话时的每一个表情都很夸张。昀儿边听边看着孟云，发现孟云皮肤有点黑，眼睛大大的，一对双眼皮，但眼睛无神，嘴巴也是大大的，嘴唇偏暗红色，嘴唇还有点外翻。她的身材娇小、匀称，长得有点像是东南亚女性。

聚会当晚，护士长索菲亚的丈夫走到昀儿的面前，笑着对昀儿说："祝贺你中大奖，希望你是肯尼的最后一个女人。"

昀儿只是淡淡地微笑，算是有礼貌地回应着。

然而，昀儿又隐隐约约地感觉到那个男人说的话有点别的意思，似乎怪怪的。昀儿的英语不是很好，也无法说出那种感受。再说，和一个刚刚认识的外人，也不需要理会那么多。

正好这句话被身边的孟云听到了，她立马附在昀儿的耳朵边上轻轻地小声解释道："他是说希望你是肯尼的最后一个女人。你知道肯尼以前有四个老婆吗？肯尼离婚几次他对你说了吗？"

昀儿道："嗯，办理未婚妻签证时，在律师填写申请签证表时看到过资料，但是肯尼没有亲口说过。"

那天晚上，有十多个人在场，昀儿感觉自己是一个外星人，每个人都要和她碰杯、喝酒、微笑，当然都笑得很不自然。昀儿给自己找理由：也许因为不太熟悉，也许朋友们还不清楚她和肯尼已经是合法夫妻。

昀儿不太喜欢这种场合，这种聚餐看上去有很多食物，可是没有一种是昀儿喜欢吃的，但是她又不得不装作喜欢的样子，尽量不让肯尼为难。她要给肯尼足够的面子，因为她看到肯尼很喜欢吃，还不停地带她向新朋友们一一介绍，讲他和昀儿的相识经过和小插曲、小故事。肯尼得意地显摆着他在中国去过的许多城市，自豪地向朋友们说着，说中国北京的长城壮观，说西安的小吃丰富，说他是如何和昀儿在网上谈恋爱的，又是如何走到一起来美国结婚的等细节。

看到肯尼扬着头手舞足蹈的样子，昀儿心想，肯尼是很认真地添枝加叶，将一些生活细节给他的朋友叙述着，表明他可是见过大世面的人。朋友们听着肯尼的描述，很惊讶也很佩服他的勇气。

那天，从不喝酒的肯尼却多喝了几瓶啤酒，净说吹牛的大话。因为不能用英语流利地沟通，昀儿也插不上话，所以感到有些无聊，闷闷不乐地喝了几杯红酒，脸上泛起了红晕。那个晚上，昀儿穿着红色旗袍，在女人堆里很是引人注目。

孟云身材娇小，一件低胸性感的玫红色上衣紧紧地包着她极好的身材，看上去有些浓艳妖娆。这样的搭配虽然很性感，却掩饰不住并不漂亮的一张脸。

而昀儿的一举一动则让人看到了一位谦和、知性、温婉的中国女性，昀儿的个子比孟云约高半头，是那种身材丰满、长相很甜的类型，恰到好处地展现出东方女性之美。

真不夸张，第一次和肯尼的朋友相聚，让所有人都认识了这位新加入肯尼朋友圈聚会的昀儿。

昀儿也见到了美国人平日里的派对场景——也就这样。

这是昀儿跟孟云相互认识的开始，今后还有很多时间要在一起，因为肯尼对昀儿说过，孟云会说英语，让她教昀儿学习英语，而原来的计划是等昀儿来美国后上英语学校学习英语。

孟云也主动对昀儿说："我以后可以教你说英语，你每天来我家一小时就可以了，平时也可以来玩玩，这样我俩可以尽情地说中国话。我平时也没有什么事可做，每天就是浇花、遛狗，再就是做点儿家务，做饭给布莱恩吃。我没有出去工作，布莱恩每个月给我 600 美元零花钱。这里的人们很少相互走动，每半个月可能有一次朋友聚餐，这是朋友间联络感情的唯一方式。"

聚会结束后，回家的路上，肯尼不停地问昀儿："你愿意和他们交朋友吗？学英语？喜欢吃他们做的饭吗？"

昀儿问："你喜欢吃吧？"

肯尼点点头兴奋说："是啊！"

看得出来，肯尼希望昀儿学会做他喜欢吃的食物，昀儿答应了。这些难不倒昀儿，一来本来就会，只是学会做几道烤牛排猪排、几道凉拌菜、煲一个汤，就会让肯尼欢喜不已，她的拿手菜比孟云做得好多了，只是还没有露出来，机会马上就要来了。想到这些，昀儿笑了起来。这算啥事，对她来说小菜一碟。

"你笑什么呀？"肯尼问昀儿。昀儿说："如果你吃了我做的饭菜，会把你养得胖胖的，那可别怪我呀！说要去减肥了。"

肯尼牵着昀儿的手往家走去，步伐加快了，恨不得早点儿回到自己家里，因为他知道昀儿从没有像孟云那样，在众人面前亲密拥抱。都是中国女人，怎么就不一样呢？肯尼想要什么，昀儿很明白，只是各怀心思，都明白透了，嘴上没有表达出来。

夜幕下，天气还是有点儿冷，也使得昀儿和肯尼的手握得更紧了，昀儿有了一种温暖的感觉。这种温暖真好，要是肯尼总是这样对她好，她一定会让爱她的这位男人幸福。

因为她就需要一位真心实意爱她的好男人。

肯尼的手很粗，很有劲，头顶有点儿秃，肚子微微发福，长得很健壮，鼻头微微发红，双耳非常肥厚，初看起来给人虎头虎脑的感觉，如果不是一脸严肃，有时候有点儿急躁很凶的样子，还是挺爷们儿的。在决定嫁给肯尼之前，昀儿还特意在庙会上抽了一签。

拿不定主意的时候，昀儿会带着随缘心态去安慰自己。

毕竟是肯尼的第五任妻子，她能不多想和谨慎从事吗？

两个人紧紧地牵着手，向自己的家走去……

第4章　开始冷战

昀儿来美国快三个月了，她像往常一样每天早早起来做早餐，然后准备午餐和丰盛的晚餐。

昀儿跟孟云约好了，等丈夫们各自都去工作了，孟云就会散步到昀儿的家里来，今天教昀儿使用烤箱，明天教昀儿制作烤牛排、烤猪排或者鸡翅、鸡腿一类的肉食，有时还教昀儿做甜点。因为美国人每一餐都有一道肉食作为主菜，吃完正餐后还要上一道甜点，这才算是进餐的整个程序。

其实昀儿平时只吃素菜，比如凉拌青菜、蘑菇和西红柿蛋汤，每周包一些素馅儿饺子存放在冰箱里，不想做饭的时候，她会煮饺子或者煎饺子。不过每一餐她都会想方设法为肯尼做一道美食。

昀儿想起在中国和母亲一起居住时的温馨日子。在中国，她平日很少下厨房，多由母亲张罗这些日常琐事，生活方面从没让她操心。陪伴在母亲身边的时光简单而温暖，余下的时间，她就待在自己的小公寓里，生活简单而有规律。

在美国，昀儿还没有考驾照。想要去超市买东西，需要开车去很远的地方。街区居民只有三十户左右，在路上行走的人很少，偶尔可看到跑步锻炼的人。

所以孟云建议昀儿和她一样，在家当个全职太太：每天打理前后花园的草坪、树木，给菜地浇浇水；做好每餐的菜肴，然后洗衣，打扫卫生，再牵着狗儿沿着街区转三圈；下午练一小时的肚皮舞，等晚上丈夫回来一起吃饭。

这种生活听起来是很忙碌充实，但是时间长了会感觉到很无聊。一整天就是以家里的男人为中心，男人说喜欢吃这个菜，那么孟云就想办法去做这个菜，直到周末，男人才会带孟云去参加朋友们的聚会，周末有时候也会带孟云去看电影，或在节假日和孟云一起去附近的景点、商场。

孟云边教昀儿做西餐边和她聊了起来，谈了很多来美国的想法。

昀儿问："你就没有想过去工作，去挣钱？自己在外打工，总比丈夫给的零花钱多吧！"

孟云回答说："布莱恩不让我工作。我在家里做家务事也是工作，他每个月给我 600 美元零花钱，家里的开销都是他花钱，生日、结婚纪念日都有大礼物送给我，我的零花钱可以自己攒着。他是公司的副总经理，工资很高，养得起我。再说，我再过两年就到退休年龄了，所以我也懒得出去工作了，这样挺好的。我不想在外面打拼了，做导游二十多年，该去的地方差不多都去过了。"

孟云继续与昀儿聊着，她很健谈："玩也很累，等布莱恩退休后，我们再一起享受人生呗。"

昀儿回答说："是啊，我想工作，可是我的英语又不好。话都说不清楚，还怎么去外面工作呀？来美国前，我与肯尼说好了的，让我先去上免费的社区学校学英语。但是来美国后，肯尼只字不提这件事，我天天在家就是做饭做菜，我感觉，我来美国虽然每天只吃两餐饭，反而长胖了 6 斤，晚上睡觉也睡得不踏实，白天一到中午就犯困，好像还在倒时差。我看你吃得很多，也吃肉，为什么你没有长胖呢？"

孟云说："晚餐要稍微少吃些。我不挑食，什么肉食我都吃。哦，你的肯尼每月只给你 300 美元零花钱啊，不过也够你买些自己喜欢的东西了。"

昀儿："我买了一些小摆件，还买了一些家里用的生活小用品。上个月没有用完的 75 美元，肯尼在这个月给我的零花钱里抵减了，这个月只给了我 225 美元。我可真服了他，我越帮他省钱，他反而还给得越少了。"

孟云："那你就把钱花掉，买自己喜欢的包包、鞋子、衣服呀，到时候带回中国送给亲戚朋友啊！"昀儿听着有道理，可是她向肯尼张不了口。

孟云："老外都这个样，给你多少，你就花多少，你别给他省钱，他才不领你这个情，他们的思维方式和中国人的思维方式不一样，一般给你的就是你的了，你以后如果没用完，也别还给他，给自己留着，也不用对他说还剩多少钱。"

昀儿："哦。我想等学会英语，会交流沟通了，还是要去附近找个工作，我想尽快考驾照。你有考驾照的资料吗？"

昀儿感觉到有一个女伴儿做朋友很踏实，从心里感激孟云所教的日常生活技巧，时间长了，看孟云什么都对自己说，在心里也把她当成了好朋友。

忙完厨房里的事后，两个人来到后院，看到草坪里的杂草，昀儿蹲下来，挑着杂草，一棵棵地拔掉，孟云也跟着昀儿一起，一边拔草一边又聊了起来。

昀儿："前天和肯尼的两个女朋友一起吃了饭，后来还一起来家里坐了两小时，我申请绿卡的资料，肯尼让我都交给他那个女朋友霍丽了。"

孟云："女朋友？长得怎么样？有照片吗？"

昀儿："一个高个子，有点儿胖，面相有点儿憨厚，比较随和；另一个矮个子，长得还好看点儿。哦，我有她们俩一起的一张合影，当时吃饭的时候拍了几张。"

昀儿说完话，放下手中的杂草，立刻跑进屋子里取手机，拿到孟云面前翻了出来那张合影照片，孟云看后沉默了一会儿，说："肯尼没有对你说这两个女人跟他是什么关系？"

昀儿："说一位是厂里的兼职会计，一个是会计的室友。哦，还说，在肯尼去中国看我的时候，房子里的卫生都是请她们打扫的。"

孟云："唉，我听布莱恩讲过，说肯尼厂里的会计就是他的第四任妻子，也就是肯尼的前任。肯尼没有对你说明么？"

昀儿："肯尼只对我说过霍丽这个名字，我也没有在意。现在想起来，难怪当时我一直让肯尼坐在霍丽旁边，肯尼就是站着没有坐在一起，我当时也只想方便他们坐下来好看申请资料，还有我和肯尼的订婚影集，我压根就没有想到他们之间的关系，特别是肯尼这脾气还能和前任保持合作伴关系。那为什么还要离婚呢？真搞不懂，为什么不对我说清楚呢？"

孟云："哎呀！霍丽就是肯尼的第四任妻子，他们俩有九年的婚姻。"

昀儿："名字、结婚与离婚时间，我都看过律师填写表，当时只是没有对上号，也没往那方面想。这样想起来就好解释了。难怪霍丽一进家门就直接上主卧室里的洗手间，比我都熟悉房间里的每一个角落。难怪看到我和肯尼的订婚照片表情怪怪的。我怎么会将婚纱照给霍丽看！这样无意刺激了她，多不好呀。而且，我想霍丽真是大度，要是我，可受不了。"

孟云："千万不要让肯尼知道是我告诉你这个霍丽是他的前妻，如果布莱恩知道了，就会怪我多嘴多事。"

昀儿："放心吧，这个事情我只会像什么也不知道一样，因为我觉得霍丽人还很好，也没有为难我，还帮我申请办绿卡，真的太不容易了。真不懂两个离婚了的人，怎么还能这样和平相处。"

昀儿天真地说着自己的感受。

孟云："我得回家做午饭了，中午布莱恩要回家吃饭，千万别对肯尼说这件事啊！"

昀儿："这也不是什么好事，肯尼不说，我绝对不会提。我要等他主动开口说。"

孟云洗完手，牵着小狗狗，就向自己家走去。自从昀儿来到街区后，孟云散步遛狗都会习惯性地敲敲昀儿家里的门。两个外嫁过来又都没有工作的中国女人，不聊聊家常这些茶余饭后的八卦事情，还聊什么呢？

昀儿很感激孟云有意无意间告诉她的这些有关肯尼的真实情况，起码让她心里有了点数。善良的昀儿，通过这些身边人身边事，终于觉得，对待网络上认识的人，一定要多留一个心眼儿。

以前是无知才胆子大，细想起来发生的这些事情，不得不让昀儿有点儿后怕。她提醒自己，今后遇事一定要多长点儿心，学会保护自己。

昀儿搞不明白肯尼与第四任妻子关系这么好还离婚的原因。是为了共同财产利益，还是为了别的什么吗？昀儿想起来就头痛，因为她前思后想才知道，原来肯尼是与第四任妻子商量工厂破产的事情。这么大的事情肯尼很信任第四任妻子，说明他们是一条道上的人。

在前一周肯尼还问过昀儿是否愿买美国人寿保险的事情，而且有一天清理衣物的时候，肯尼把家里藏着的一把手枪拿出来给昀儿看了看，并自言自语地说："我是有持枪执照的，是合法的持枪者。我这把枪是可以用来自卫的，可以保护我自己。"

昀儿的脑子里像闪过一道电一样，以前不明不白的事情现在越发清晰了。

但愿一切都是昀儿多想，但愿肯尼不是那么坏的男人，但是昀儿在和肯尼一起生活相处的过程中，慢慢发现了肯尼暴露出的不少她最不希望看到的一面，尤其他的喜怒无常，让昀儿很没安全感，为此经常在梦中惊醒。

肯尼有一个不好的生活习惯——经常不洗澡，就带着一身的机器油漆味上床睡觉。如果不和昀儿亲热，也还无事，但是肯尼却又十分热衷夫妻之间的那点儿事。哪个女人受得了和一位满身机油味道的男人亲热呢？

刚开始时，昀儿一直提醒自己要忍受，和声细语地建议肯尼去洗澡，可是肯尼很固执，经常说自己早上会洗澡。但问题是晚上这样睡觉，昀儿几乎无法忍受，只能拒绝肯尼的亲热。昀儿隐隐感觉到，肯尼很自私，不尊重她，对自己只是有占有的欲望。对昀儿来说，这样的生活毫无幸福快乐可言，所以她每天睡觉前都战战兢兢，简直就像面临一场灾难一样。

因为她不迁就，就得忍受肯尼的坏脾气，肯尼时不时地对她甩脸色、冷暴力，甚至一连几天不理不睬昀儿。

不知不觉间，昀儿开始躲避肯尼。她开始以生理期不便同房为由，睡在了一楼一进门右手边的客房。

昀儿东，肯尼西。才来美国半年的时间，昀儿与肯尼就开始了冷战……

無事此靜坐
一日當兩日

第5章　像有一根刺扎到她的心口

自从得知肯尼和第四任妻子又在一起共事后，昀儿的心里就再也平静不下来了。她并不是小气的人，也不是不讲道理的人，只是有一点不好的感觉，不知道肯尼为什么要瞒着她，把她当傻瓜一样？昀儿知道了后，肯尼仍然和前妻来往，昀儿还只得装作不知道，傻傻地看着他们相互往来。她得替孟云保守失言秘密。

又是一个星期五，肯尼上班走了没一会儿，孟云就牵着狗来到昀儿家。昀儿家也养了一条小宠物狗，于是她也牵着狗，跟着孟云，一起在街区里，边聊天儿边遛狗。

走着走着，昀儿看到前面转弯的路边，有一位个子不高的女人，在门前拔草。那个女人穿着吊带背心、短裤，脚上穿着十字拖，头上戴了顶帽子，手上戴着手套，旁边还有一个篮子和一个小铁铲子。她抬头看到走过来的孟云和昀儿，马上转过头，背对着孟云和昀儿，继续旁若无人地拔草。

这一小小的细节被孟云看得很清楚。当孟云跟昀儿走近那个女人家的门前时，孟云对昀儿说："你别回头，你只从侧面看那个女的。你看到了吗？"

昀儿说："看到了，她正好也在看我们呀。你们认识？为什么不说话呀？她怎么不跟你打招呼呢？"

孟云："哎呀，本来不想跟你说的，但今天又看到了，不说好像闷在心里不舒服，还是跟你讲吧，但你得答应我，不要对肯尼说哟。"

昀儿一听，又与肯尼有关系，心里"咯噔"了一下，又紧张起来，好奇心就来了，情不自禁地放慢脚步，想再回头看一眼那个女人到底长得什么样。

昀儿问："你说吧，在美国我只能跟你说话，还能跟谁说呀？"

孟云说了很多关于这位名叫西西的韩国女人与肯尼同居的生活故事："这个女人叫西西，是个韩国人，她跟肯尼同居了三个月，就住在你和肯尼住的这套房子里。那个时候她的房子还没盖起来，肯尼的房子盖好了。我和布莱恩和他们两个经常在一起吃饭。那女的才浪！有一次过生日，她背着一个古驰的包给我看，说是肯尼送她的，2000多美元买的。平常穿衣服特别暴露胆大，穿性感的吊带衣裙，有时候连胸罩都不穿。同居三个月期间，他们两个老吵架。西西好吃懒做，她不做饭，不做清洁。有一天吵架，肯尼脾气来了就把她给赶出门了，大半夜里，肯尼硬是把她的行李往外丢。

"那个时候这女人的房子还没盖好，又没地方住，最后敲了我们家的门，说得很可怜。我们没办法，看她曾经是肯尼的女朋友，就收留了她。西西很有心计，说好的只住三四天，找到房子就搬走，结果在我家住了一个月。刚开始那几天，因为我想她只住几天，对她很客气，我们吃什么我就给她做一份，一日三餐都是如此。结果四天以后她也没有走的意思，而且像是在自己家里一样，穿着吊带睡衣在屋里晃来晃去。我们晚上有喝红酒的习惯，布莱恩让她也喝，这女人从不拒绝，把自己当女主人了，冰箱里所有的食物没掏一分钱，随便吃，也没主动说跟我们分摊。在美国，朋友之间都是 AA 制的，而且我只是免费让她住几天，哪知道这一住都不提走的事，还白吃，我当然不舒服，布莱恩也不好意思跟她谈。

"这个女人，一天到晚就是睡觉、吃饭、聊天，也不做事，我做家务她也不帮一下。有一天我就忍不了了，等布莱恩上班后，我就跟她直截了当地谈，我说她不能再住在我们家了，我们答应她是暂住几天，现在都住了十几天了。那女人回答我，说她的房子快要盖好了，还有二十来天，干脆就算租住在我们家，说给我伙食费，按天算。反复说只有二十几天房子就要盖好了，不想到处搬。

"西西没有想到肯尼那么绝情，一天也不留她，把她赶了出来。这是让西西彻底绝望了，无论怎么说，西西和肯尼曾经是男女朋友关系，一起同居过几个月。可是当肯尼发脾气的时候，竟然一点儿情面都不留，真狠心啊！这女人话说到这份儿上了，我心肠一软，又不知道怎么说了，心想算了，住就住吧，反正房间也有空着的。"

"从这以后，西西说话算话，给我租金，自己买自己吃的食物、水果，还把以前她吃的食物补上了，我也不好说什么了，就算是默认了。"

"在这期间，我还问肯尼是不是会回心转意，肯尼因此直接不理我了，好像怪我跟西西成了朋友。肯尼明白告诉我，说西西跟他没有任何关系了。后来西西的房子盖好了，搬走了，不知道什么原因，竟然再也不跟我说话了。"

孟云说："西西真是个忘恩负义的女人，我也不想理她，就因为她，搞得肯尼还恨我和布莱恩。后来我们才知道，那个时候肯尼跟你还在网上写信交往，已经写了半年了。"

昀儿神情黯然地继续听着孟云说："从这件事情就看得出来，男人真是闲不住，有一点儿空隙他们都要找女人。那个时候肯尼常常去找布莱恩聊天儿，所以我才知道你和肯尼在网络上写信交往的事情。唉！这男人啊，都不是什么好东西。西西住在我们家的时候，我发现她老勾引我家布莱恩，总是有意无意地擦着布莱恩身边去拿杯子，连胸罩也不穿，晃来晃去晃得我都不好意思。我讨厌这个西西，太下贱。"

孟云不停地说着，昀儿一直埋着头听，听着心里堵得慌，越听越不是滋味，越听越恨这些渣男渣女，她想不到，在美国，男男女女会这么乱七八糟，她心里突然觉得这桩婚姻太让自己失望了。

孟云问道："你在听吗？都是我一个人说，你有没有听到我说的这些事情啊？那段时间，我还经常跟布莱恩为西西生闷气，因为我发现，布莱恩根本不拒绝西西的勾引，只要西西主动往上贴，布莱恩就没有一点拒绝的意思。现在，你已经嫁过来了，就要好好地把自己的男人看好，表面上放乖一点儿，多听他一点儿，他到哪儿去，你就跟到哪儿去，什么活动都参加。"

昀儿道："哎呀，我要是知道肯尼在这边的生活是这个样子，我真不该一来就结婚。只有六天，肯尼就急着在他老家跟我登记结婚了，说是就他父母亲和三个女儿，家庭都在一个镇上，热闹。"

听了孟云介绍的这些事，昀儿真的觉得自己对婚姻太冲动了，太欠周全考虑了，不知道自己究竟是图什么。一想到晚上还要作为肯尼第五任妻子，同肯尼一起帮第四任妻子运东西，真的感觉到很滑稽。生活给昀儿开了个大玩笑。她从来没有测试过自己的心理素质，不知道自己心里的大度会不会容得下肯尼的这些经历。一想起肯尼曾跟这么多女人同居过、生活过，她心里就不是滋味。

冬季的上午还是有点儿凉意，昀儿本来说每天跟孟云学习一小时英语的，可是每天两个人在一起时，常常只是聊这些八卦，一聊起来，就有说不完的话，哪有工夫去学习英语呀！昀儿暗中提醒自己，过一段时间后，自己一定要跟肯尼谈去学校学习英语的事情，不然，整天这样下去，什么都学不到，成天这样无所事事，会让自己懊悔发疯的。

　　如果在中国，昀儿有事业，还有家人和亲朋好友，交通方便，生活方便，而在美国生活，不仅没有肯尼介绍的那么美好，甚至没有自己想象中的那么好。昀儿在心中反复比较，从哪个方面看都不如在中国好。自己之所以来美国，以为会寻得属于自己的爱情和婚姻。现在这才来美国不久，昀儿就觉得希望渺茫。以后的生活，昀儿不敢去深想，她真的没有想到，微信上和自己聊得十分投机的这位美国男人，他的男女关系会这么混乱。

第6章 在美国度过的第一个除夕

自从知道肯尼混乱的情史之后，昀儿变得不爱说话了，表现得有些过于理性和冷静。当然，这些都是伪装的。昀儿很想打破这种尴尬和烦恼的局面，她安慰自己，一定能够通过自己的努力，改变目前的这种状况。因为她知道，如果不改变，她长期下去，自己会得忧郁症。

肯尼也感觉到了昀儿的变化，不过，他一直以为是昀儿不习惯美国的环境。

为了不让自己孤独，昀儿准备去华人教会，以此认识更多的中国朋友。

一个周末，肯尼邀请布莱恩和孟云来家里聚餐。晚饭结束时，时间刚好六点半，昀儿和孟云坐上肯尼的车，到达教堂门前。昀儿下车，肯尼就在车上指着教堂大门，示意昀儿、孟云向里走，告诉他们，到里面就会看见中国人了。看到两个人进入大门后，肯尼开车离开了。

昀儿快步向教堂走去，很快，她们就碰见了站在大门口跟来人打招呼的中国男士。男士主动向昀儿、孟云做了一番自我介绍："我是这座教堂的负责人，大家都称我武先生。你们好像是新来的吧？请问怎么称呼你们？"

昀儿仔细看了看在她身前站着并正在与她握手的武先生。武先生戴着一副眼镜，一米七五左右的身高，不胖不瘦，文质彬彬，他大方热情地接待了昀儿和孟云。

昀儿道："是的，我来自中国湖北长江之城，这是我第一次到教堂来。"

孟云说："我是中国桂林的，三年前来过一次，这次陪新来美国的昀儿来教堂看看。"

武先生拿出一张表格，让她们做一个简单的登记，并将自己的手机号和微信号告诉了她们。

武先生说："如果有什么事情需要帮助，请给我发微信，或者打电话。"

昀儿立马拿起手机，直接面对面地加了武先生的微信。昀儿高兴地对武先生说："这就好了，以后我就放心了。另外，有什么我不懂的事情，我可以问武先生吗？"

武先生："没问题的，有什么事情都可以咨询。我会尽力给你们提供帮助，大家都是中国人。"

昀儿："我真的有一件事想请问武先生。在这个小镇上，哪里能免费上英语学校？能否把地址和学校的联系方式告诉我？"

武先生："好的，我打听一下，下周你再来教堂联系我，或者我们在微信上保持联系，到时我直接给你发学校招生的具体信息和学校地址。"

昀儿："真的感谢武先生，我今天真的没有白来，非常感谢。"

武先生："你知道吗，因为你说你来自湖北长江边的城市，我感觉很亲切，我的老家也在长江边上，我的父母亲还有妹妹至今还在那座江边城市生活。"

昀儿："哎呀，世界这么大，其实也很小，能在异国他乡遇上正宗的湖北家乡人，真的很幸运。很高兴认识武先生。"

武先生："我在美国有二十年了，我研究生毕业之后就留在美国工作了，我在美国结婚生子，我的爱人，还有两个儿子现在都在美国。"

昀儿："武先生好厉害呀，英文一定说得好。在美国这么长时间，肯定习惯了吧？我的英语不行，还有点吃不惯这里的食物，总想着家乡的热干面和其他美食。"

武先生："语言没有大问题，慢慢上课，加上日常注意学习，时间长了就都会了。吃的口味，可以自己在中国人开的超市里买菜回家做，也会慢慢习惯的。"

昀儿："我来美国才两个多月，有很多不懂的，说不定会给武先生添麻烦。"

武先生："你们随我来，我带你们认识一下其他的中国人。"

两人跟随着武先生，走进一群正围在桌前包饺子的中国人中，他们是来自各个城市的人，有上海的、北京的、重庆的，也有福州的、桂林的，还有来自湖南的、东北三省的。此刻，昀儿感觉简直就像回到了中国。她没有想到会有这么多的华人居住在美国的同一个小镇上，她忽然从内心里感觉到，中国人真的是太厉害了，到哪里都有中国人的影子。

据武先生介绍，这些中国人，有的是来探望在美国学习的儿女们的，有的是已在这里生活了一二十年的移民，还有的是来探亲访友的。

昀儿想，为什么今晚聚餐这么多中国人？是天天这么热闹吗？

这个时候，只见武先生走到大厅中央，发表讲话："各位朋友们，大家晚上好，这是新年的除夕，大年三十夜，大家在一起，庆祝我们中国人的除夕，一起吃一顿团圆饭。在此，祝大家在新的一年里，身体健康，平安幸福，年年有余，心想事成。"

武先生的一席话，让昀儿一下子明白了肯尼让孟云带她来教堂的目的，原来今天是中国人举办除夕夜庆祝活动。在美国，她甚至都忘记了这么一个值得庆祝的节日，这要是在中国，早就和父母亲、自家人围在一起看电视了，大家一起边看电视、边品尝各种丰盛的美食，度过愉快的跨年夜。

白天的时候，昀儿根本感受不到有中国除夕的氛围，要不是晚上来到教堂，她都忘了这个节日的文化气氛，她肯定会窝在家，在不知不觉中错过除夕夜。

这个除夕夜过得很特别，仅是与来自五湖四海的中国朋友们团聚在一起，就让昀儿难以忘记。在这里，尽管她看到的每一位中国人的面孔都是那么平凡，但却没有一点儿陌生感。昀儿从内心里感佩，中国人勤劳、朴实、能干，中国人的适应能力超强，中国人的智慧无处不在。

两小时已到，孟云提醒昀儿，昀儿急忙走到武先生的旁边，上前礼貌地打了一声招呼，准备告辞。

武先生告诉她说："如果时间方便的话，欢迎你每周日白天来教堂，这里每周日的白天都有活动。欢迎你来参加。"

昀儿答道："好的，如果时间方便，我就会来的，保持联系，谢谢，再见。"

出来的时候，昀儿问孟云："你好像不大喜欢来教堂，为什么？我感觉挺好的，中国人说话、咨询任何事情，都会很快告诉我们，多方便啊。"

孟云："布莱恩从来没有带我来过教堂，所以今晚他没来。上次也是一个中国朋友带我来过一次，几年了。在美国交朋友，少接触中国人，避免有些中国人坑中国人。有些人喜欢欺负自己的同胞。来华人教会虽然是自愿的，但有时候也要捐献一些钱和物品，我们不是基督教徒，布莱恩不想参与进来，我就没有办法了。"

听到孟云轻描淡写的回复，昀儿明白了，不是说美国 80% 的人信仰基督教吗，昀儿身边的这三个人却都不是基督教教徒。所以深入生活接触内心，才能了解真实。

孟云和昀儿慢慢走出教堂的大门。早在 5 分钟前，肯尼就开车来等候她们了。上车后，她们相互间没有再说话，只是跟肯尼打了声招呼。

肯尼开着车，时而用余光看看坐在副驾驶座上的昀儿，时而从后视镜里看看后座位上的孟云。肯尼不知道为何一向爱说话的孟云此刻这么安静，甚至连两个女人之间都不说话了呢？肯尼真的琢磨不透女人的心思。

昀儿可能是累了，也不想说话，靠在座位上闭目养神，脑子里还在不断浮现出教堂里的热闹画面。她感觉，走出教堂才能感觉到这是在美国。

而孟云和昀儿的感觉却不一样，孟云感觉和中国人打交道心累。她对昀儿说过很多次，她情愿和"老外"打交道，也不愿和那些来美国的中国人打交道。她在这个小镇上没有交一个中国朋友。

昀儿在想，为什么孟云会有这些奇怪的想法呢？等哪天方便，她要好好和孟云聊一聊。

昀儿来美国的第一个除夕夜就这样度过了，所幸的是，在这里，昀儿幸运地认识了老乡武先生，此时心里似乎有了一些安全感，在美国这个小镇上，假若真的遇到什么困难，昀儿认定了武先生是值得她信任的人，感觉他就像一位兄长。

来之前就听很多人说，信仰基督教的人，一般心地都比较仁慈善良，武先生还是教堂的负责人，这更让昀儿放心了，她情不自禁地握紧手中的手机，生怕掉落下来。在当下，手机就是联系家人朋友的纽带和了解世界的窗口，是昀儿的精神支柱，所有能帮到她的、能让她信任的、爱她的亲人的信息都在手机中。而现实生活中的枕边人肯尼，性情多变，总是给昀儿一种飘浮不定感。想到这里，昀儿有些沮丧，她不敢想象今后与肯尼在一起相处的日子。她不善于表演，来假的那一套，这样扮演下去她的心有多累啊。

第7章 陪他破产的那段日子

由于肯尼的脾气不好，又不善于管理，很快，厂里只剩下一名员工了。这样，肯尼只有宣布破产，才能将工厂抵押，以偿还银行的贷款。在这段艰难的日子里，昀儿只有放下心中的那些情感疑惑，默默地帮助肯尼搬迁。

春节刚过，初二那天，昀儿随肯尼去厂里，把一些没有银行抵押的办公用品及原材料进行打包、搬运。

进入厂区后，昀儿和肯尼就开始收拾一些东西，昀儿只能听肯尼指挥，将能搬动的东西搬到车上，大的物品就和肯尼一起搬。在这里，昀儿虽然是小女子，却像男人一样干活儿，一件一件地跟着男人一起搬。肯尼并没有请搬运工，将能用的搬到家放着。后来布莱恩来帮忙，肯尼就将厂里的一台电视机送给他，一台搬运到与韩国朋友一起合租的小厂。看得出，肯尼有些不舍，但是这个时候，他手上已经有几个月没有任何订单了，以前请的工作人员一看生意不好都离职了，唯一的兼职会计霍丽留了下来。肯尼常依靠霍丽拉订单，他指望霍丽说服关系户给予支持，从而拿到订单。只要拿到订单，霍丽就能帮到肯尼，霍丽也可以继续在肯尼的厂里拿到工资。做这些体力活儿的时候，肯尼并没有叫霍丽出面帮忙，也可能是考虑昀儿在身边，为了避免尴尬。肯尼没有对昀儿做出任何解释。

现在，昀儿也不想关注肯尼与霍丽之间的关系了，只是想把最难的时期度过，希望不要把工作的事与个人情感搅在一起。只要肯尼不乱发脾气，不给自己甩脸色看，有事好好商量，昀儿都可以包容。

其实昀儿很容易满足，哪怕没有钱财，只要每天面对一张微笑的脸，只要每天听到一句安慰人心的话，只要两个人每天和和睦睦地一起吃饭，就可以获得满足。这些不需要花任何钱的小温暖，都足以让昀儿心甘情愿地陪伴他。应该说，昀儿并没有想要更多的东西，她明白，男人可能暂时没有钱，但是不能没有胸怀和责任担当。工厂没有生意的时候，昀儿一连几个月都在面对肯尼阴冷的脸，昀儿也忍过来了。昀儿想着，在这个男人处于人生低谷的时候，默默为他分担精神压力，是妻子的责任。

厂里的一些搬迁、杂事很快安排完毕，重新租用的小厂，慢慢有了小数量的加工订单，厂里的业务勉强可以维持生产。眼看要走出低谷了，肯尼才又恢复了几个月都没有见到的笑脸。肯尼有了一个新的长期计划，他说服自己的大女儿申请营业执照，用申请来的银行贷款办厂，因为他自己有一年的时间欠银行贷款未还，信誉受到了影响，厂里的机器设备也无法抵押贷款，所以想到了用自己大女儿的名义贷款的办法。

肯尼的生活有昀儿照顾，大女儿凯莉也答应了他的邀请来阿拉巴马州办理申请注册等相关事项。

在昀儿生日过后一个月，肯尼迁移厂房的事情都已办妥。平时肯尼只是接点小单，加工一些零碎的活儿，所以事情不是很多。在宣布破产后，陆续也收到了别人以前欠下的加工费，这样，肯尼的手上总算又收回了 2.5 万美元。

有一天下午，肯尼要昀儿跟他一起去选新车。刚刚宣布破产，怎么还有闲钱买车呢？原来肯尼并没有及时将收到的钱存入银行，而是将自己开了半年的那辆货车卖掉，另外加了一点儿钱，又买了一辆五座银灰色的新轿车，付款方式也是分期付款。按照自己的计划都办妥了，肯尼觉得自己聪明地处理了一系列破产后的麻烦，保住了一些流动资金，沾沾自喜。

肯尼有商人头脑，把钱算得如此精确，为了避开还银行贷款，他情愿牺牲个人的征信，来减少自己还贷款压力，这算盘打得真精。其实这招对肯尼的信用有很大影响，作为商人，这实际上是很蠢的做法。昀儿不理解的是，正常人无论做人还是做事，首先应该想到的是自己的信誉，一个人如果没有了个人信誉，今后想向银行申请贷款都很难，更何况肯尼这样的私人小企业。她不明白，肯尼的想法为什么和自己的不一样？

　　昀儿真的想不明白肯尼的做法。按照昀儿的想法，她是绝不会这样处理这件事情的。但昀儿知道，她初来乍到，很多事情是她不能发表自己的意见的，后来，她慢慢地觉得是肯尼的"三观"出了问题，两个人在很多方面开始出现明显的分歧。

　　看到肯尼很高兴的样子，昀儿就趁机提出要找个学校学习英语，肯

尼马上回答说："我也不清楚在哪里有这种免费的福利学校,等我问问别人吧!"

昀儿知道肯尼会这样敷衍她,于是,她将早已写好学校地址的那张纸条,从包的夹层中小心地拿了出来。

"我在教堂遇到的中国朋友武先生帮我查到了这个地址,开学时间是7月份,报名还来得及。"说完昀儿把那张纸交给肯尼看,肯尼看到学校离他新租的厂房不远,可以顺道送昀儿去学校,也没有理由不同意,于是说:"好吧,下星期抽空一起去学校看看,咨询一下报名手续。"

看肯尼终于答应了她去学校学习英语的请求后,昀儿一颗悬着的心总算落地了。一连几个月的冷战,总算有点儿结果了。来美国的这些日子,除了厨艺长进了一点儿,她什么都没有学到,尽听到一些糟心的事情。她明白,在美国若想生存,最起码的是能够用英语交流,这次总算可以系统地学习英语知识了,昀儿想对肯尼说:只要你真心实意待我,我一定会好好地对待你。可她就是开不了口,昀儿也曾恨过自己,为什么要较真儿呢?说一句假话又少不了身上一块肉,可若是真的那样虚伪了,自己的心里会很不自在……

第8章　露露原来也见过他

昀儿盼望的 7 月份开学的日子终于到了。美国开学的时间在 7 月底，昀儿早已想到学校系统地学习英语了，能讲一口纯正英语，能以流利的英语交流，学会这里最基本的语言技能，是她当下最大的心愿。

昀儿庆幸认识了武先生，这位同乡朋友真好，若不是他的帮助，自己肯定不可能去这种社区免费给外来移民教授英语的学校，她铭记武先生对自己的叮嘱。

开学的第一天，昀儿早早起床，将上学需要的所有东西收拾好，将该做的事情都提前做到位，生怕被肯尼责怪。她不声不响地起来做好早餐，做的都是肯尼喜欢吃的早餐：一杯咖啡，一份煎鸡蛋，一份烤土司，一个切好的苹果，还有一杯牛奶。她希望自己的努力能够让肯尼无话可说。

肯尼："今天你该高兴了吧，马上就可去学校上英语课了。你上学了，我中午就只能和工人一起吃午饭了，等你下课后，我再过来送你回家哟。"

昀儿："没问题。我们 12 点 45 分下课，晚点儿送我回家也没有关系，我在学校休息厅等你。"昀儿知道，要按肯尼的作息时间，让他先吃饱饭，免得认为自己麻烦，尽量不打乱肯尼的正常作息，一切以肯尼的方便为标准。昀儿自己饿几个小时也无所谓，要怪也只能怪自己暂时还不能考驾照开车，她希望肯尼能够坚持送她上学校学习。

在美国，不会开车等于没腿没脚，很不方便，更何况他们住在郊区，附近又没有公交巴士车站。所以，为了上学，昀儿只能委屈自己，只能看肯尼的脸色行事。昀儿心里想，只要能顺利地上学校学习英语，自己受点儿委屈也是值得的。

昀儿知道，如果一切顺着肯尼，自己的日子就会好过一点儿，如果肯尼在工作上不顺心，自己就会成为他的出气筒。昀儿明白，不管怎么说，自己终于能上英语学校了，很快就能融入美国人的生活中。昀儿暗暗地松了一口气，同时给自己打气，她要求自己，一定要珍惜这个来之不易的学习机会。

昀儿先从最基础的知识学起，从听力到对话的两个班，昀儿都报了名，平时还随身带着一个小笔记本，把经常要用到的单词和语句用中英文双语记下来，结合老师的英语朗读课，跟着老师一句一句地学，反复地听，反复地说。老师每次都会根据课堂内容，让学生跟着老师读一遍，尽量点到每一位学生，让每个学生都能读一段文章，发现错误当场纠正，然后让学员反复朗读。昀儿慢慢地入门了。

有一天，在课间休息厅里，昀儿看见一位三十多岁的亚洲女人，脸蛋儿长得像中国人，身材又好，她的眼神就跟随着女人的身体来回移动，没有想到，开始上课时，这个女人走进了昀儿平时上课的教室里，昀儿急忙跟进教室，想听她说话，看看她是中国人还是日本人或韩国人。

因为有几次在公共场合，昀儿见到亚洲人的面孔就主动打招呼，结果有两次都判断错误，把韩国人或日本人误认为中国人。

所以这次昀儿不敢轻易打招呼了，想多观察一下，等人家开口说话后就知道是哪国人。上课时间到了，老师像以往一样，只要有新同学来上课，就有一个让大家一一自我介绍的环节，让学员自己用英语自我介绍，让学员们相互认识，这也是为了锻炼学员在实践活动中练习语言。

当那位美女自我介绍时，昀儿很开心地听到她说："我叫露露，来自中国重庆，来到美国已经有十年时间了，有两个儿子。之所以来学校学习英语，是因为我只会说和听，但是不会写。很高兴认识大家，介绍完毕。"

同学们用热烈的掌声欢迎露露的到来，因为她的英文确实讲得很好，自我介绍时非常顺口。来了十年还来学习英语，看来昀儿坚持来学校学习的决心是下对了。

当轮到昀儿自我介绍时，她主动与露露进行眼神交流，两人从对方的脸上看到了彼此开心的笑容。老师补充说："我们班上有两位中国学员。"就这样，昀儿跟露露相识了。课后，昀儿立即走到露露的课桌前，两人亲切地聊了起来，相互问了许多问题。

露露："以后我们是同学了，见面的机会多了，在这个小镇上，有很多中国人，以后欢迎你来我家玩。"

昀儿："谢谢露露，现在我的临时绿卡还没有办下来，外出不太方便，只能搭我家老外的车来学校和你碰面。"

露露："没关系，今天我们加个微信，把你家的地址告诉我，顺路的话，我可以顺便把你送回家。"

昀儿："真的谢谢你，今后肯定少不了要麻烦你，认识你好高兴啊！"

两个人面对面加上微信，昀儿似乎越来越感觉不怕了，她在美国又多了一个像武先生一样热心肠的中国朋友。

昀儿小心地把露露的手机号写在随身带着的小本子里，本子上又多了一位知心的中国朋友。昀儿把露露的名字写在了武先生的下方，她越来越觉得自己的心里踏实多了。

露露安慰昀儿说："这个镇不是很大，学校离我们居住的地方差不多远，有什么事情都可以先微信或者打我的电话，我家里只有两个儿子，没有其他人，所以以后可以经常约在一起去逛街，一起去参加节日派对。"

昀儿："好啊好啊，以后我想去哪儿就先跟你说。"

露露："真的不客气，有什么不方便的事情，跟我说，以前我帮过几位中国女朋友，像买机票啊这些事情，其中有个 42 岁的郑州女朋友，她跟她的美国老公有矛盾之后，确实过不下去了，拿了绿卡后非要回中国，都是我帮忙送她到机场的。那位朋友回去后，精神状态好多了。她在美国性格内向，已经有点抑郁症的迹象，真的好可怜。看她难受的样子，在她决定要回中国的时候，我主动帮助她做了很多事情，现在我们一直都有联系。等放学后，我再好好跟你说，现在快要上课了。"

昀儿："嗯，好的，正好我也有事想听听你的建议。"

上午的三节英语课，有一节是听力课，有一节是朗读课，还有一节课是同学之间扮演课本角色，相互间进行口语对话学习。在学校，时间过得很快，比在家里跟孟云学习英语要好得多。在学校能在老师的指导下，有针对性地学习和训练，而且老师发音准确，孟云的英语口语总带着桂林的口音，吐字发音含糊，最主要的是，有一次昀儿和孟云一起去买耳环，孟云很认真地对柜台营业员说了几遍"耳环"的单词，可老外一句也没有听懂，急得孟云只得用手比画，直接走到耳环柜台旁边，老外才弄明白了孟云要表达的意思。

这事让昀儿跟孟云学习英语时没有了信心，她害怕自己开始打基础时就学错发音，今后想纠正都难，所以更坚定了想到学校来接受老师系统培训的决心，下课后，露露主动把昀儿带到学生休息厅内，那里有咖啡和小点心快餐，还有一些学习用品及帽子、手套、T恤，这些小商品供学员选购。

要不是露露带她来这里，昀儿根本不知道学校里还有一个这么好的地方可以休息，可以一起聊天儿、吃东西，下课后，昀儿在学校等肯尼吃完午餐后来接自己的这段时间里，就可以跟露露在这么好的环境下多聊聊。

露露从包里拿出自己带的两包零食，昀儿也带了一个苹果和一袋薯片，两个人把各自带的水杯拿出来，选择了一个靠窗口的沙发坐了下来。

露露："你刚来，还不太熟悉，以后就方便了。这个地方真的很好，有时候我就坐在这里，看看书、发发呆。反正回去也没有什么事，我只有在家里有急事时，下课才会立即就回家去，在这旦能放松自己的心情。我今天想陪你说说话，和你一起等着你家的那位老外，看看他长得什么样，也许以前见过面。"

昀儿："等会儿来了，你一看就会知道了。哦，对了，我手机上有他的照片，你看看。"

露露看了昀儿手机上肯尼的照片，也看了肯尼和昀儿的合影，她感觉很面熟，一时又想不起来。露露边想边说着，一会儿，只听露露突然说："哦，想起来了，去年元旦的时候，我认识的那个医院里的菲律宾护士长办家宴，请我过去参加，我看到肯尼带了一位香港女人，还有那个香港女人的女儿，记得护士长说是肯尼的香港女朋友英子。怎么这么巧合？不过我就见过那一次面，之后就再也没有来往了。哎呀，肯尼跟那个香港女人吹了吗？你们是几时认识的呢？我当时也没有怎么在意，说实话，就感觉这个肯尼像个暴发户，有点秃顶，肚子大，很大男子主义，对那女人也是一般般的，说是在网上认识了半年，那个香港女人来美国准备住几个月适应一下。你不会也是在网上认识的吧？"

昀儿："嗯，我们也是在网上认识的，有一年了。难怪我在家里还看到印有香港花纹的女士 T 恤。"

这么说，那段时间，肯尼在交往香港女人的同时，还在网上跟昀儿频繁交往。

露露对昀儿说："这些男人呀，谈恋爱换人真快，要不是亲眼所见，我肯定不相信。对了昀儿，等会儿你老公接你的时候，你们先走，我再出来。"

昀儿听到这些，也没有以前听孟云说肯尼的事情那样激动了，好像已经麻木了，她淡定地回复露露说："没事，你认为怎么做舒服你就怎么来，我在肯尼面前也不提你，我以后还有事情想请你证实呢。"

露露边说边整理衣服，扯齐衣角，顺手抚平那合身、显苗条身材的旗袍，将扎的发尾重新麻利地打了一个结，真是自然、大方、利落。坐下来的露露对昀儿说起了她自己的故事。

露露来自重庆，嫁给美国军人詹先生时刚离异不久，她带着一个 2 岁不到的儿子，詹先生对她带来的儿子很好，像对待自己亲生的儿子一样，露露和儿子来美国不到两年，他就帮助露露和儿子申请了合法身份，让他们拿到了长期绿卡。婚后，露露和詹先生很恩爱，又生了一个儿子叫杰克，婚后的生活，两人过得有滋有味。露露很会做饭，特别是火锅，没想到詹先生也特别喜欢这种口味，他觉得这是他有生以来从来没有吃到的美味佳肴。

人们常说恩爱的夫妻走不到头，露露之后确实遭遇了一个没有任何迹象的、突然的致命打击。在她小儿子杰克刚满 3 岁的时候，詹先生在一次体检中发现了患有肺癌。起初他以为及时治疗可以治愈了，结果一年过后，癌症不仅未治好，癌细胞反而扩散到了喉咙，情况十分不好。露露几乎放下所有的事情，尽心照顾詹先生的饮食起居，连儿子都无法照应了，只能让自己的妈妈申请来美国，照顾两个未成年的儿子，另请邻居帮忙接送儿子上学、放学。露露全心全意地在医院照顾自己的丈夫詹先生。那段时间，露露几乎每天都要往返于医院和家里，孩子的事情全由她妈妈来照顾了。

住院期间，詹先生看到露露憔悴的脸，心疼地安慰她说："人总是有走的一天，我在走之前，一定要把你和我们的两个儿子安排好。请你放心，尽管我不能在有生之年照顾好你，但我一定会请律师把遗嘱写好，让你后半辈子跟儿子无忧无虑地生活。我将把所有的财产和未来的美国福利（丈夫一半工资），都写在遗嘱里，让我在天堂里继续照顾你和我们的儿子，只有这样，我在天堂才会安心。亲爱的露露，感谢你能嫁给我，感谢你最后还细心地照顾我。所以亲爱的，没有我的日子里，你一定要把我们的儿子培养成才，我会以另外一种方式好好地看着你们……"

露露聊到这里，实在是说不出话来了，她哽咽着说："所以我不能谈我的美国丈夫，一谈到他，我的心里就很难受。我很想念他。这也是我这么多年来一直没有再婚的原因，一些好朋友都劝我趁年轻再找一个，可我总觉得再也不会有比詹先生更爱我的人了，一想起他在临终前为了我忍痛写遗嘱的样子，我的心里就不知道有多么的心酸。我想，要是他能够活下来，我可以什么都不要。"

露露说着，眼泪已经沿着脸颊流了下来，昀儿听着也默默地埋下了头，替她难过。昀儿起身去洗手间洗了洗脸，再次走进休息大厅时，看见露露两眼红肿地走进了洗手间。洗手间是能让人的情绪得到缓冲的地方。

无声胜有声，昀儿很理解露露的心情，从她的叙说中，昀儿能够感觉到她和詹先生的那份恩爱，能够感觉到露露失去亲人的痛。为了安慰露露，昀儿还是忍不住地对她说："露露，我听了你和詹先生的故事，好感动。一场有爱的婚姻时间虽短，但却让你一辈子记住了詹先生的爱。我就没有遇到这样让人刻骨铭心的爱情。其实你比我幸福，别再难过了，此生足矣。"

宽慰完露露，昀儿自己却难过了起来，她在心里问起了自己：露露嫁给了爱情，我嫁给了爱情吗？我似乎没有真爱！被昀儿这么一安慰，露露控制住了自己的情绪。也许露露自己也明白，逝者已离去，活着的人一定要好好地活着。悲伤的事情就让它早早过去吧，我们要向前看。

露露和昀儿从洗手间回到座位，默默地望着窗外的绿叶。7月天的太阳照得一闪一闪，昀儿无意识地躲开那道刺眼的光，眯着眼睛，低着头，手撑在沙发背上，默默地看着露露。

昀儿轻轻地对露露说："如果肯尼能有詹先生一半那么爱我，我一定会好好地待他，让他幸福。只可惜，我总感觉不到两个人之间有爱。我似乎总是在躲避什么，那感觉真不好，我没有一丁点儿安全感。"

露露："别胡思乱想，时间快到了，你先走出去吧，我后走，今天就不见你老公肯尼了。"

昀儿："也好，如果出去晚了一些，肯尼要是先等我，他会极不耐烦的，人多的时候，他的脸色有时很难看，而我只能忍让。真没有想到肯尼在美国的态度，跟他到中国见我时完全不一样。肯尼变了很多，不知道他哪里来的那么多的自信。"

果不其然，肯尼已经等在学校的停车场上了，车上还坐着一位曾在厂里见过的唯一的年轻工人詹姆斯。昀儿坐上副驾驶座位，肯尼看了昀儿一眼问："今天还习惯吗？"

昀儿回复说："很好呀，老师讲得很好，谢谢你送我来学校学习英语。晚上想吃什么跟我说，我做好，你下班一回家就能吃上。"

肯尼："现在刚吃饱，还没想好吃什么，晚上回来再说吧，你做什么我吃什么。"

听着肯尼说的话，昀儿自己的肚子早就饿了。要知道，现在已经是下午1点30分了。昀儿想到以后上学都要在这个时间回家的话，到家差不多2点，每天饿到下午3点才能吃上午饭，那只有做简单点的面条才是最快的，才能应对饥饿感。没有办法，为了上学校学习英语，只有委屈自己的肚子了。搭肯尼的顺风车，可是不容易啊，这学习的机会还是教堂的武先生给的帮助，要是指望孟云，不知道会学成什么样。昀儿做好了吃苦的准备。

肯尼根本就没有想到昀儿是饿着等他，也没有像过去那样关心昀儿。到家门口，昀儿下车后，肯尼就急着赶去上班，车子只在家门口停了两分钟，他掉转车头，猛地加大油门冲出去了。

昀儿打开别墅的大门，正要推门进去的时候，孟云远远地向她招着手，大声喊着她的名字。昀儿进也不是退也不是。站在门口等吧，自己的肚子已在咕咕咕地叫；进家门吧，又担心孟云误解，因为昀儿还没有告诉孟云自己去学校学习英语的事。孟云好像并不关心这些，这些言语和肯尼的过往故事，实质上对昀儿也是一种冷暴力，但孟云好像不以为意。

想到这里，昀儿顺着自己的情绪进了自己家的大门，还是先填饱肚子再说吧，孟云自己肯定会来的。也不知道她又会带来什么消息。昀儿能做到不传话，但不能保证自己能够这样长期忍受下去。她担心自己受不了，担心自己会得忧郁症。那就太不值得了……

第9章　真是人以群分

自从昀儿去学校学习英语之后，每周也只有在周末才会见到孟云，虽然是在一个街区，却因为早上去下午回，所以见面时只能在周末。两家人偶尔在一起吃饭，这个星期在布莱恩家，下个星期在肯尼家。有时候两家人一起看电影，但似乎没有像以往那样往来密切了。

上学后的第一个周末，昀儿请孟云、布莱恩一起在家里吃晚餐，昀儿顺便说出已经在学校学习英语的事情，以后见面可能会少一些，实际上就是间接解释没有去孟云家的原因。昀儿拿出好酒招待孟云夫妻俩，为了感谢孟云前一阵子的陪伴，昀儿还特意把从中国带来的一件玫红色民族风花纹的腰带送给了孟云。知道孟云会喜欢这腰带。孟云很开心地接受了昀儿的心意，并悄悄地说："女人只要装聋作哑，看你现在过得比以前安逸，我就放心了。另外，我还有一件事情需要你帮忙，我女儿刚生了宝宝，下星期我要过去照顾她一个月，飞机票都买好了。我离开的这段时间，请你帮我家的草坪浇浇水。"

昀儿："没问题，你别把后院的门锁上，我从后院进去，给你家的前院、后院的花和草坪都浇浇水，没有问题。"

孟云："记得等布莱恩上班后再过去——你只要看到我家门前的车子不在，就可以去浇水。我会跟他打招呼，叫他不要锁后院的门。"

昀儿："放心吧，这点儿小事我一定能做好，你安安心心地照顾女儿去吧。"孟云听到昀儿爽快地答应了，好像还有什么要交代，但又犹豫着没有说出口。

昀儿："哎呀，你就放心吧，如果这点儿小事我都做不好，那不白活了吗？你安心去吧，我保证每天等布莱恩上班后，只要没有课，就去浇水。如果有课，我就下课后再去，可以吧？真不懂，还没老就这么啰唆，放心放心。"

一周后，孟云飞往休斯敦，照顾女儿去了。

来了这么长时间，肯尼没有带昀儿逛几次街，仅有的几次逛街都是买肯尼自己的东西才走进商场，如果是看女装、化妆品，他没有耐心陪着，都会在商场外等昀儿。这样，昀儿买东西就只能像赶时间一样，随便挑一些实用的就出来，生怕肯尼等久了不耐烦。

有了几次不愉快事情发生，昀儿就不喜欢和肯尼一起上商场买东西了，特别是挑选自己喜欢的东西时。因为昀儿买的东西肯尼也不会付钱，肯尼认为每个月已经给了她 300 美元零花钱，她就用那个零花钱买自己喜欢的东西就是了，不会另外再付钱了。这种斤斤计较的习惯，让昀儿心里非常不痛快。想想自己在中国有工作的时候，经济独立，想买什么就买什么，而嫁给了肯尼，生活质量反而降低了，感觉像是在讨饭，真不能跟往日相比。

作为夫妻，怎么能算得那么清楚呢？每天昀儿在家洗衣做饭、料理家务，也是要付出时间和劳动的。以前昀儿没来美国时，肯尼每月请清洁工还需要支付 100 美元。有一次，肯尼和昀儿要出远门几天，家里养的狗没人照看，当时就看到肯尼拿出 100 美元给朋友，让他帮忙照看。难道昀儿连清洁工都比不上？那真是还不如出去找工作，自己工作挣的钱肯定会比每个月 300 美元零花钱要多。昀儿知道，肯尼肯定不会这样去想，反而认为昀儿闲着，是自己在养着她。

露露曾对昀儿说过这样的话："别羡慕没有工作的女人，有很多中国嫁过来的女人，自己有工作的过得很好，很有底气。没有工作的女人，时间长了，爱的新鲜感淡化了，就会是一副可怜的样子，什么都做不了主，买什么东西都要看老公的脸色。哪怕遇上一个善良有爱的男人，最多也只能是个陪衬。希望你不要去做那样的人，时间长了，就真的成'讨人嫌'的人了。"

想到这里，昀儿突然想起露露上次对她说过的一件事——隔壁邻居家有一对夫妻需要请家政钟点工，每周两次，正好是她下午没课的时间，问昀儿想不想去。昀儿此时想到服务外人，可以挣零花钱，还不需要什么技术含量，决定先悄悄地从做家政钟点工开始，于是她马上给露露打电话说明情况，并请她联系安排试工。

有一天，昀儿像往常一样将肯尼喜欢的那条小狗拴好，给布莱恩家里的草坪浇水。刚浇完水，她就看到布莱恩提前回来了，昀儿冲着布莱恩摇摇手说："再见！"昀儿牵着狗回到自己家，看到还没到肯尼下班的时间，就走进后院，浇灌自己种的辣椒、茄子、西红柿还有香菜。昀儿看着菜苗一天天生长、开花结果，很是欣慰。随后她又把院子里的苹果树、梨树、橘树还有草坪、花浇上水。之后家政的活儿接多了，浇灌的事就只能少做一些了。

这时孟云的微信过来了，孟云在视频里看到昀儿在自家院子里，笑着对视了一会儿，昀儿赶紧汇报刚刚忙完了她家的事。

孟云："是的，刚刚布莱恩跟我打电话说了，说看到你了，这两个星期辛苦你了，布莱恩让我对你说，以后不用去我家浇水了。等我回来了请你吃饭啊。"

昀儿："这点儿小事不用太客气。"

几天很快过去了，肯尼给昀儿的每月零花钱买些调料、大米、绿豆、小米，就用完了。

周末，布莱恩被肯尼叫到家里吃饭，酒足饭饱后，一个劲儿地夸昀儿比孟云做的菜好吃。肯尼看布莱恩吃得开心，就对昀儿说："我们等会儿一起上二楼看电影，你忙完了一起来吧。"

昀儿："你们俩先去看吧，我先忙。"两个男人上楼了，肯尼还带了几小袋子甜点、零食，在楼上边看电影边天南地北地聊着。昀儿泡了一壶茶送上楼。昀儿刚刚忙完，就看到手机在闪，一打开，见是孟云的微信。视频中，孟云看到只有昀儿一个人在一楼客厅忙，便问道："他们两个人呢？"

昀儿："刚刚上二楼看电影去了，我正在楼下洗碗，你的信息就来了。"

视频中，孟云对着女儿的房间，让昀儿看她女儿刚生的宝宝，并对昀儿说："可能我会延长半个月才回去，我知道布莱恩今天会到你家吃饭。"

昀儿："是啊，肯尼已经交代好了，每周六、周日两晚上，都请布莱恩到我们家吃饭。白天布莱恩自由，他说要修车子，可能还有其他事情吧。"

孟云："你帮我看着点儿布莱恩，他平常上哪儿去，你告诉我。布莱恩跟肯尼在一起我有点儿不放心，肯尼与那按摩店女老板很熟。要不是女儿坐月子，我不得不在女儿这边帮忙，我根本不放心布莱恩，没我在他身边，不知道会不会又去找以前同居了两年的那个美国女人。他有时候还在电脑里和那个越南女人聊天儿，我都忍着，就装什么也不知道。"

昀儿："天哪，你有这么多担心，亏你还能安心在你女儿那里待。你这么了解他，就不应该去那么长时间，你还是早点儿回来，不要再多待了，免得节外生枝。要不要我把手机拿上去，你跟他视频一下？"

孟云："他还在看电影，我就放心了。不聊了，你去忙吧，再见。"

肯尼和布莱恩看完了一部战争片后，已经是晚上 10 点了，昀儿送了壶茶上楼，布莱恩这才从沙发上站起来，说道："不早了，我得回家睡觉了。"

肯尼："好吧，记得明天晚上 6 点过来吃晚饭。"

布莱恩："好的。晚安，明天见。"

星期天的早上，昀儿醒来的时候已经是 9 点了，她打开电脑看考驾照的笔试题。全部是英文题目，她还没看多久，电脑突然死机了！肯尼正好要还工具给布莱恩，冲屋里的昀儿喊了一声："我去叫布莱恩帮你修电脑，他会。"不一会儿，布莱恩穿着一身运动短裤、背心随肯尼来了，肯尼简单交代布莱恩几句话后，就直接去后院除草去了。客厅里，布莱恩在厨房台面电脑上东看看西点点，不到半小时电脑就恢复了正常。

布莱恩叫昀儿过来操作电脑鼠标，他一边讲着，一边让昀儿点击电脑。布莱恩慢慢地用右手握住昀儿抓住鼠标的手，点击着图标，在电脑上滑动着。昀儿不敢动鼠标上的手指，心里一紧。布莱恩靠得很近，昀儿一边听着布莱恩的呼吸声，一边在想着如何抽身，身体向后移动一下，想站起来。离开椅子的瞬间，昀儿无意地朝吧台下方看了一眼，赶紧收回了自己的目光。刚才昀儿慌乱间用余光看见了布莱恩用他自己的左手不停地在运动短裤外摆弄着男人的命根子。昀儿只能装作什么也没有看见，从冰箱拿了一瓶饮料递给布莱恩，让他腾出左手来拿饮料喝，借此制止他这种让人恶心的行为。

就冲着肯尼对布莱恩的一番友情，布莱恩都不应该做这样龌龊的事情。想想这都是些什么人啊！这件事情昀儿不能对任何人提起，说都说不清，说不好还会惹自己一身麻烦。昀儿只想今后一定要远离这个人。

现在昀儿突然意识到孟云为何几次欲言又止了。孟云的第六感觉真准，所以总是接二连三地跟昀儿视频，其实就是不放心布莱恩跟任何女人走近。从布莱恩脸上一点儿也看不见岁月的痕迹，很显年轻，他在公司是副总的职位，工资比较稳定，每月有7000美元，戴着一副金丝边的眼镜，看似很斯文，穿着运动服，夏天短裤，秋冬长裤，打扮得很有朝气，比肯尼显得有老板的派头。两个男人站在一起，一个一看就像有身份的人，一个一看就像暴发户。

布莱恩抽出左手接过昀儿递来的饮料，神情也有点儿慌张，估计已经明白儿刚刚看到了龌龊的一幕。昀儿自然装作什么也没有看见，拿着两瓶水朝后院里走去，边喊肯尼的名字边说："午餐想要出去买点儿菜？"

布莱恩拿起一杯橘子汁喝了下去，也走到后院跟肯尼打个招呼："电脑已调好了。"说完装作什么也没发生的样子，轻松地离开了肯尼的家。

肯尼很热情地扯着喉咙喊："谢谢，布莱恩，记得晚上来吃晚餐啊。"

昀儿真想打断肯尼的喊叫，但她根本无法开口，她无法讲清不要布莱恩来家里吃晚餐的原因。昀儿不知道怎么样对付布莱恩这种阴险之人，他藏得太深了，而且她还不能将此事对肯尼和孟云说，只能让这件事烂在自己的肚子里。

第10章　那一场暴风雨让她彻底心灰意冷

自从发现了布莱恩的那种品性以后，昀儿尽量减少跟孟云视频的次数，因为她不想惹上麻烦，而且自己还没有话语权，即使对孟云说了实情，孟云也未必会相信她。于是昀儿选择沉默，不再对任何人提起此事。

相反，孟云却隔三岔五地发微信来，昀儿有时候回复，有时候干脆不回复，因为她真不知道孟云会问些什么问题。有一天晚上，昀儿刚刚收拾完碗筷，就收到了孟云的微信，劈头盖脸地问昀儿布莱恩来没来昀儿家，之后还发一些情感纠葛类型的故事文章给昀儿，把昀儿一下子惹火了。

"我自己都有忙不完的一大堆事情，哪有闲工夫去看别人家的男人，你要是不放心，你就回来，看好自己的男人！"昀儿心里闷着火气，脱口说出了这样带着厌恶情绪的话。

孟云："我以为他在你家吃饭，他电话也不接，微信也不回。你怎么这么大的火气啊？我不就是不放心布莱恩嘛，又没有说你呀。"

昀儿："自从上次周末布莱恩在我们家吃完饭，就再也没有来过了。因为白天我一直在学校上课，每天回来简单地给肯尼做一点儿吃的。听肯尼说，布莱恩最近很忙，没到我们家来。孟云，你还是早点儿回来吧。你心里想什么我都明白，我们都是女人，请放一百个心，你家的男人就是再优秀，也不是我喜欢的类型。再说了，就算世界上没有男人了，我也不会去碰已婚的男人，更何况你是我在这个街区唯一认识的中国女人。"

昀儿情绪激动地一口气把这些话都打了出来，发给了孟云。还好是文字方式，若是用语音说出来，那孟云一听就知道昀儿肯定知道一些什么或者发生了什么。

一方面，孟云不了解昀儿，所以昀儿很反感她的这种猜测式做法。另一方面，昀儿恨孟云不明事理，自己的男人这么渣还这么惦记、牵挂，她替孟云着急，但又不能直说，心里窝着一团火。

孟云人在女儿这边，心却一点儿都不安，其实她心里很清楚布莱恩的德行，她也知道这样问昀儿肯定会让她反感。微信一来一回发着，孟云反而心里踏实了，几周下来，那种猜测折磨得她都没有休息好。她看到昀儿回复的文字信息态度生硬，已经知道昀儿不是那种水性杨花的女人，倒是她的丈夫布莱恩不是个东西。孟云在心里骂丈夫布莱恩，她太了解她的丈夫是个什么样的人了！

她也知道在昀儿这里问不出任何有关布莱恩的信息了，同时也清楚地知道，与昀儿的友情也会慢慢随着对这个男人的猜忌再也回不到从前了。

是的，正如孟云想的那样，昀儿心里想着与她从此互不往来为上策，哪怕是知道布莱恩出轨的事情，也不会对她说一句实话，她也是对这种虚伪情感看透了。布莱恩万一耍阴招儿对付头脑简单的孟云……太让人后怕了。

昀儿替孟云投入的情感感到可惜和痛心，也彻底失去了对外嫁婚姻的信心。昀儿开始怀疑自己与肯尼的婚姻能走多久。昀儿不敢多想，真正的爱情去哪里找？肯尼与布莱恩走得那么近，常言说得好，"物以类聚，人以群分"，跟什么样的人接触就会变成什么人，这个道理谁都懂。昀儿唯一能做到的，就是彻底远离他们，她也不愿意跟这帮人做朋友了。

好在现在有英语学校认识的露露。昀儿想好了，即使以后孟云回来，今后两家人的活动，她也尽量推托，避免跟布莱恩和孟云他们搅在一起，要敬而远之。

当然，昀儿知道这样的代价，她在今后与肯尼发生误会或夫妻之间产生争议的时候，就会失去孟云帮她用英语和肯尼沟通，不会有人替她在肯尼面前说好话了，孟云甚至还有可能会添油加醋地伤害她。这是难免的，因为她领教过孟云的厉害。孟云常在她的面前说肯尼与很多女人有染之类的话外话，令昀儿烦心，而当着肯尼的面时，孟云又是另外一副作派，人前、背后两面为人。这次昀儿想彻底地断了与孟云的交往，可肯尼又是耳朵根子软的男人，他宁愿听布莱恩的鬼话，也不会听昀儿的实话。

昀儿心想，只能把所有的事情埋在心里，也不用解释，如果对谁说出来，只会越描越黑。昀儿做好了最坏的打算，所以心里反而轻松了很多。昀儿暗自决定：无须去有意讨好谁，就做自己，顺其自然吧，听天由命吧。这样想来，昀儿反而无所畏惧了。

阿拉巴马的夏天就像热带海洋气候那样，偶尔就会来一场电闪雷鸣的大雨。

那是中秋节过后的星期五，肯尼像往常一样去上班了，昀儿这天没有英语课，就在附近露露介绍的一户人家做钟点工，四小时能够挣160美元。

这天出门的时候还是晴空万里，不一会儿就突然狂风大作，雷声轰鸣。小镇上已经拉响了台风警报。昀儿刚走到超市，外面就下起了大暴雨，就这样，昀儿被堵在了超市。很多顾客也被堵在了里面，没有办法出去。

昀儿只好发微信给肯尼，告诉他自己在家附近的超市，但昀儿没有告诉肯尼自己在外兼职做钟点工的事。她还发了个定位，让肯尼来接她。

看这天气，大雨一时半会儿不会停。看到肯尼及时回复的信息，昀儿庆幸自己出门时带了手机。等了两个多小时，雨终于小了一点儿，但是风还是挺大的，雷声就更吓人了。

肯尼在 6 点多钟终于来了，昀儿看见后，立马走到他身边，说道："谢谢你来接我，出门的时候还没有下雨……"

　　昀儿边解释边上了肯尼的车。风和雨还是很大，车上的雨刷不停地左右摆动，路上只看到车辆从旁边飞驶而过，根本看不到一个行人。

　　肯尼说："是的，每年都会有一场台风会刮到我们这个小镇，有天气预报，可能我们没有在意。"

　　"嗯，要是知道今天是这种天气，我就不会出来买东西的。"昀儿一边解释着，一边看着肯尼的脸色。他像是有心事，似乎不太高兴。

　　昀儿："今天工作还好吗？有什么事情让你不高兴吗？"

　　肯尼："今天布莱恩让我们去他家吃饭，孟云回来了。"昀儿停滞了片刻，没有及时回复肯尼，想直接回答"不去"，但一时又找不出合适的借口。

　　车子在风雨中慢慢地停在了家门口，肯尼下车把大门打开，昀儿手里拎着菜，很快地下车，跑进大门，放下手中的菜后，马上把大门关起来。风吹着大门，昀儿用了很大的劲儿，手脚并用地才把门顶上、关住，进门就奔厨房开始做晚饭。

　　昀儿不想去布莱恩家吃晚饭，有意不提这个事。

　　肯尼打开厨房的后门，看到后院的烧烤炉被吹倒，游泳池边上的太阳伞、椅子、桌子全都被狂风掀翻了，扯着喉咙喊："昀儿，你快出来看看，都倒成了这样子，快帮我一起把家具扶起来。"

　　昀儿回道："现在外面风还很大，又打雷闪电的，等一会儿风停了，咱们再来把吹倒的东西摆好不行吗？狂风来的时候，我和你一样也不在家。"嘴巴上说着，但是她还是往后院里跑去，赶紧扶起被吹翻的桌椅。

　　此时的肯尼，脸红得像猪肝，边发脾气边用脚踢已倒在地上的烧烤炉，还有那些东倒西歪的桌子、椅子。太阳伞被吹倒了，院子里树叶满地。昀儿看到肯尼这个样子，觉得很委屈。肯尼非要在雨中去做这些事情，就是白费力气，因为前脚扶起来，后脚还会被吹倒。但她拗不过肯尼的臭脾气。昀儿觉得肯尼像是一头蠢猪，心里想：人能跟一头猪置气吗？

昀儿知道，此时完全不应该生气，因为这是被大风给吹倒的，又不是人为造成的，这个时候发脾气有用吗？昀儿确实有点儿想不通，又打雷又闪电，又是风又是雨，肯尼没有去心疼在超市被困了那么久的昀儿，却还要昀儿在这么大的暴风雨中帮他去做这些事情。昀儿彻底灰心了！平日里听到打雷声都会躲在角落，恨不得钻进被窝里的昀儿，此刻被肯尼毫无体贴之心的举动整蒙了。

昀儿只得站在雨中，麻木地扶起一把一把的椅子和其他家具，她的心中已经没有害怕了，甚至在电闪雷鸣时也没有一点害怕，她在心里对自己说：此刻被闪电打死，都是活该的。这个念头在脑中一闪，突然想到肯尼曾经对她说过，肯尼的外祖父就是在干农活儿回家的路上，突然遇到打雷下雨，躲在树底下，结果被雷电劈死了。肯尼那101岁的外祖母至今还活着。

昀儿心想，肯尼还不吸取教训，还要在电闪雷鸣的暴雨中与大自然抗争，这是有意不尊重生命，还是根本就不爱自己？

无论是哪一种，都让她彻底地对肯尼死了心。昀儿硬着头皮把院子里所有的东西默默摆好。做完这些事后，她满身都湿透了。看到那个发着脾气、挺着发福凸起的肚子、秃顶的肯尼，她心里问自己：怎么会跟他成为一家人，怎么会跟他结了这个姻缘？此时的昀儿后悔死了，这个婚真的不该结呀！此刻她的内心真的很悲凉——自己的生命都抵不过这些破桌子、破椅子。

此时，昀儿已经清楚地知道，鬼才相信肯尼会爱她。肯尼连自己都不爱，还会爱别人？昀儿默默走进淋浴房，将卫生间的门反锁，打开温水，脱掉湿漉漉的衣服，从头到脚地对着水龙头冲洗，随后把浴缸的水龙头也打开，放满水，小心地踏进浴缸，泡热水澡。

昀儿心想：肯尼这个男人不爱我，可我一定要爱自己，一定不能让自己生病了。她想着，眼角的泪水却情不自禁地流了下来。此时已分不清楚是泪水还是泡澡的水，都混合在浴缸里。发冷的肌肤慢慢地被热水环绕着，暖和了起来，泪水流进了嘴里……

此时昀儿的心里真苦，无处诉说，但是自己的内心却在抗拒："我不能，我绝对不甘心这样下去……"昀儿好像主意已定，似乎什么都不怕了："咱们走着瞧！"

浴室里弥漫着升起的雾气。什么也不要想了，闭上眼睛好好放松一下吧，也许这才是最好的释放……

第 11 章　失望的她选择逃离

在那个风雨交加的晚上，昀儿拒绝了去布莱恩家吃晚餐的邀请。肯尼自己一个人去了，走之前，他把门猛地使劲带上，"呼"的一声，让昀儿心里凉透了！

肯尼回来得很晚，昀儿没有像以往那样担心他几时回家，会不会听布莱恩、孟云说些什么，这些都无所谓了。现在昀儿的心里已经不在乎这些人了，重要的是她往后余生怎么打算，自己何去何从。

从那天起，任何有关布莱恩和孟云的活动，她都拒绝参加，也不解释原因，一直在疏远。她也只能这样做，她真担心哪天如果真的又跟他们在一起，怕控制不了自己对孟云说出真相。

这期间，孟云跟昀儿只有微信上联系，昀儿很少主动给孟云发微信，不多说一个字。昀儿很怕过周末，她只希望周一到周四这四天她可以待在学校里。露露不时给她介绍一些家政的工作，昀儿想着等把这学期的英语课上完，再多打点儿零工，挣点钱，然后准备回国。

这个念头昀儿一直藏在内心，她想找到合适的机会再对露露说出来。无论如何，她要找机会跟露露敞开心扉说一下自己的真实想法，听听露露的建议。

万圣节的前一周，下课后，昀儿和露露在学校的休息大厅里长谈了一小时，还是那张靠窗的桌子，上面摆放着各自带的茶杯和一些水果、零食。

露露："这段时间看你老是闷闷不乐，但是学习很认真。做家政工作辛苦吧？你好像有心事，是吗？"

昀儿："是啊，我的心里一直很焦急，也很烦，一直想跟你说又怕给你添麻烦。但还是想对你说，不然我会憋死的。"

露露："说吧，有什么困难需要我帮助的，只要我能做到，我都会帮你。"

昀儿："我知道，谢谢露露，有你这一句话，我心里踏实多了。是这样，我想请你帮我买一张回中国的机票，时间定在春节之前。"

露露："那你不买返回美国的机票吗？因为单程的机票价钱和往返的差挺多。"

昀儿："就买单程回中国的机票，我不打算再来美国了。但是这件事必须保密，不能让肯尼知道。"

露露一头雾水地瞪着眼睛，看着昀儿严肃而坚定的眼神。

露露："你能把你的想法跟我说明白一点儿吗？你确定？发生什么事了能告诉我吗？"

昀儿："我们先确定好机票的日期，然后再把我的零花钱美元转给你。估计不够，我还有一些人民币可以给你，你用今日汇率换算成美元计算，不能让你垫钱给我买机票。你先答应我，我再跟你讲实情。"

露露没有说什么，点点头，迅速地打开电脑，在网上帮昀儿查看买票的网站。两个人开始在搜索最合适的日期，查了三套机票的时间都觉得不妥，因为要选择肯尼去上班的时间，还要考虑露露送小儿子上学以后的时间、整个行程转机之间的时间，另外还要考虑旅行箱怎么拿出来，一系列问题。

露露和昀儿两个人反复地推敲。露露帮忙在电脑上查看，昀儿在纸上用铅笔写着，写下来的草稿上标着记号。时间过得太快了，还没有确定好准确的时间，就到下午肯尼来接昀儿放学回家的时间了。

露露："这样吧，今天不着急，明天上课时早点儿来。我们今天晚上多想一下方案，等我把前后时间都对照一下，明天再来确定。我把电脑带来，想好了就直接买，好吗？只要你确定就不要担心。"

昀儿："好，我今晚也好好想一下，然后我把人民币和美元都带着，明天给你。"

和露露说好了，昀儿轻松地吐了一口气，她和露露对视着，彼此的表情，感觉是做了重大的决定。露露安抚似的拍了拍昀儿的肩膀，昀儿也自然地牵着露露的手说："此事只能成功，不能失败。"

露露向昀儿点点头，示意昀儿别太担心，她会处理好的。

露露："放心吧，这几年，我已帮过很多不适合嫁给美国人的中国女人，都帮她们买机票并送到飞机场。都是跟老外发生了各种不同的冷暴力，你已经是第七个了。去年还送走了一个来自上海的女朋友，她绿卡都拿到四年了，结果跟老外的关系还是没有搞好，也是什么都没要，铁了心要回国，现在在上海生活得很好，还在苏州买了别墅，经常给我发照片。"

"另一个是郑州的女朋友，还是70后，在美国的时候得了轻微的抑郁症，如果当时再不回国，弄不好人就丢了，整天神经兮兮的。我们都是在学校上课时认识的，她们也是找我帮忙，觉得我是中国人，同时会说英语，又很理解她们的难处。因为我没有老公嘛，就带两个儿子在美国生活，家里没有闲杂人，她们放心。她们走之前，先把自己重要的、要带回中国的东西放在我家里，送她们去机场的那天再一起运走。"

昀儿听了露露的这些话，更加放心了。快走到校门口的时候，昀儿向露露示意她自己先出校门，露露领会了昀儿的意思。

露露从窗户向外看去，昀儿慢慢地走近肯尼停在校外路边的那辆银灰色的小车，心里在想：这么好的中国女人，这些老外怎么就不知道珍惜呢？虽然觉得帮助中国女友们回国是做了好事，但是也不敢声张，毕竟是在美国，还有美国的那些人如果知道了是她做的，一定会恨死她，不得不谨慎行事。

露露来美国有十年了，朋友慢慢增多，她每次回中国探望母亲的时候，都会跟这些在她帮助下回到中国的女朋友聚一聚。她和她的这些中国女朋友们像亲姐妹一样，这也是露露感到最欣慰的事情。她深深体会到"做好事有好报"这句话的分量，真的没有说错。这也许是露露乐意帮助那些回国女朋友的原因和动力吧。

还有就是露露骨子里的善良和同情心，让她悄悄地为那些需要她帮助的女朋友们提供了极大的帮助。在异国他乡，在举目无亲的环境里，能遇到露露这样热心肠的贵人，是昀儿的幸运。此刻她从内心里非常依赖露露，她不敢想，如果没有露露悄悄地为她做这些事情，恐怕自己在精神上早就崩溃了。

此刻坐在肯尼的车上，昀儿没有像以往那样说话，没有关心肯尼的工作，也没有关心他晚上想吃什么，倒是很淡定，感觉到没有什么放不下的了。

"你肯尼对我不好，你相信你那所谓的狐朋狗友，连布莱恩都在打你妻子的歪主意，你这个蠢猪还把他当朋友。"昀儿心里带着恨意，想着这些曾经搅得她不得安宁的心事。现在终于决定放下了，就当是来美国一趟，领教了在网上草率选择伴侣的教训。作为丈夫的肯尼，如果对昀儿是真心实意地珍惜，如果能让昀儿有安全感，还有一丝丝丈夫对妻子的情意，昀儿都不会离开肯尼。

现在昀儿内心的委屈、焦虑、纠结、害怕、绝望都来自这个男人，这个眼前只顾着自己随心所欲的自私男人。现在，昀儿连半句心里话都不会对他说。看着眼前这个肥头大耳的人边开着车边说着万圣节准备与布莱恩、孟云一起过节的计划，昀儿多想像普通夫妻那样，将自己心中抗拒与他们交往的理由全盘托出，告诉他"此人不可交"。夫妻双方如果互相信任，昀儿若说出布莱恩那些行为举止，夫妻俩会分析商量着对策，冷静处理与这对所谓朋友夫妻的关系，可昀儿连开口对肯尼说出来的勇气都没有。

昀儿没有话语权，她说的话肯尼不会相信。要是昀儿和肯尼有着坚实的婚姻基础，昀儿肯定会告诉肯尼如何识人，如何看清什么是人、什么是鬼。现在肯尼都这样对昀儿了，昀儿没有必要在走之前告诉肯尼，也不可能告诉孟云了。

在肯尼家这大半年，昀儿亲眼所见的这些龃龉事，让她彻底失去了对肯尼的耐心，她对肯尼的品性也打了个问号。以前看中的肯尼不抽烟、不喝酒这些优点，现在却被爱发脾气的那张冷脸给抵消了，即使肯尼现在再讨好她，也无法温暖她那颗已经冷却的心。这反而证实了昀儿的想

法，肯尼绝对改不了又臭又硬的坏脾气。更何况，肯尼压根儿就没感觉到自己有错。想想肯尼之前的四任妻子，如果他是一个正常的丈夫，那些女人会离开他吗？以前昀儿还幻想着，对肯尼好一些他就会慢慢改，现在看来是自己太天真了。昀儿突然想起肯尼那位护士长朋友的丈夫（美国男人）曾经对她说的那句话："祝贺你中了大奖，希望你是肯尼的最后一个女人。"

真滑稽，从头到尾不过半年时间，这些当初听起来是胡言乱语的话，却一一应验了。肯尼就是这么一个人，一个已被很多人贴上标签的人，选择他作为终身伴侣，昀儿是犯了人生最大的错误。

想看到这个结果的人肯定不少，肯定也有很多人都已经看到了肯尼与昀儿的未来，正与昀儿想到的一样，如果还和肯尼一起过下去，昀儿自己一定没有未来。

想到这里，昀儿对自己今天做出的回国决定更加坚定了。昀儿此时此刻在想：对不起了肯尼，但这一切的决定都是被你逼的！别怪我不辞而别，也别指责我放弃你，这些都是被你逼的！

这些话在昀儿心里已经说了很多遍了，她不停地劝慰自己：不是我的错，这一切都不是我的错！我惹不起，我应该躲得起，躲得远远的。

昀儿永远也不想再见到这些令她伤心的人。她想自由自在地安静度过余生，此时她特别想念中国的亲人，她悔恨自己过去的那个决定太草率了……

第 12 章　昀儿的心悬吊在半空中

昀儿的心一直悬吊在半空，这一晚上她睡得一点儿都不好，时不时看一下手机上的信息，怕错过露露发过来的有关机票的信息需要她确定。这件事对昀儿来说是大事，也是为自己的安全着想。她知道这样做不仅要自己拿钱出来买机票回国，还要承担一定的风险。

昀儿也想过开诚布公地跟肯尼谈谈自己回国的计划，又担心一旦说出来，肯尼不同意反而自己走不了。就肯尼那个脾气，她很担心事情能否按照自己的意愿发展下去。她根本不敢确定，也不信任肯尼的为人和品性，害怕肯尼一时冲动控制不了自己的情绪。一想到肯尼身边有一把手枪，她就越想越害怕。昀儿不敢想象最坏的后果，既然心意已决，还是默默按照自己的意愿做准备比较踏实。她是铁了心要回去，左思右想还是不说的好，用自己的钱买机票在经济上受点儿损失，这个时候平安最重要。

夜深人静，露露的两个儿子睡着了，她轻轻地打开电脑，继续帮昀儿搜索着春节之前回国的机票，票价每天都在波动。终于看到了很合适的一个时间，她立马给昀儿发信息，并附上查阅的机票时间行程信息。

露露："看后请确定，我好下单。"因为先前与昀儿商量好的事，露露这边简单交代，她明白昀儿在等待下一步指令。幸好这个晚上肯尼在布莱恩家中还没有回来，现在的昀儿巴不得肯尼在外玩晚点儿回来，这样才能和露露在微信中商量确定机票的时间和行程，真是天在帮昀儿！

昀儿睁大眼睛仔细检查露露发来的航班信息，确定无误后，立刻将护照信息拍照发给露露。

昀儿："确定，请查收护照信息，下单购票！明天我带钱学校见，谢谢。"

露露："好的，立刻下单买机票，早点儿休息，明天见，如果不方便就别回信息，如果一个人在家，可以聊两句也行。"

露露知道昀儿曾经在微信与女友聊天儿谈正事，被肯尼发现大发雷霆，还因此一个星期没跟昀儿说话，所以比较体谅昀儿的处境。昀儿迅速点开微信跟露露抓紧时间聊起来。两个人在微信上问了一些重要的事情，都给对方一个最妥当的应对办法。露露劝说着，让昀儿静下心来，既然决定了什么也别多想。

昀儿也是这样想，既然决定了反而踏实了，避免了夜长梦多。

昀儿很感激露露能理解她的难处，体谅她并建议她不要与肯尼有正面冲突，不要把关系搞得那么紧张，忍耐一段时间就过去了。正说着的时候，昀儿听到开门声，立马调低声音在微信上写道："肯尼回来了，我们明天再聊，晚安。"

露露："明白，晚安。"

这一晚是那么漫长，也令昀儿兴奋，心跳加速。她彻夜未眠，就像过了一个世纪，眼睛有些浮肿。肯尼起来的时候看到早餐做好了，昀儿虽然没有主动说话，但早餐和所有的家务照做，肯尼似乎也感觉到这样对待昀儿有点儿过于冷漠，几天下来似乎气也消了，两个人一起将早餐吃完后，肯尼想缓和与昀儿的冷战气氛。

肯尼开口道："等会儿送你上学的路上，我们去超市买一些你喜欢吃的水果，再看家里还缺少些什么，需要买的写在纸上一起买，家里好像没菜和食物了。"

昀儿也懒得说家里有什么就做什么，如果没有吃的，肯尼自然会自己去买。果然如此，肯尼早上也看到了冰箱里空空的，巧妇也难做无米之炊。

　　这要是以前遇到这种情况，昀儿早就会提醒肯尼家里需要添置什么东西，要跟肯尼商量计划。可现在不同了，做了要走的准备后，这些事好像就跟昀儿不相干了，有就做着吃，没有也饿不死自己，后菜园里还有一些自己种下的辣椒、南瓜、香菜、茄子。

　　昀儿自从来到美国，全是吃素菜，牛肉、猪肉大都是做好给肯尼吃。在食物上真的难不倒昀儿，她常开玩笑说："谁娶了我，谁就赚翻了，我好养。"肯尼拿这种办法对付她，惩罚不了昀儿，反而惩罚到肯尼自己，因为肯尼离不开牛肉、猪排这些肉食。

　　上学的路上，肯尼把车开到了一个大超市停车场，从来不下车一起购物的肯尼，与昀儿一起进了中国人在美国开的超市，推着购物车同昀儿选择喜欢吃的食物，昀儿还是先替肯尼买他喜欢吃的肉食，然后买了青菜和水果。

　　昀儿看到肯尼这些温暖的举动和表现，突然鼻子酸酸的，这本是昀儿所希望的平常生活的样子，可是这一切来得太迟了。为什么当自己铁了心要离开时，肯尼才想起来要关心她的感受呢？

　　不管怎么说，在悄悄离开之前，昀儿要避免肯尼有所察觉，尽量不要发生矛盾。谁不想好好过日子呢？如果以前也像这样，和和气气有商有量的，也不至于逼得昀儿萌发离开的念头。而且在昨天晚上已经果断买下机票，就是为了避免自己心肠软下来。

　　其实在决定买机票的时候她也想到了这一点，如果肯尼忽然变好了怎么办？但是似乎肯尼的表现很不靠谱儿、不稳定，时好时坏的性格让昀儿失望过很多次了。昀儿一直告诫自己别再信任肯尼了，他发脾气的样子已经刻在昀儿的脑海里！昀儿一直提醒自己，肯尼的坏脾气肯定是改不掉了。哪有改变别人的能力啊！昀儿长叹一声，还是改变自己、调整自己的心态靠谱儿。

肯尼把食物全部放在后备厢里，然后送昀儿到学校，下车时肯尼对昀儿说："今天可能要晚两小时来接你，因为我想赶点儿活儿，挤出时间带你去过南瓜节派对。"

说完顺便拿出一包薯片和两个苹果，递给昀儿。昀儿知道了，这就是她的中餐。这样温暖的一幕是她求之不得的平常事，也能让她知足。她真希望肯尼的举动能永远这样坚持下去，也许会有转机，也许……

昀儿无数次设想着肯尼变好后的样子。她看着肯尼的车子开远了，才转身走进学校大门，手上拿着两个苹果，脸上露出了一丝苦恼纠结的神情。走到学员休息厅里，看到露露早早到了那里，还是坐在原来的位置上，昀儿赶紧朝她走去，立刻放下手中的东西，从包里取出钱包，把机票钱交给了她。露露把订好机票的信息已经打印好了，叮嘱昀儿收藏好。昀儿拿着那张纸，小心叠好放进钱包里，用很小的声音问露露："如果这机票时间需要改的话，以后可以改吗？"

露露："怎么了？没想好吗？最好别改，改了就不是这个优惠价格了，再要改的话又要花钱，每次改机票时间都要加 100 多美元。"

昀儿："没有，我只是问一问。"

其实昀儿心里因肯尼刚刚的转变纠结着，幻想着如果肯尼又对她好了呢？所以才问了露露一句，是本能问一句，昀儿内心是希望肯尼能变好。

昀儿："今天我可能要在学校多待两小时，肯尼说他晚回家。"

露露："好啊，没问题。今天英文课只上一节。"

昀儿："那我们有三个多小时的时间，咱们去哪儿？"

露露："有家新店开业，我朋友在那里当营业员，可以去买一些便宜的东西，我把优惠卡带来了！另外你不是说要买箱子吗？正好新店开张所有商品打折，你可以买一套带回中国的箱子，都是品牌。"

昀儿："好啊，那我们赶紧上课，下课以后我们一块儿去，正好买一套箱子，先把一些东西装好放到你家。"

露露："是的，我就是这个意思，等你把箱子买好了，抽空的时候我开车到你家，你把该带的东西先放到我家，你以前的箱子别动，没走之前不要动你原来的东西，这样你家老外就不会察觉你想离开他。"

昀儿："好的，我听你的。"

露露："你不知道，每次我都挺紧张的，但是都是这样做的，反而都平安到家了，我也放心了。有一位从贵州嫁给美国老外的女人，与老外的婚姻已名存实亡了，患得患失，我先帮她买好了机票，结果出发的前几天她跟老外老公说了，她想试探老外能否留她，或给她一点儿钱。没有想到，老外以为她是赌气，结果她把机票行程信息拿出来。这时老外就知道她自己做不了这种事，肯定是有人帮她，结果她就把我说出来。她老公找到我家来闹，后来她被她老公强行留下来后，那男人根本没有改变，对她比以前更差了。半年后那女友说她实在过不下去了，又找我帮忙，我拒绝了，我不希望那样犹犹豫豫，害她自己也害了我。美国很讲家庭隐私，她老公怪我插手他家私事，还要告我。我也是孤儿寡母带着两个儿子，可不想在这里惹事，所以我帮人也要看人，没想好就别找麻烦。"

昀儿听着这些话，她很理解露露，跟露露直接表态："放心吧，我不会的，我已经想好了，肯定要走！"

两个人边说边到课堂教室去了。这节课昀儿上得非常认真，可能知道上课时间不多了，这次学习的机会也是很难得，来美国一趟，别的收获没有，这学英语还是真的有所收获，英语水平进步了不少。一想到这些就想起了她的老乡武先生，幸好认识了武先生，不然这一趟在美国没有任何收获。

下课后，露露开着车，她们一起去了附近新开张的商场，两个人在露露朋友的指导下，直接奔向箱包柜台紧张地挑选着，最后锁定一款折扣最大且很好的三件套。

箱子买好后，露露建议把箱子全部放在车上，直接由露露带回她家先放着，等哪天肯尼不在家，再把箱子送到昀儿家装好衣物直接带走。昀儿想想露露安排得有道理，点点头说："真的幸亏有你，谢谢你，要不是你在这里，我都不知道怎么样才能回到自己的家，只要不让他知道你带我出去了。"

露露："你放心，现在还有一个多小时可以逛，保证在 4 点之前送你回到学校。"

昀儿看露露还想再逛逛，陪她的营业员女友说说话，想想还来得及，便说："我的事情已经忙完了，也放心了，你随便看看。"

这个下午是昀儿和露露最放松、最安心的一天，因为所有事情都在露露的安排下顺利进行着。

露露一脸诚意地说："自从我老公得病去世以后，我每个礼拜天都在教堂做祷告，我很喜欢在教堂里让心情安静的氛围，什么也不想，只想祷告我的家人健康平安，我的朋友健康平安，好人一生平安。"

她们一边逛一边聊，看时间还有 40 分钟，露露建议该回学校了，在学校休息一下，坐下来谈谈要注意的一些细节。

露露替昀儿做事，几乎占用了一天时间。除了要回家给两个儿子做饭、买菜、洗衣服外，露露甚至还想让与昀儿同城的武先生一起送昀儿到机场。武先生是她们最重要的共同朋友，人正直又很乐意帮助人，是一个很有正义感的中国人。

昀儿和露露毕竟都是女人，需要一个男士在身旁，能够给她们一种安全感，如果身边有武先生帮忙，更让露露放心，昀儿也踏实。有了这个想法，露露马上电话联系了武先生，两个人将情况对武先生说出来，武先生立马答应，表示离开之前提前告诉他，他会放下所有事情来帮助昀儿，让露露放心，这个忙一定会帮到底。

昀儿在露露身旁听到两个人的通话，眼睛红红的，真的快要哭了起来，此时心中非常感动，她在美国最艰难的时候，有这么真诚的朋友帮助她。她心里明白，可嘴里却说不出感激的话来。她终生难忘这种患难与共的情谊，无法用任何语言去表达此时的心情。她只想着能平平安安回到自己的祖国，朋友们才会心安。

这段时间以来，为了昀儿的事情，露露的心被牵动着，只要昀儿一天没有离开美国，露露的心就一直悬着吊着。昀儿也是每天小心翼翼，真怕肯尼有所察觉，心里总是恍恍惚惚的。她真希望这度日如年的日子早点儿结束，她期待着登上飞机回国的一天。这一天越来越近了，昀儿的心也越来越紧张，总是怦怦地跳，手会不由自主地抱在胸前，让自己慢慢平静下来，默默地准备一切，祈祷着一切顺顺利利。

第13章 她选择最后留点儿尊严

万圣节快到了，这是美国最热闹的时候，大人们扮鬼，小孩子们到每家讨糖果。每家门口或者室内都会摆放着各种形状的南瓜，而且农民们会在农场里举行南瓜美食和销售活动！

或是万圣节的原因，这个周末肯尼对昀儿特别温和，这是以往从来没有的，这让昀儿反而感觉到不安。她心里在想，肯尼一定是有什么事情需要自己出面了。果然不出所料，星期六的上午肯尼对昀儿直接说："今天我们一起到布莱恩、孟云家，争取一起去看万圣节农场的南瓜派对活动。"

昀儿已经有一段时间没有跟孟云来往了，因为有不能说的秘密，避免尴尬，但是肯尼并不知道他认识的所谓朋友布莱恩，趁孟云不在家里的这段时间里，对昀儿所做的暗示，都让昀儿装作视而不见避开了。

布莱恩也许就是看准了昀儿不可能声张，不会对任何人讲，才采取的肆无忌惮的暗示骚扰。布莱恩知道昀儿的英语不好，即使想表达，众人也难以相信昀儿靠翻译器说出的真相，如果说出来，鬼知道会发生什么状况。昀儿知道"沉默是金"的道理，她知道现在最能保护自己安全的，就是冷静，什么都不说，以静制动。昀儿不相信其中的任何一个人，自己的丈夫肯尼更是不值得信任。肯尼的时好时坏和冷暴力行为，已经让昀儿感觉到恐惧和不安了。在异国他乡，她别无所求，只希望自己可以悄悄平安离开。

善良的本能让昀儿只想选择沉默，一是保全肯尼的脸面，二是给曾经帮助过昀儿的孟云留点儿自尊。孟云是那么爱慕虚荣的人，一旦知道丈夫在情感上背叛了她，而且还是对昀儿动了邪念，该多么没有面子。一旦拆穿了，孟云也不会选择离婚，而还是会和布莱恩在一起过日子。所以对孟云隐瞒下去，让她糊里糊涂地认为自己是幸福的，也许是好事。每个人的三观不同，追求也不一样，处理事情的方法也不一样，也许孟云已经很了解她的丈夫布莱恩是什么德行，只是眼不见为净。

在这种情况下，昀儿更没有必要去刺激孟云了。都是女人，得给人留点颜面。即使孟云目前暂时会误会昀儿的冷淡，即使昀儿自己受些委屈，也得为孟云隐瞒布莱恩的所作所为，能维持这一种生活常态也许大家都能相安无事。

现实社会中，像孟云这种表里不一的婚姻太多了，因为没有经济独立就没有话语权，很难走到离婚的那一步。这是昀儿的善意，既放了布莱恩一马，也省得孟云纠结难过。想到这些得罪众人且对自己无利的情况，何苦将此事和盘托出呢？

昀儿考虑再三，只得答应了肯尼的邀请，一起去布莱恩、孟云的家里。肯尼见昀儿愿意前往布莱恩家，脸上露出了笑容。到了布莱恩和孟云的家，大门是敞开的，布莱恩坐在客厅的沙发上看手上的汽车零配件。平时布莱恩喜欢买回二手汽车，进行修理改装，随后挂在网上卖，挣点儿外快。有一次，布莱恩买了一款银灰色的二手车，外表比较新，孟云拿出自己的手机，马上站在车前，让昀儿帮忙拍照，随后发到朋友圈，注上一句话："今天老公送给我的一辆新车！"孟云就是这样爱慕虚荣，昀儿觉得她活得也真累。进入客厅的肯尼直接与布莱恩谈起修车的事情来，昀儿只是点了一下头，算是与布莱恩打了一个招呼。

昀儿看到孟云在后花园浇水，便过去与她打招呼。这次孟云并没有像以前那样热情，似乎有意避开与昀儿单独相处，眼睛只是看着花，没有主动说什么，而且余光总是飘向客厅方向的布莱恩。这让昀儿感觉到孟云有些怕布莱恩，在布莱恩的视线里，孟云似乎不敢与昀儿太亲近。昀儿的余光也能感觉到布莱恩不希望让孟云多说话的眼神，昀儿心里清楚布莱恩担心什么，但是孟云绝对不会知道为什么布莱恩有意阻止孟云与昀儿的深度交往。孟云已被布莱恩洗脑了。

　　其实布莱恩的重重顾虑，是因为不太了解昀儿，他以为所有的中国女人都像孟云这样会委曲求全。昀儿嫁给肯尼本来并不是冲着绿卡而来，所以也并不在意什么身份，只希望肯尼能对她好，珍惜她。如今这一切落空了，昀儿可以放弃眼前的一切。什么带游泳池的豪宅、车子，这一切跟昀儿无关。她清楚自己需要什么。婚姻生活中如果没有爱，或者从来就没有爱过，抑或新鲜好奇的心一过就厌倦，那纯粹就是一场错误的婚姻，还是不要的好。

　　正想着，肯尼也走进后院，对昀儿说："我们走吧，他们没有时间去，我们去农场买些南瓜，顺便在那儿吃午餐！"

　　昀儿点头应了一声"嗯"，并回头对孟云说："那我们去了，给你们也带两个南瓜！"

　　孟云忍不住小声说："你要注意肯尼手机和电脑的信息，小心他把你甩了，又找年轻的女人。"昀儿猛然意识到布莱恩对孟云说了什么，不然怎么会一回到家，比昀儿还了解肯尼的动态呢？这些事情连昀儿自己都不清楚，只知道肯尼反常，半夜三更常在卫生间马桶上玩手机，一坐就是两个多小时。昀儿无意中发现过两次，只是不想朝坏的方面想。

　　昀儿也悄悄地回复孟云："谢谢，那我走了！"

　　一路上，肯尼开着车直奔农场，昀儿看着沿途的树，看到空旷的南瓜地一大片，沿着路边摆放着南瓜，心里却想着孟云说的话。虽是想放弃的主意已定，可心里真不舒服。怎么自己这么倒霉呢！遇上了一个离过几次婚的男人，以为会珍惜现在的婚姻，却没有想到，离婚对肯尼来说早已习以为常了。真是感觉自己好傻，还指望肯尼能改，还指望肯尼会因为多次的离婚，将她视为最后的女人！昀儿对万圣节活动没有一点儿兴趣了，但是还得陪着演下去！

到了农场，那里已经有很多人了，大家三五成群地随桌而坐，有的在农场南瓜地里采摘，有的在摆放南瓜的景区拍照。这时候，肯尼叫昀儿挑选几个南瓜放在购买篮里，抢拍了几张照片。从照片背面看上去昀儿真的很美，午后的农场、阳光、蓝天、白云，还有人来人往悠闲自在的画面，让昀儿的脸上露出了久违的笑容。肯尼拿着手机送到昀儿的眼前亮亮，意思是"你瞧瞧我把你拍得多美、多自然呀"。

肯尼："我把照片转发到你微信上了，再来照几张吧！"昀儿看到照片中的自己，随手发了一组朋友圈，没有其他意思，就是记录万圣节的周末片段而已。也许对昀儿来说，这是在这里过的最后一个万圣节。没有想到被朋友圈里的外嫁女友崔力秒回复："哟，看你很开心嘛！又不想回中国了吗？你和肯尼和好了？"

昀儿："私聊吧，你想多了，我只是看着照片拍的画面好看，也许这是在美国最后一个万圣节，顺便发在朋友圈里，怎么你会有那么多想法？"

昀儿的外嫁女朋友都密切关注着嫁到国外的女人们，特别是崔力更喜欢打听这些消息，平日里聊天，也有关心和出点子！这位崔力就是常常关心昀儿的一位，算是知心朋友了。昀儿遇到情绪低落的时候，不免听崔力教一些怎样应对肯尼发脾气时的招数。听崔力传授的一套应付老外的经验，结果越教越使昀儿与肯尼的婚姻暴露出更多的问题，冷战频繁，矛盾尽现。

崔力出的也不是什么好主意，都是出一时之气，她劝昀儿与肯尼对着干的建议，昀儿没有照做，毕竟崔力不是当事人，这里面的苦恼只有昀儿自己知道。在没有人帮助的情况下，昀儿会以静制动，没有想好的时候，是不会与肯尼发生语言冲突的。有几次她只是与肯尼冷战，是被崔力刺激所致。崔力讽刺调侃说："你过于胆怯没有将码头打下来，你看我，我家老外敢对我凶，我立刻让他没有好日子过。你在家太没有地位了，看你惯坏了你家老外。你不知道吗，男人很贱的，你只有比他更狠，才能降住他！"

昀儿的性格没有像崔力那样，可以当老外的家。来美国快 11 个月了，可是自己的心就是定不下来，老是想着要回国。今天孟云的一番话，让昀儿更铁了心，还是趁肯尼没有赶她走的时候，趁肯尼还在寻找下家，还没有抛弃她的时候，选择给自己留点儿最后的尊严！

昀儿感觉必须提前回国，而且要速改机票时间，提前走！不能等陪伴肯尼过了圣诞节再回中国。肯尼若如孟云所说的那样，她昀儿还有留在美国的必要吗？她可不想等到被肯尼抛弃，等待着那种伤害的到来，还不如趁早脱身，远离这位让她伤感又没有安全感的男人。

昀儿被崔力的信息影响了，似乎看到了自己没有回国，被崔力嘲笑讽刺的情形。其实昀儿很明白崔力的心绪，以前的聊天证实了今天的回应，让木讷的昀儿一下看清了很多事情。外嫁圈里的女人，都喜欢拿自己的老公与别人家老公比较，别人家老公条件好，会引起很多争议。哪个女人嫁得不好，尖酸刻薄的话就满天飞来了。其实没有几个人是真心希望别人幸福的，都别有心思，等着看笑话，看别人过得更惨。

昀儿已吃了无数次亏，现在明白了，崔力的那番激将法此时对她不管用了，她只是不想伤了和气，昀儿不想在异国他乡得罪这种阴险狡诈的小人。远离，慢慢断掉以后的来往就好。昀儿主意已定，开始做淘汰法，她不想被这些人所左右，要做回自己。

崔力找的老外老公，其实是被别的女会员放弃后被中介柯总介绍给她的。只要是老外，崔力不管什么人只想先嫁出来再说，因为她在中国已离了三次婚，此刻只要能嫁多远都乐意。她本来长得皮肤白白的，看不出实际年龄，当那个老外被女友放弃后，柯总马上推荐给想要绿卡的崔力，老外也立马同意了与其交往，并在三个月后与她结婚。崔力的老公条件不好，家里是租的房子，职业是建筑包工头，长年在外打工，崔力结婚后就随他住进工地打零工、做清洁。就像崔力经常对昀儿说的那样："我和他结婚只有一个目的，就是挣美元。哪里有什么真爱？"

在外嫁女友当中，昀儿找到的老公条件算是好的吧，所以昀儿已经隐隐约约看到了崔力在等着看笑话的心态。

以前昀儿之所以把崔力当知己，是因为崔力常常把她的隐私生活都告诉昀儿："我跟我老外从来没有性生活，我就是等着拿绿卡，打工挣钱，而且我怀疑我这老外想害我，有一天我喝了他给我的牛奶，就恶心，想睡觉，四肢无力。有一次我一个人在家，不知道几时煤气味满屋。我就很小心，所以不要相信老外，要防着他害你……"

当听到这些话时，昀儿感觉崔力把她当朋友了。虽然昀儿从没传过话，只是听听，但心里还存一种感动。这是以前昀儿对崔力的同情。怎么也没有想到，昀儿要离开美国，崔力比她更高兴。可崔力曾说过她遇到的困难那么艰难，怎么从没有想过她自己离开美国呢？昀儿陷入云里雾里，不知崔力真正的想法。

现在，昀儿冷静地苦笑着。何必呢？我们女人本身就苦了自己，老外欺负了我们同胞姐妹，崔力却还是这样心不甘的样子。昀儿清楚日子是自己过，幸福不幸福自己最清楚，她可不会与崔力一般计较，自己悄悄地走，无须对崔力掏心掏肺。经历了才知道谁真谁假，更没有必要为老外的房产留下来。对昀儿来说，宁愿背上弃婚的骂名，也要维护自己的尊严！

崔力的目标是绿卡，而昀儿是为了寻找有爱的婚姻，如果不是想要的婚姻，拿到绿卡又有何用？连人都不要了，还要那玩意儿，一张卡而已！昀儿有时很可怜那些只是为绿卡而留在美国的女人，也不理解崔力想嫁给老外的真实目的。她只知道，她和崔力追求的生活是不一样的，道不同不相为谋，朋友都做到这份儿上了，还有必要假装应付下去吗？别人可能装下去，以昀儿的性格，怕是她的心里早有结果了，昀儿与崔力之间的所谓的友情是到头儿了。

第 14 章　她真的走了

　　露露已经从学校休息厅的窗户看见了匆忙赶来的昀儿，立即起身向昀儿招手。昀儿还没有坐下，就急忙对露露说："我等不及春节之前再回去了，我得改签机票提前走！"

　　昀儿的语气似乎有些哽咽，眼睛红红的，一看就知道一晚上没有睡好。昀儿发现露露的大儿子也跟着过来了。露露的大儿子今年 17 岁，名叫杰逊，在一家中国餐馆打工。从小在美国生活的他很懂得法律，有时候大人说话他都在旁边听着默不作声，猛地会给出一点儿建议，还真管用。

　　杰逊对昀儿说："阿姨你走之前要先去一趟警察局，先跟警察说要离开老外的原因和你的后怕。美国讲究法律法规，你偷偷走了，你没有拿老外什么东西，但是你不得不防老外让你走不了，诬陷你拿了他的东西，或者自己在家里搞破坏，然后说是你搞的破坏，让你一时走不了，即使你到了机场，他也可以把你追回来。如果那个时候说不清楚就更麻烦，你走不了，钱也花了。为了避免这些情况发生，还是先主动跟警察讲清楚，最好是有证人陪同一起去拿你的生活用品再离开。"

　　真没想到小小年纪的杰逊这么理性，给的建议让大人刮目相看。这是昀儿和露露都没有想到的，本来只想悄悄地走就行了。昀儿采纳了他的建议。昀儿提前几天就跟肯尼说要跟学校的中国朋友去度假三天，肯尼没有怀疑。当天晚上，昀儿住在露露家，坐在电脑前将机票改签到了 2014 年 11 月 16 日晚上的 8 点 20 分。一切准备就绪后，想到杰逊提出的建议，她准备去机场的头两天先去警察局，再由警察局工作人员约好时间陪同自己去肯尼家。那个时候那儿还是昀儿的家。

在去警察局报告的那天，全程英文说明，一问一答，都是由杰逊完成的。事情处理好后，警察在办事栏目中签下第二天去肯尼家里，见证昀儿只是去拿自己的生活用品及衣物。这件事情办得太完美了，起码让昀儿没有后顾之忧，走得清清爽爽。

那天昀儿还悄悄地故意做了一件事情，她知道等不到与肯尼办理离婚手续，有意将那张结婚证原件放在抽屉的最上面，只拿走自己社会安全卡号原件和结婚证复印件，目的就是让肯尼看到这张纸，他也可以单方办理离婚手续。昀儿不想与肯尼面对面去解决这个问题，她只想走，可以什么都不要，只想早点儿安全地离开肯尼，离开美国，回到自己家人的身边，回到自己的祖国。

跟警察约好的第二天，武先生乘坐露露的车来到昀儿家附近，露露将车停在离肯尼家不远的路边。在车里可以看见肯尼出来后开车离去的身影，昀儿不想与肯尼正面交流，等肯尼走远后，才从车上下来，走近已经靠近路口停下来的警察的车子旁，礼貌地对警察工作人员说："可以随我来了，警察先生！"

来到肯尼的家，昀儿将衣帽间自己的衣物整理在自己的箱子里。露露在帮昀儿不停地装箱，武先生看着家里布置得井井有条，不免有些伤感："这么好的家，为何就留不住女人呢？"

这句话让昀儿回头看了一下主卧。床上有两件肯尼的脏衣服，可能是习惯了吧，昀儿自然地把房间巡视了一圈，将床单及衣物全部放在洗衣机里，按上开关打开洗涤程序，才接着装自己的衣物。

露露说："你现在还帮他洗衣服、洗被子干吗呀？他那样对你，哎呀，你是不是被气傻了？"

昀儿什么也没有说，只是在心里想，虽然不爱了，还是给肯尼留下个念想，少恨她一点儿。不管怎么说，是自己不辞而别，男人挺没有面子的，真不知道他回家后看到厨房料理台上的那封信会有何感想。昀儿不敢想，所以才选择悄悄离开！她真忍受不了肯尼的脾气。

露露宽慰地对昀儿说："上帝为你关了一扇门，总会为你打开一扇窗，你的好日子一定会来，相信我，别后悔今天的离开！"

前后嫁到美国还不到一年的时间，让昀儿看清了人世间男人和女人的分分合合、太多的女人对外嫁异国他乡婚姻的失望。一旦心不在一起了，从骨子里都能感觉到那种人走茶凉的冰冷……

下午4点昀儿从露露家里出来，准备乘坐晚上8点20分的飞机。露露把车子里的卫生清理了一遍，把后备箱腾出位置好放两个大行李箱，昀儿自己随身携带一个背包。这些箱子还是上学的空当露露带着昀儿一起买的那些。露露的两个儿子真的很懂事，将昀儿的行李箱一个一个地放在车上，随后给了昀儿一个拥抱。

杰逊："阿姨，一路平安。"

昀儿："谢谢杰逊，谢谢宝贝为我做了这么多。"

杰逊倚在大门上，没有进去，屋外下起了雨，天空灰蒙蒙的，灰色的天空没有了往日的晴空万里，显得特别宁静，露露家居住的街区几乎看不到一个人影儿。

露露："杰逊你进去吧，带弟弟在家看书，我送阿姨去机场后就回来。"

杰逊向妈妈和昀儿摆摆手，依依不舍地进了家门，可还是隔着玻璃门目送她们离开。露露上车后对昀儿说："我家俩儿子有点儿舍不得你，这儿子很重情，像我。"

昀儿也忍不住哭了，她看见露露的两个宝贝儿子隔着玻璃门站在那里向她挥手，那眼神分明知道阿姨是不会再来这个小镇了，再见时可能是在中国昀儿的家乡，或者是在露露的家乡。昀儿的心早就飞走了，中国的亲人还在担心她的安全，中国的亲人还在期盼她早点儿回来。

雨水滴落在车窗上形成道道水痕，窗外的风景透过朦胧的玻璃匆匆而过。昀儿不敢多看，只想着，下雨好，下雨天，那位曾经是丈夫的男人肯尼就不会出来，探询她究竟是哪天离开。也许他根本没有想，问也不问；也许他已经在网站上找到了下任女人，未来的第六任妻子来接昀儿的班。肯尼不会在这个节骨眼儿上寻找昀儿，肯尼不服输的性格昀儿太了解了，他绝对没有耐心。

可以说，至少在五次失败的婚姻中，他都没有对妻子们有耐心。第一任给他生下了三个女儿，还是离开了他。从分手后的绝情，不闻不问，立刻换掉微信图像，就知道他是个冲动的感性动物，没有多大的耐性。一个女人走了，第二个、第三个、第四个、第五个都走了，难道都是女人的错吗？这在肯尼这里都习以为常了。昀儿想到这里，想到她在这个男人心里什么都不是，前后耗了两年时间，浪费了岁月，还带着伤害灰溜溜地离开，连一句解释的话都不想给这个男人说，不想看见到那张冷脸。

昀儿情绪低落，心里害怕肯尼真的出现在机场。去机场虽然只需要20多分钟车程，昀儿却感觉那么漫长，她祈祷着，平安就好，安全离开最好，最好不要有这个人意外出现。

露露从后视镜中看着昀儿，知道昀儿在想些什么，所以从一上车就没有打扰她。露露的驾驶技术很好，尽管是雨天，还是按时赶到了机场。车刚刚停在A区，就看到武先生已经在A区等候了。武先生把露露车上的行李箱提了下来，随后露露帮着昀儿背着小包和一些吃的零食、水果，三人边说着话边走进机场大厅，在武先生的引导下，直接走到了值机的柜台前，办理托运手续。

武先生和露露很放心了，因为要进安检了，露露没进去，武先生办理进入安检大厅候机送人的手续，他让露露放心先回去，家里还有两个儿子。昀儿也让露露早点儿回家。露露背对着武先生落泪，转向昀儿来了个紧紧的拥抱。露露边拥抱边在昀儿的背后用手擦拭脸上的泪水，不敢让昀儿看到她难过的样子，担心自己的情绪影响昀儿。

回国应该是高兴的事情，可不知道怎么总是会有伤感的情绪在心里压着，真难过。

昀儿被露露拥抱着，感受到友情无价的珍贵。最后还是昀儿拍拍露露的肩膀说："我们一定还会再见的。"

露露道："好，一定去你中国的家。那我先回了。"

露露回头又向武先生喊了喊："武先生，昀儿就拜托你，安全送到登机口，另外把转乘的航班信息也交代好，告诉昀儿怎么办理，不懂的话可以咨询同航班的中国旅客。"

武先生回道："放心吧，我会写一个便条信息，教昀儿转乘。"

也真的难为昀儿了，第一次在异国乘坐转机航班。因为途中时间很短，昀儿的英文不是很好，一紧张怕走错航站楼，那可就糟了。所以必须选择对的方向后，再赶时间。要是方向错了，盲目地赶着走，只会离目标越走越远。

这是昀儿担心的。人生已经走错了，这次回头可千万得看清目标。想到这些，让昀儿不禁有点儿紧张了，因为她不想也不能错过这次航班了，她身上只有 20 美元和 1600 元人民币。

露露告别后，武先生将昀儿引到航班的登机口，正好是中国的服务员接待换登机卡，于是武先生及时将昀儿的联乘机票让其指导下飞机后转乘几航站楼、什么区候机等内容都记在纸上。这一切办完后，武先生和昀儿才松了一口气。离登机还有 30 分钟，武先生像变戏法儿似的，从自己的衣兜里拿出套装品牌香水，那是昀儿平时舍不得为自己买的奢侈品。跟肯尼在一起生活的时候，他从来没有给她买过这么贵的品牌香水，连化妆品都没有给她买过。

接过武先生的便条，昀儿只敢低头流眼泪："谢谢，我收下的是友情，我会照顾好自己，放心！到了中国的航空飞机上，我就发信息告诉你和露露。我的家人会来接我。"

"放心吧，一定会平安到达，我们中国见。"说完，武先生给了昀儿一个大大的拥抱。昀儿发自内心默默地说："祝福武先生家人幸福，好人一生平安。"

从阿拉巴马州小镇的机场准点起飞，飞往休斯敦机场转乘中国航空公司的航班，昀儿沿着武先生写在纸上的指示，顺利找到航站楼候机登机口，这下悬着的心才放了下来。昀儿环视大厅，看到时间刚刚好，上了卫生间整理好自己的衣物，换了身舒服运动便装，打起精神，对着镜子里的自己说："全都过去了，从现在开始，一切都会好起来。"

意念是很重要的精神力量，此时此刻，昀儿只有给自己打气：一切都会顺顺利利。昀儿站在排队的登机口处，自拍了一张照片，发给了露露和武先生及自己的家人，让关心昀儿的亲朋好友们放心。机场大厅内中国人还挺多，有一半是中国朋友，昀儿想，世界各国到处都有中国人，中国人真的厉害，真的很智慧，真的很勤奋。

随着人群的走动，昀儿找到了靠窗而坐的位置 D16，这组数字也是

昀儿喜欢的，看见缓缓升起的飞机，昀儿会心地笑了。一连几个月，昀儿已经忘记了笑容，原来回到祖国的怀抱，才有安全感。昀儿靠窗而坐，向天空张望，默默地想：我现在才懂得，为什么都说只有出过国的中国人，才能真正懂得祖国有多么好，才能真正体会到每个异国他乡的游子的心灵深处都有一种刻骨铭心的爱国情结。

昀儿内心呼唤着："伟大的中国，我爱您！我们强大的中国，我为您自豪！"

此刻，她的心情格外兴奋。她在心里一遍又一遍地问自己："我真的是乘坐在飞往中国的飞机上了吗？这一切都是真的？这么顺利？"她拧了一下自己的耳朵，还真的没有做梦，这一切都是真的——哇！我真的是乘坐在中国航空公司的飞机上。此生有幸啊！只要能回国，此生无憾！愿一切平安顺利！

昀儿闭上眼睛祈祷着，默默地听着广播里乘务员的声音："各位旅客，请系好安全带，飞往中国北京的航班，就要起飞了……"

第 15 章　回国遇见中介柯总

从美国回到老家后，除了露露和武先生外，昀儿对谁都没有说。她回国的事只有微信联系最密切的崔力知道，崔力也是柯总公司外嫁女会员。

从万圣节发朋友圈事件开始，昀儿才隐隐约约感觉到，崔力比自己还希望自己早点儿与肯尼有一个了断，能早点儿回国。这要是在以前，昀儿一定会感激不尽，可那次朋友圈中酸溜溜的对话，让昀儿意识到，自己太天真了，她只不过是崔力的眼中钉、肉中刺。妒忌可以毁灭一个人的良知，让她就喜欢看到别人痛苦。

昀儿没有想到回国后才三天，柯总会主动打电话给自己："有空见见，聚聚。"柯总的语气显得很肯定昀儿已经回国，这让昀儿一头雾水。不过昀儿瞬时明白了，这是崔力说出去了。她想证明一下自己的判断，在电话这头顺便问了句："你的消息这么灵通啊！谁告诉你的呀？我是想等时差倒过来后再跟你联系的，没有想到你这么快知道了。"

柯总说："还有谁能跟我说呢。哪天你来我家吧，就在我家吃顿便饭，正好有一个想外嫁的女会员，想了解一下国外的情况，咱们俩先见见面聊聊。你看怎么样？"

昀儿道："吃饭就免了吧，我请你足疗按摩，就咱们俩，好说事。"

柯总说："好啊，但是你还是先来我家，我有些事情得问问你。你真的和肯尼分了吗？我想了解一下。"

昀儿道："啊呀，这你已经知道了？连我都没有想好的事情，谁替我做主了？还这么详细？你能不能跟我说说，一半真一半假的信息是谁告诉你的呢？我这个当事人什么都没有说，别人怎么说你都信呀？”

柯总回道：“是崔力说的呀。她说的话我不全信。你既然回来了，你明天来我家吧，我等你啊！”

昀儿先答应了，也看清了崔力到底是个什么样的人。虽然被女友背叛的感觉心里不痛快，但是还是想知道崔力是怎样传这件事的。

这天正好是一个星期天。昀儿和柯总住在同一个小区，昀儿在柯总的眼里不同于其他外嫁会员，可以说，应该算是朋友了，起码不忌讳说一些真话，包括整个翻译公司的运作，带客源会员的操作都会敞开心扉地对昀儿说。昀儿也很大气地将所有周边的单身姐妹介绍给中介柯总，从没有谈及说过要什么好处。从认识开始，柯总就对昀儿的人脉关系很看重，公司也受益不少昀儿的人脉资源，发展了很多女会员。

昀儿踏进柯总的楼栋单元门下，在电梯里还在想与柯总认识真是缘分，要不是因为和柯总住在同一个小区，自己怎么会想到嫁给老外呢？

命运给昀儿开了玩笑，从国外遛一圈又折回来的经历，让她感觉这一次外嫁婚姻生活压根儿就不是自己想要的生活。回来了也好，不管怎么说，也要亲自对柯总说出实情，也不枉他们朋友的情谊。说出来柯总肯定能理解。与其是从别人口中听到扭曲的信息，还不如昀儿亲口说出前因后果。

柯总家门前，昀儿按响门铃，开门迎接她的正是柯总，他忙递来一双拖鞋给昀儿，边笑边说：“还是那么漂亮年轻，一点儿没有变。”

昀儿：“我都在美国待傻了，长胖了，迟钝了，你不觉得吗？”

柯总：“我看没有什么变化呀。来，来，给你介绍一个新会员，方方。”

方方：“你好，早就听柯总夸你网缘好，人也好，说你一定会帮我，给一些好建议。”

昀儿：“哪里哪里，只要听见柯总的话，就仿佛看到了远方的爱情。”

柯总："哈哈哈哈，昀儿最会说诗情画意的话了，我特爱听你这样夸奖我。"

　　方方："是啊，我认识柯总后，就感觉迟早要嫁到国外去了，就好像柯总一定会按照我的要求帮我选择老外。"

　　昀儿："是啊，柯总能把你的心吊起来，像荡秋千一样浪漫，感觉能抓住希望。"

　　昀儿与柯总聊着走进书房，方方则走进厨房做她说的拿手菜酸菜鱼。

　　书房里的昀儿直接说："柯总你今天想问什么，我都讲实话，但是事情的前因后果你可别简单说我错了，要等我说完！"

　　柯总："你不是一个冲动的人，你向来是处事不惊的人，我信你。"

　　昀儿："长话短说。我已经发现肯尼外面有人了，而且还是网上认识的，这是其一；其二，我发现肯尼脾气很不好，我已忍无可忍了，给了他11个月的时间磨合，还是改不了；另外，我想我不图他的什么财富，所以放弃他很简单。他以为很重要的东西我不屑一顾，三观不合。分是好事，再说他已经离了四次婚，不差离第五次。"

　　柯总："你已经办理了离婚手续吗？还是……"

　　昀儿："我把结婚证找出来放在肯尼的柜子里了，他要是想另结新欢，一定会先去离婚的。所以我悄悄地离开是最好的一种解脱，有的话不说明，也是给肯尼一个台阶下，当他再婚的时候，也好对第六任妻子说，是他肯尼不要前任的。"

　　昀儿说得很对，肯尼很爱面子，如果他身边的朋友知道他的第五任妻子又走了，连招呼都不打，多没有面子呀！男人嘛。昀儿想想，这种不见面离婚方式，对肯尼来说有面子，这样他未来的第六任心里也舒服。

　　柯总："这番话听起来很有道理。你弃婚了，不要老外，还替老外留点儿面子。"

　　昀儿："是啊，婚姻适合就过，不适合就分，这样反而自由。不过我刚刚说的话也只是替肯尼想，猜测肯尼会这样做。但我不知道他的任何反应，以后也不想了解他的情况了。这算分了吧？"

柯总："你以后还有什么计划？还找吗？我再帮你选择一位老外？"

昀儿："别别别，我现在真的不愿意找老外了。在异国生活快一年了，感觉还是中国好。真心话，别浪费时间了，你多帮帮那些很想嫁到国外去的女会员吧，我真不找了。"

他们说话的工夫，方方做好了三道菜，都是昀儿爱吃的——酸菜鱼、排骨藕汤、青椒榨菜丝。饭桌上，方方热情地照顾昀儿用餐，她说这是柯总要求她做这几道菜的，他说昀儿爱吃。

昀儿听了方方的话，被柯总的细心所感动。本来还想对柯总诉苦的，结果他说的净是客气话，没有一句责备的意思。这就是能八面玲珑，能办公司的柯总。

昀儿与柯总聊过之后，更证实了崔力的为人，真是以前一直拿她当姐姐的好人，怎么会这么爱搬弄是非呢？

通过这一次外嫁，真的让昀儿想尽早远离这个外嫁圈子。

今天与柯总的长谈，昀儿已经看懂了柯总下一步的意思了，肯定会将公司另外的女会员推荐给肯尼。这是这样的翻译公司一向的做法，在利益面前，会让你去理解他公司的苦衷，会说反正是你不要的男士，介绍给不挑剔的女会员。柯总这个时候只会考虑他公司的利益，而不是女会员的感受，包括昀儿。

这顿饭可不是白请的，昀儿也明白这是柯总打出的友情牌，让昀儿怎么都别说公司的不好，有什么都可以对他说，但是不要对外讲，是封口的意思。

其实昀儿压根儿就不想谈起此行外嫁之事，要不是崔力脱口说了出来，昀儿回国后，不会对任何人提起。这次外嫁对昀儿来说是走了一次弯路，昀儿也丢不起这个脸，她还真不想让别人知道太多自己的隐私，希望由时间冲淡这一段失败的婚姻，早点儿淡出人们的视线。今天柯总的鸿门宴非来不可，不然昀儿怎么会明白他的真实用意呢？昀儿已经想好了，她不会再把未来的幸福寄托在唯利是图的柯总身上，她必须摆脱这个圈子，跳出柯总、崔力这些是非之人的视线。

与君初相识，犹如故人归。

第16章　第六任上任真相

自从昀儿回国以后，她几乎忘记了这段与肯尼的短暂婚姻，她以为这一生跟肯尼再也没有联系了。没想到，因为要办美国旅行签证的关系，昀儿又不得不跟肯尼联系。

在办签证手续时，工作人员需要昀儿填写确切的婚姻状况。那时昀儿自己有点儿蒙，她不知道离开肯尼之后他们之间的婚姻关系是否还存在。毕竟那时她跟肯尼并没有达成离婚的共识，只是她单方决定放弃这段婚姻。昀儿并不知道目前美国的法律如何认定她跟肯尼之间的关系。在工作人员的建议下，昀儿只好硬着头皮联系肯尼，询问他那边的处理结果。

发出三条消息之后，肯尼终于加上了昀儿的新微信号码，昀儿立刻验证通过。微信另一端的肯尼说："找我有什么事？"

昀儿："首先我不辞而别是有原因的，但是我也有错，对不起，我特意向你道歉。你现在过得好吗？还是有什么变化？有时候我常常想起我们一起度过的日子，我们之间太缺乏信任沟通。现在说这些可能晚了，但是希望你过得好。你现在一个人吗？"

肯尼："你走了之后我很生气，我感觉被你遗弃了。我们在婚礼上曾经说过，无论生死一定要永远陪伴在一起。你的离开对我伤害很大，我一个月下来头发全白了，我真的很难过。现在是厂里的工作时间，我要去工作了，明天再回复你，好吗？"

昀儿："好的，你先忙，明天我等你的微信。"

肯尼还是没有告诉昀儿他的婚姻现状，他在回避昀儿提出的正面问题，他还没有想好怎样回答。他不知道昀儿突然在这个时候找他有什么目的。

这个晚上昀儿反复琢磨着如何跟肯尼继续交流，担心肯尼不肯如实相告。这一夜时间显得是那么长，昀儿无法入睡。

第二天早上，昀儿与肯尼联系的另一部手机出现微信铃声提示，昀儿立刻接通，微信那边出现另一个女人的声音："请问你是昀儿吗？肯尼昨天晚上回家时将你们的聊天内容告诉了我，现在这部手机在我这里，我和肯尼现在已经结婚了。"

昀儿先是蒙了一下，她没有想到这么快，不知道这个问题还要不要继续问下去。昨天肯尼没有告诉昀儿实情，还跟昀儿说起婚礼誓言，现在想起来真是太滑稽了。估计肯尼也不好意思说自己再婚。

昀儿回复："你好，怎么称呼你？"

对方回复："我叫蒋姑，我是东北人。"

昀儿："我一直以为我还是婚姻的当事人，真不知道肯尼与你已经结婚。请问能不能告诉我，你跟肯尼的真实情况吗？"

蒋姑："我在深圳打工时认识了中介公司的柯总。他公司的翻译兰兰教我以旅行签证的方式到美国旧金山探望表姐。我在美国住了三个月。你是2014年11月中旬走的对吧？柯总在这之前三个月就把肯尼的网上邮箱告诉了我，我们一直都在网上联系。你居住过的街区有一个中国女人叫孟云，帮肯尼翻译，在电话里叫我先过来看看，看后觉得我们两人合适，就留了下来，我们同居后几个月就结婚了。"

昀儿："我能看一下离婚证书吗？我想确认一下肯尼是离婚后才与你结婚的，这样你们才是合法的婚姻。"

蒋姑："你和肯尼是2015年2月11日正式判决离婚，我们是2015年3月8日，也就是离婚判决生效后才领的结婚证。我去找一下离婚判决书给你看。"

过了一会儿蒋姑又发信息说："我在抽屉里只找到离婚判决书的复印件，原件不在抽屉里。我现在把它拍下来发给你看看。"

昀儿看到蒋姑发过来的离婚判决书复印件，终于获得了自己期望的结果。她认为有原件会更好，于是对蒋姑说："你能把离婚判决书原件邮寄给我吗？我把我的中国地址发给你。愿一切顺利，真心祝你们幸福。"

蒋姑："好的，邮寄后我会通知你。"

蒋姑的话证实了当初昀儿的想法，得知昀儿跟肯尼分开之后，柯总马上将肯尼介绍给其他女会员。对于柯总与昀儿之间的交情，柯总这样做有些不够朋友，把昀儿的前夫当成赚钱的工具。柯总说过："我们只管翻译男女会员的情书，帮忙牵线搭桥，2万元入会费。不保证一定幸福，哪怕你嫁给中国男士也未必幸福，这是每个人的运气。"柯总自认为是在做好事，其实就是挣会员的钱。

昀儿不会去与柯总计较，她有消化不良情绪的能力，她相信以后自己会过得越来越好。

当时昀儿离开肯尼家几天后，肯尼就在孟云和布莱恩家商量怎样应对昀儿的离去。在孟云家，布莱恩坐在三人沙发上，孟云坐在布莱恩的身边。肯尼坐在布莱恩对面，神情恍惚。

孟云："我联系了昀儿，她回复说不需要肯尼出机票钱，既然已经放弃了，还回来面谈有意思吗？她还说，希望肯尼也不要找她了，要说的话都已经写在信中，放在厨房料理台上。"

布莱恩："这次昀儿是来真的，肯定不会回来了，肯尼你报警的警察局怎么说？"

肯尼："警察说昀儿一行四个人在前一天就来报告过，她说对这次婚姻失望透顶了，说我脾气不好，家里还有枪，担心我控制不住自己的情绪，会发怒失控掏枪伤人。她是因为害怕而决定放弃这名存实亡的婚姻的。她什么也不要，什么也不争，只想在警察见证的情况下拿走自己的生活用品。警察说报案的时候是一位 17 岁中国小男生做的中英文翻译，说清了整个事情的来龙去脉。警察说这是合法申请保护人身安全，没有多说其他的事情。"

布莱恩："昀儿后面一定有人给出主意，她也想到了先报告警察局；要是肯尼你先报案，昀儿走不了。现在警察根本不信你，他们已经有陪同昀儿取生活用品在场的证明。"

那天警察看到的事实就是昀儿只取走了自己的衣物。昀儿走之前还帮肯尼换下了床单被罩，把椅子上的脏衣服放进洗衣机里洗，临走之前把房门钥匙和一封信放在厨房料理台上。

肯尼："是的，警察也对我说：'你妻子不吵不闹，走之前还帮你把脏衣服放进洗衣机里。这中国女人真好。真不知道你要什么样的女人，你要是对妻子好，她会离开你吗？'"

孟云："现在说这些话没有用。昀儿不会回来了。问题是昀儿和你没有办离婚手续，这对你再婚肯定有影响。"

肯尼："没有关系，我看到了结婚证还放在家里，可能是昀儿有意留下的，我可以单方起诉离婚。"

布莱恩："那干脆早点儿办离婚，叫孟云帮你再介绍一个中国女人，让昀儿后悔莫及，想反悔都没有机会。"

肯尼："谢谢布莱恩，跟我想到一块儿去了。我在网上认识了蒋姑，我们一直还有联系，她还在美国，住在洛杉矶亲戚家，她比昀儿还小几岁，脸形像昀儿。"

布莱恩："那就趁早约时间来你家看看。只要她看你家里的房子，肯定会同意的。"

孟云："你可以打电话给她，我帮你翻译，我可以说服那个女人来你家里先看看。"

孟云一下子完全忘记了自己也是一个中国女人，却这样顺着美国丈夫布莱恩的意思，一唱一和地帮着肯尼出谋划策。她极力撇清与昀儿的关系，好像她们从来都不是朋友，好像已经忘掉曾经在一起开开心心聚会、吃饭、旅行的日子，也忘记了她曾经是昀儿来美国认识的第一个中国邻居。

孟云只想讨肯尼的欢喜，配合布莱恩的主意，可她哪里知道布莱恩曾想占昀儿的便宜。孟云到现在都不知道布莱恩为何这么极力想借此事让昀儿离开。这就是孟云没有头脑的可悲之处，也是昀儿为何临走之前一句真心话都不想对孟云说的原因。

昀儿知道，即使孟云知道了布莱恩是什么样的人后，还是不会离开布莱恩，她需要自己不工作又有人养她的婚姻。

在昀儿离开美国的第二个月，肯尼与孟云拨通了蒋姑的电话。孟云很热情地当翻译邀请蒋姑过来见面，时不时地添油加醋，说好话让蒋姑信任她，还特意提到肯尼的别墅，以此来引起蒋姑的兴趣，促使她尽早飞过来。

电话那头的蒋姑听到肯尼答应买机票后，也松了一口气，没有多想就同意了。蒋姑也打着自己的小算盘，她来美国就是奔着结婚来的。时间已过去三个月了，还没有遇到真心喜欢她的老外，翻译员也一直在网上帮蒋姑寻找，刚好找上了肯尼。

那些日子里，肯尼半夜三更偷偷摸摸地在卫生间里跟蒋姑联系。那个时候的肯尼只是调调情，并没有对蒋姑说出自己已经结婚。原来肯尼跟昀儿结婚后，并没有将自己的个人信息从网络平台撤下来，翻译公司还以为肯尼是单身，所以柯总深圳总部的翻译员一直帮蒋姑和肯尼联系，这也加速了肯尼的变心。

这件事也让肯尼对中国女性更加轻视——昀儿走了，还有再来的。蒋姑为了一张绿卡，明知肯尼与昀儿在法律上没有解除婚姻，但还是同意了与肯尼同居。

就要过 2014 年圣诞节了，肯尼想起 2013 年的圣诞节，那天他去机场将昀儿接到他的父母亲家举行婚礼。那个时候肯尼怎么也没有想到，他从 2013 年上半年通过合法的未婚妻签证将昀儿申请到美国，但这一段婚姻依然被他的坏脾气给弄丢了。

昀儿对他失去信任而绝望，肯尼没有反省自己的问题。虚荣心作怪，他马上和中国女人蒋姑勾搭成功，立马可以替补他心中的遗弃感。他要报复昀儿留给他的耻辱和被昀儿抛弃不能说出的痛。肯尼摆出胜利者的姿态。

腹部挺得高高的中年男人的侧影显得越发苍老。五次婚姻失败难道

都是妻子们的错吗？到此为止，肯尼还没有吸取教训，而是速战速决与蒋姑婚配。就这样，肯尼和第六任妻子蒋姑匆忙地开始了婚姻生活。

肯尼对同居已经不陌生了，这也是昀儿接受不了的事实。最可笑的是，从孟云口中讲述过肯尼与多名女人同居的故事，多事之人成了肯尼的朋友，难怪肯尼的生活总是一团糟。肯尼在与昀儿恋爱期间跟别的女人同居，据孟云所说的就有两个女人。这对肯尼来说，没有什么不妥，所以他已经习惯了被女人抛弃，也习惯了抛弃女人的生活。肯尼的朋友在第一次认识昀儿的时候说的"你中大奖了，希望你是肯尼的最后一个女人"就是一个极大的讽刺。

孟云这次立了大功，帮肯尼牵线搭桥将蒋姑引进了家。她就像当初帮昀儿一样，开始帮蒋姑的忙，好像她就是蒋姑的恩人。为了帮肯尼说好话，孟云一直说肯尼对待婚姻是认真的，是昀儿要离开，并把婚姻失败的原因全部归咎于已经离开的昀儿身上，为肯尼换掉昀儿找了一些合情合理的借口。

第17章 离开另一半，谁的生活都照样过

在美国阿拉巴马州小镇，3月初的一个黄昏，布莱恩家门口停了三辆车。晚上有客人来访，布莱恩在门口候着，笑脸相迎。家里异常热闹，孟云正在厨房忙碌着，为的是迎接肯尼的第六任妻子蒋姑的第一次正式拜访。孟云做了几道中国菜和美国人喜欢吃的牛排、青菜沙拉。肯尼能顺利娶到蒋姑，孟云可算是帮了大忙、立了大功，是孟云催促肯尼与蒋姑迅速结婚。

孟云已经习惯了为布莱恩的朋友们聚餐而忙碌。那个菲律宾女护士长的丈夫端着酒杯走近孟云，他为肯尼的再婚感到好奇，一再追问孟云："第六任妻子是你电话邀请过来后，看了肯尼的房子就成了？你以前了解这女的吗？她多大？听说比昀儿还小2岁。肯尼还真行啊，妻子一个一个地换。"一年时间都没有到，肯尼就又换新妻子了，真是快呀！菲律宾女护士长走过来凑热闹说："肯尼娶六任妻子不稀奇，就算这家伙会有第七任妻子也不费吹灰之力。"

孟云说："那蒋姑也不傻，她的旅行签证在美国只有两个月的期限了，如果再不结婚，她必须得回中国。蒋姑担心身份的事情，我如实对肯尼说明了，蒋姑答应同居就是为了合法身份。肯尼想到昀儿不打招呼就离开了他，便立马同意只要蒋姑留下来立刻申请起诉与昀儿办理离婚手续，拿到离婚判决书就和蒋姑结婚，气气昀儿。"

护士长："听说2015年2月11日是他们离婚生效的时间，这才3月初肯尼就和这蒋姑领结婚证了。今天是正式在你家里与朋友们露露脸

呗！真是速战速决啊！肯尼喜欢玩时尚闪婚啊，图新鲜感。"

护士长丈夫又赶紧插嘴说："肯尼对女人好得快去得也快，心比我狠多了，是吧？亲爱的。"

护士长冲着丈夫回敬一句话："这有什么好羡慕的！冲动，你以为离一个，找下一个就是更好的吗？肯尼是在把婚姻当儿戏，我看这婚结了心里不见得舒服。瞧，连结婚都省了，这女人也太轻浮了。"

孟云："不过，这个蒋姑比昀儿年轻，还很厉害，肯尼还听她的呢！真是一个人一个命，昀儿把树先栽种了，院子里面的菜地也种好了，门前的花也开了，可惜来享受的是新上任的妻子。蒋姑才是高手，她会哄肯尼。"

这时候布莱恩走到孟云身边："你能不能少说两句，等会儿肯尼和蒋姑就到了。"

说曹操曹操到，肯尼和蒋姑一进门，屋子里的声音就停止了。幸好是布莱恩反应快，赶忙招呼说："快坐，随便坐吧，想喝点儿什么？啤酒还是红酒？"

肯尼："我来一杯啤酒，给蒋姑一杯玛格瑞拉。"

蒋姑先和大家打了招呼，就借着去洗手间补补妆容，然后静悄悄地从洗手间出来就听到孟云说着昀儿的事情。此刻的蒋姑心里真的不喜欢孟云，与其说这是一个家庭朋友派对，还不如说是肯尼的第六任妻子与第五任妻子的评判会，评价肯尼找的又是一个什么样的女人。真没劲！

蒋姑后悔答应肯尼来孟云家参加这次聚会，同时想，以后再也不会与孟云走太近了，孟云不是一个省油的灯。这女人帮肯尼的时候，指责昀儿不知足，毁了肯尼的第五段婚姻，把死的说成活的。现在又将昀儿离开之前叫了警察保护一事传出给朋友们听，这不是向所有人说是肯尼的坏脾气逼走的昀儿吗？想想婚姻中当一个女人毅然决然离开这个男人，心里面一定有不少委屈，不然怎么就这么决绝地离开呢？

蒋姑也是个聪明的女人，她必须好好地与肯尼谈谈眼前这个正在绘声绘色说得起劲的孟云，得防着孟云有一天也会这样说她蒋姑了，她可不想像昀儿一样，吃亏了还自己走。

蒋姑很明白她自己想要什么。她的身边总有柯总叮嘱的声音："遇事冷静，一定要与肯尼结婚，这样才能拿到美国的绿卡。你要明确自己去美国的目的，你和昀儿要的人生不一样，所需不同。"

看来，每个人嫁给老外的目的都有不同。蒋姑默默地想着、听着，忽然被猛然回头的肯尼发现了，他慌慌张张地给孟云使了一个眼色。可孟云头也没有抬，嘴巴不停地说着，无奈之下，肯尼直接冲蒋姑喊了起来："蒋姑快过来，认识一些新朋友吧。"

孟云赶紧招呼朋友们享用晚餐，朋友们很知趣地向餐桌走去。蒋姑走在肯尼的身边，心里虽不舒服，但是场面上的事情，她还是会做的。蒋姑心想：既然婚都结了，这婚可不能白白结了，为了绿卡也得忍，看以后我怎么对付孟云你这张大嘴巴……

蒋姑是出了名的狠角，比昀儿厉害，她明白自己想要什么。而昀儿呢？想要的是爱情婚姻生活，她太天真了，按照现在的话说，太不接地气了，太不食人间烟火，所以与肯尼只能分道扬镳，各走各的路。

蒋姑很现实，她想达到的第一个目标已经实现了，申请绿卡是她的第二个目标。这场饭局，在孟云的家，明晃晃的灯光照得来客有些刺眼，每个人心照不宣。来的这些人中，有很多是来看肯尼的笑话的，男人们很佩服肯尼的洒脱，一下子又换了一个媳妇，真有桃花运。

只在短短三个月的时间里，能解决离婚又结婚，虽然没有大场面，不得不承认肯尼找女人还是有一套的。肯尼心里很得意：今天就是非正式场面，我肯尼也让朋友们看看，你昀儿忍不了一时之气走了，这不便宜了我吗？我肯尼身边照样有女人，照样有愿意做我妻子的女人，没有什么大不了的！你昀儿肯定想不到，我还找了一个比你还年轻的女人！

肯尼把所有对昀儿不辞而别的怨恨全部写在了那张得意忘形的脸上，布莱恩在孟云耳边吹的坏点子，全由孟云搅得风生水起，达到了布莱恩想要的目的。这个蒋姑可不是肯尼驾驭得了的，后面的日子就是孟云也难以应付她，她可不是省油的灯。

　　只要在地球上生存，谁离开谁，日子都还得过。人生就是一个循环，东方不亮西方亮。肯尼的婚姻解体，昀儿的悄然离去，给了蒋姑留在美国的机会。人各有所爱、各有所需，对任何人来说，没有对错之分，只能说肯尼与昀儿缘分尽了。肯尼的日子还得继续，蒋姑的日子也要继续，昀儿的日子或许因此而过得更好。谁知道呢？不信就往后瞧瞧。

第18章　厉害的东北蒋姑

　　蒋姑留在了肯尼的家。有孟云在，肯尼少了很多事情，也省了解释前任昀儿的离开。该说的话都由孟云替肯尼对蒋姑说明了。蒋姑想，既然肯尼这么好，那为什么昀儿要悄悄离开呢？那时蒋姑已经怀疑孟云并没有说实话。而孟云确实为了讨好肯尼而中伤昀儿，就冲着昀儿对她不辞而别，心想昀儿已经不把孟云放在眼里，她孟云又何必帮昀儿说好话？

　　还是昀儿敏锐，当与肯尼在一起的时候，猜到了孟云会站在哪一边，也明白她就是一个风吹两边倒的女人。孟云似乎已经忘了自己也是中国人，为了帮助肯尼能尽快与蒋姑在一起，与同根生的中国姐妹锅里斗，欺负自己的兄弟姐妹。

　　蒋姑很明白孟云的用意并不是对她蒋姑好，是一个见风使舵的人。蒋姑更有手段，会借力，先顺利拿到身份再说，以后的事再看肯尼的表现。蒋姑过来后看到肯尼的房子还挺大，又有游泳池，还有两台现成的小汽车，按说条件挺好的，没有多想就同意了。当然，孟云没有说肯尼的工厂已经破产了，目前的厂房是与韩国老板合伙租临时做加工用的。孟云替肯尼隐瞒了他的经济状况。

　　蒋姑一直住在肯尼家，等待着肯尼与昀儿的那张离婚判决书，最后总算是没有白等。肯尼也需要尽早完成这次离婚和再婚两件事情，不然，也害怕夜长梦多。昀儿的不辞而别，对肯尼造成很大的打击，因为这件事情是他没有想到的，所以几个月下来，肯尼头发几乎都急白了。所以他希望早点儿与蒋姑结婚，可以狠狠地报复昀儿，同时也给自己争回面子。不管怎么说，蒋姑比昀儿年轻，他想在蒋姑身上挽回男人的自尊。而蒋姑与肯尼结婚能得到合法的美国身份。各有所图，两好合一好，这次婚姻真是及时雨呀！目前也顾不了那么多，只要能结婚，肯尼恨不得全听蒋姑的话，蒋姑说什么，他都会答应。

蒋姑听到肯尼的朋友们议论昀儿的事情，也知道了个大概。昀儿并不像孟云说的那样，那都是孟云替肯尼撒的谎。在朋友们的心目中，昀儿似乎很受欢迎。蒋姑能感觉到，孟云是她以后得小心应对的女人，一定要与她保持距离。蒋姑现在只能先稳住肯尼。

蒋姑也知道，时间久了昀儿的下场就是她蒋姑的下场，在没有拿到绿卡的时候，自己一定得紧紧地抓住肯尼的人，投其所好就好。不能再走昀儿的老路，听信崔力那套与肯尼对着冷战等愚蠢办法。柯总私下跟蒋姑说过相关的注意事项，对付肯尼得讲究策略。蒋姑可不想被孟云与布莱恩左右，也不会像昀儿那么天真。

结婚的那一天，蒋姑和肯尼坐在自家的后院。蒋姑把女人的柔情与东北女性的果断性格，全部展示在肯尼面前。蒋姑望着天空的星星，自言自语道："从今天起，这才是我蒋姑真正的家。"

肯尼笑眯眯地对蒋姑说："你不是说有话要今天晚上对我讲吗？"

蒋姑："是啊，我想说的话是，想让星星和你作证，咱们俩从今往后要以诚相待，有矛盾不隔夜，有误解的时候，只允许相信我们自己，而不要去相信朋友。自己家里的矛盾，我们自己解决，要相信彼此，好吗？能做到吗？"

肯尼："可以，我能做到。"

蒋姑："比方说，我与你有什么不同意见的时候，或者我们之间发生了误会，你能听我解释，而不是去听布莱恩、孟云夫妻俩的分析。我知道他们俩是你的朋友，但是我已经是你合法的妻子，你明白吗？我希望在我们互相被误解的时候，请你先相信我，相信你的妻子，我可不想走前任昀儿的老路。你不觉得你与昀儿之间的关系和你的隐私，都是孟云散播传出去的吗？我们要尽量少接触他们夫妻俩。"

肯尼看着蒋姑一脸的期待，沉默一会儿后，似乎也悟到了其中的道理，于是小声叹气说："是的，这一路走过来，我也看明白了，以后都听你的，你不高兴就少和她往来，我绝不强求。"

蒋姑："今天是我们领证的第一天，我很想和你好好过日子。不能因为你听了朋友的话，而伤了我们的感情。我不想被孟云挑拨是非，影响我们俩，好吗？你可一定要表态！"

肯尼想想自己都活了大半辈子，再活不明白，说不准这第六任蒋姑又跑了，他该怎么办？想到这里，他出了一把冷汗，脸上一副沮丧和心事重重的样子，慢慢转向蒋姑，说："你放心吧，请你以后要一直对我好哟！我会听你的。"

肯尼这个时候随心情答应了蒋姑，还叫蒋姑对他一直好下去。他的内心总是先考虑对自己是否有利。

人的欲望是永远满足不了的，人世间万事万物都在变，何况人心呢？

第19章　获得单身自由的昀儿

昀儿无意中在柯总的网站上看到他们发表的蒋姑顺利外嫁的故事，只是这故事情节含糊扭曲，刻意夸大了肯尼与蒋姑的幸福感。昀儿明白，柯总无非就是想吸引单身女会员入会，挣钱而已。

昀儿清楚整个事情的来龙去脉，以审视的眼光看清了所有人，当然也包括柯总是如何操作公司的运营。其实她的心里是感谢柯总的，是他间接地帮她排忧解难，扫清人生道路上的障碍。说实话，昀儿之前因为柯总的作为心里有些不舒服，现在心里也不恨了，反而让自己活明白了。她想打电话给柯总，想了想，有的事情还是不需要讲得太明白，于是拿起电话的手又放了下来。

昀儿决定今后不再为此事而烦恼，她决定远离是非之人，多腾些时间干自己想干的事情。

几年过去，昀儿已经实现了自己曾经的梦想，在这几年里她开始创业，不仅仅收获了财富。

昀儿有一帮喜欢投资房产的女友，她们经常一起K歌、逛街、品尝美味佳肴。昀儿也很会照顾自己，常去美容院做身体养颜护肤等项目。爱自己，才能有能力爱他人，她享受在自己这种自由自在的生活状态中。

闺密确定昀儿单身后，将昀儿的信息挂到海外交友网站上，又有老外看中了昀儿。昀儿真诚地对翻译蓉蓉说："我不会再离开中国了，也不会再考虑老外作为伴侣了，把机会给那些想出国外嫁的单身女子吧。"

蓉蓉说："有几位老外很喜欢你，其他条件也符合你的要求，能找到兴趣爱好相投、三观相合的还真少，遇到的概率很低哟。"

昀儿语重心长地对蓉蓉说："你还是把这几位外国男士推荐给其他女士吧，我不适合在国外。真的谢谢你的好意和关心。"

昀儿想把眼前的事情做好，婉拒了这些看上她的老外，她只想在中国发展，这里才是她的根。

好久没有联系露露了，露露与昀儿聊着，笑声从手机中传出来。露露告诉昀儿，她为了小儿子读好学校上好的高中，还在学校附近订购了新房子，是期房，应该今年年底可以迁居了。

露露还对昀儿说，以前谈过几次恋爱，太折腾人了，没有一位比她逝去的老公更好。露露说："我一回到屋里，就感觉丈夫还活着，现在真的想好了，我已四十多岁了，不想再结婚了，相信以后遇到的男人，也不会每月给我和儿子 4000 美元的福利生活。还是天堂里的丈夫让我和儿子们衣食无忧。"

昀儿为露露开心、高兴。

露露的话匣子打开后，一些信息全部一吐为快："我家杰逊看见肯尼跟一个中国女人很亲密地逛街，不知道是新女朋友还是又结婚了的女人？那个叫蒋姑的女人现在已不在我们这个州了，房子被银行查封了，两个人也散了，你还记得那个菲律宾女护士长吧，她也认识你，她说蒋姑在医院检查出来患有严重的妇科病，是肯尼传染给她的，我从蒋姑的朋友圈中，看见发布的信息，说蒋姑从佛罗里达旅行回来，去医院检查，发现已是癌症晚期，不久就死了。想想，以前常看见蒋姑在朋友圈里秀恩爱。唉！这拿到绿卡才几年，人就没了。有绿卡又怎么样？人真得认命啊！"

昀儿听到此消息，感到后怕和惊讶，感叹命运如此作弄造化于人，亲眼见证了外嫁婚姻真实悲哀的一面。此时昀儿替蒋姑的付出感到有千般不值的悲凉。因为蒋姑比昀儿还小几岁，就这样突然死在了异国他乡。

昀儿真不敢再想下去了。昀儿站在窗前听着微信语音通话，神情木讷迟钝了很久，仿佛在思索。这进一步证明以前露露对昀儿说过的话："肯尼这个男人脾气坏，无论和哪个女人生活在一起，不可能幸福！我把话放在这里！"其实对待婚姻，不适合自己的，选择离开才是最正确的方式。

昀儿微信视频说："露露，我们以后再别提他们了，各人过好自己的生活。等你搬进新房子，多拍照片给我看看哟。换一个新环境生活挺好的。你知道的，我也很喜欢房子，将来我如果再投资买房子，也一定分享给你！"

露露高兴地说："肯定，我们一定都要好好的，别委屈自己啊！我呢，把儿子照顾好、培养好，每年还是会回中国去探亲，顺便我们一起去中国最美的城市转转，找一处养老的好城市，我们一起结伴养老，过那种田园生活。"

昀儿："好的。现在太晚了，早点儿睡觉吧，女人的美丽是睡出来的。将来你回中国后，我们会越来越好。晚安！"

昀儿现在在中国生活得很好，这正是昀儿想象的美好状态，岁月静好，一切安康。她还不想过早地对露露说自己已在三座不同的城市购买了房产，作为投资已初见成效。昀儿经济独立，拥有学区房、海景房、带院子的小别墅，还照顾了家人。自己的生活丰富多彩，参加多种兴趣学习班，一切顺心顺意。

昀儿对现在的生活很满足。自己就是女皇，目前这样挺好。看天空是蓝天白云，风和日丽。几年前那场美国暴风雨，清洗掉她脑子里曾对肯尼的幼稚幻想，还是值得。这上半辈子犯的错，幸好及时止损，真是不幸中的万幸。自己还年轻，还有强大的祖国作为后盾，能生活在如此和平的社会大环境里，是最值得庆幸的。

昀儿望着繁星闪闪的天空和宁静的小区，处处祥和。她坐在窗台榻榻米上，抱着靠枕欣赏着万家灯火暖融融的画面，意犹未尽，回味无穷。此时她很享受这来之不易的生活，她坚毅的眼神中透出女人最智慧的柔美，这是只有从骨子里深感幸福的女人，才会迸发出的淡然自如神态。昀儿想，回来了，我真正的家，真好。

第二部　峰回路转

第1章　进退两难

娟出生在东北营口这座临海城市，头婚后 33 岁就离婚了，原因是丈夫有暴力倾向，娟常常挨打。娟跟丈夫离婚后还常遭其纠缠，为了彻底摆脱前夫，她通过柯总在东北婚介分公司的推荐下认识了史蒂文。这一年娟 36 岁。娟是一个大美人，一点儿都看不出是生过孩子的女人。网站上史蒂文一眼就看中了娟，并决定来中国探望她。

娟稀里糊涂地把卖房子的钱交给柯总当中介费，办理未婚妻签证来美国与史蒂文结婚。到美国后才知道被柯总的虚假信息坑了。中介的柯总将史蒂文的个人信息编写成有房有车，是高收入、从未结婚的好男人、有钱人。而现实中的史蒂文没房、没稳定工作，只是一个开卡车送货的司机。唯一真实的信息就是史蒂文人品不错，是实实在在的老实人。

娟走进史蒂文美国租住的家的第一天就哭了，她哭自己的命怎么就这么苦。看到史蒂文的简陋的住所——那种没有女人收拾的家，连件像样的家具都没有，只有一房一厅一卫一厨房。

史蒂文不敢看娟，他知道是自己的错，不敢说出中介发布的信息是虚假的。跟娟见面后，他感觉娟就是他期望中的好女人，好不容易遇到了，他怕失去，才隐瞒了事实。

这位一米八的男人站在娟面前不知所措，紧张得都快透不过气来。他把娟拉到胸前，紧紧地抱着，不肯松手，生怕娟离开他。若是娟离开他，他的生活将失去意义。

娟哭过后，不知不觉地睡了长长的一觉。一方面是乘飞机坐了十几个小时，倒时差的原因；另一方面是心灰意冷的疲累所致。原以为后半辈子找到了依靠，却不料被中介当头一棒打得晕头转向。就算她想回中国找那家中介公司理论，也没有钱买机票了。娟来之前就给了翻译中介公司3万多元人民币的费用，加上史蒂文去中国探望她时，她主动承担了相关的费用，结果她的钱已经花完——那时候史蒂文住在娟的家里，考虑到她已是史蒂文的未婚妻，也没有分那么清。

史蒂文也是从那个时候爱上了娟，又暗自心慌没底气。他一直在想两人结婚后，他一定不让娟受苦，一定要让善待他的娟过上好日子。但是史蒂文那个时候真的不敢说出实情，他太害怕失去娟了！

趁娟睡着的时间，史蒂文开始花心思做些好吃的食物，有几样是凭记忆在中国学过的中国菜。这些都是娟爱吃的，还有几道是他认为娟会喜欢吃的美国菜。

娟睡到自然醒，看到史蒂文精心制作的汤、米饭、菜摆满一桌，她的眼泪又流了出来。娟想控制自己不要哭，可还是忍不住流下了眼泪。

史蒂文看到娟哭成了泪人，又慌得六神无主。他很爱娟，但不知道怎样安慰她。史蒂文想起娟喜欢用热水泡脚，赶紧拿起自己的泡脚木桶，摆在娟的跟前说："以后全听你的。"

娟听着史蒂文的解释，看到盛好的小米红枣粥，再看到桌上摆满了她喜欢吃的美食，停住了哭泣。可能真的是饿坏了，她擦擦脸上的泪水，去卫生间彻底洗了一个澡后，坐在桌前，开始狼吞虎咽地吃了起来。好像她从来没有吃过东西一样，这顿饭是那么好吃，那么合她的口味。此时娟心里在想，已经这样了，怨谁也没有用，这都是自己的命运吧。

娟看着眼前的丈夫，心想：现在穷不等于以后穷，只要史蒂文肯努力，对她好，专一，工作勤奋，往后好日子应该会来的。娟在心里也知道史蒂文是想一心一意对她好，她安慰自己，既来之则安之，一切从头再来。

　　史蒂文看到娟吃得这么香，心里很开心。他象做错了事的孩子，在旁边站着，看着娟吃完了马上又添汤又加菜。此时的娟已没有那么伤感了，开口说道："等我们结婚了，我要工作，我们一起挣钱，一定要买一套属于我们俩的房子。房子不需要太大，够我们俩住就行。你听我的吗？"

　　史蒂文忙说："全听你的。你要是没有意见，我准备一周后在教堂举行简单的婚礼，这样可以尽早与你登记结婚。我可以帮你申请绿卡，准备好法律文件资料。你看好吗？"

　　娟听到史蒂文的安排，有了一丝丝的欣慰，她明白了史蒂文心里有她，他在努力用实际行动来减轻她精神上的包袱，她明白这个男人只是经济条件差了一点儿，对她确实好。想到这些，娟朝着史蒂文点了点头，用信任的眼光看着眼前这个男人——一周以后这个人就是她名副其实的丈夫了。这个男人承诺处处迁就她，不会让她受气，这样的一个男人还有什么不能原谅的呢？

　　嫁给史蒂文的那一天，娟穿着一身从中国带来的红色绣花旗袍，婚礼上照了几张美美的结婚照。史蒂文把相片洗出来挂在卧室的墙上，照片中的娟很像一位演员。史蒂文知道，这是他后半生需要尽心去呵护的女人，他爱娟。

　　教堂里所有的人都为他们祝福，史蒂文兴奋地将娟拥抱在怀中，跟着牧师的祷告声，一句一句地念出来："无论生老病死，将愿意一生陪伴左右，永远爱你……"

　　婚礼的誓言让娟感动。史蒂文爱的眼神一直没有离开过她，一直注视着她！

　　当娟和史蒂文走出教堂的时候，天空晴朗，阳光普照，连风吹过都是温柔的。

　　这就是娟在美国举行的婚礼，她感受到史蒂文的家人与朋友们的善良、热情和大方。他们还带来了水果、甜点等美食来布置婚宴。娟在心里祈祷，愿一切都好起来。

第2章 艰辛的工作经历

美国明尼苏达州，娟的家。丈夫再次去外面送货，星期一出发，周末才回。刚开始两天，娟待在家里整理衣物，将所有的家务做完以后，迅速地锁好门，按照中国朋友告诉她的一个美甲店地址，咨询工作的事情。

美国丈夫史蒂文人虽然好，但是靠他送货打工的工资收入，除了支付房租和生活费外，余下的就不多了，更别说攒钱帮娟负担她国内儿子的学费。亲情的维护是需要金钱的，只有钱能解决一些实际问题，但是史蒂文拿不出来，娟只能自己想办法。另外，娟也看到东西方文化的差异，史蒂文压根儿就没有对娟娘家有什么补贴的意思。他认为照顾娟的起居生活，已经是很不容易了。这是娟要出来工作的一个更重要的原因。

在来美国的第二个周末，娟和史蒂文一起去商场买保湿霜，在付款的时候，显示127美元，娟使用了与史蒂文共同的账户。她看到史蒂文有些不悦，她知道卡上动的每一分钱，史蒂文都会知道，虽然嘴上没有责怪娟，但还是担心卡上的钱会越来越少。史蒂文的工作不是很稳定，以前单身好混日子，现在不同了，有工作还好说，两个人温饱没有问题，指望今后买房买车，是真的不敢说，也不敢想下去了。史蒂文的反应是本能的一种担忧，娟看到后感到无望而伤心。

娟明白这不是她当初想要嫁到美国想过的生活。娟在中国没有吃过这种苦，起码在中国还有自己的亲人、自己的家，而在美国史蒂文的家，房子是租的公寓，车子是公司的货车，若是这样生活下去，娟是看不到希望的。娟为了嫁到美国来，把自己所有的钱都花光了，她没有脸回去，也不甘心这么回去！所以，趁史蒂文不在家，娟特意按以前想好的方案出来找到这家美甲店。

美甲店的老板娘叫兰姐，娟跟兰姐说是某位朋友介绍过来的，兰姐马上回复说："知道知道，马姐对我说了，我这里条件简单，但是客人还算稳定，你边学习边开始做做店里的卫生！先带你看看！"

娟随着兰姐参观了三房一厅美甲店的布局。大厅有可以容纳八位客人的座，灯光明亮，桌子台面，是给客人留着的。等候厅座椅是软卧沙发，这里是供客人等候选择指甲颜色的地方。有一面墙的柜子上，摆满了五颜六色的指甲油，供客人选择。里面有间洗衣房，摆放了一台洗衣机、烘干机。有一间房是员工休息、吃饭、换工作服的地方，另外还有一间房放置了三台洗脚的盆子和三套洗脚沙发，里边泛着暖暖的黄色灯光，人走进去若是躺在沙发上，立刻会全身放松。

看得出，兰姐在装修方面花了很多钱和心思，给娟的印象很好，大方、简洁、雅致。

娟想到，能在美国开店，老板一定是一个很能干的人。老板平日里不怎么来，管理全靠监控器。员工自己收下客人的钱填工单、拍照片，发到微信工作群里，老板娘会在工作群里记录每位员工的工作量，服务了多少客人、多少钱一清二楚。当天就可以算出给员工的工资提成，老板娘的分成会由店长收下，暂替老板娘保管一周或半个月，或每周存进老板娘的银行账户。

要说老板娘的这套管理办法是真的省事，员工都很自觉地按店规排班，按顺序做工，轮流为客人服务，多劳多得。如果英语好，会与客人交流，小费也多。这里做事就是多劳多得，所以来工作的人没有偷懒的，各个都希望多干活儿、多挣钱，根本不需要老板娘管员工，大家为了能多挣美元都很拼的。没有客人的时候，员工就坐在休息房间玩玩手机，看看电视剧什么的。午饭都是每个人自己带饭盒，饿了微波炉加热后再吃。工作中，人与人之间的关系表面上看起来挺简单的，其实也会有竞争。

兰姐："娟，以后别太客气了，你对工作时间有什么要求想说的，告诉我，我好先安排！"

娟："兰姐，我就直说了。我每天要在老公回家之前赶到家，因为这次出来工作并没让他知道，我担心他不同意。我是私下想要工作，想边学边试用，等你认可了能做长期工作，我就按照店里规定的上班时间，上午9点半到晚上9点半。可以吗？"

兰姐："你可以在一星期之内学会基本的程序，只要认真看和动手练习！"

娟："谢谢兰姐接受我，我争取这星期学会，顺利通过试用期，早日正常上班工作！"

兰姐："没问题的，你会做好这份工作的。虽然是体力活儿，但更需要眼明心亮，要心细手稳。其实这工作不是很累，就是要守，要多学习用英语交流，因为我们的客人多数是老外。学习期间，你只能捡零工，也就是老员工做活儿期间，又来了客人，没人服务时你才能有机会上手去为客人服务。客人满意了你的工作，这样就可以算你上的工时和收入分成。我们是四六分成，老板六成，员工四成，你有没有意见？"

娟："好的，我没问题，谢谢兰姐，谢谢老板。"

兰姐："好的，如果今天你可以正式学习，我就教你从哪里开始、怎么做卫生、怎么使用美甲工具。今天先跟你简单介绍，你再跟着老员工去学。她们工作的时候，你要多看。没有客人的时候，你就在她们的手上、脚上练习。工作服是统一样式的黑色围兜，自己保管好。一套美甲工具的费用会在你今后的工资里扣除。我们日结工资，客人给你的小费，属于你自己的收入。我们没有底薪，明白了吗？"

娟："明白了，谢谢兰姐，我今天就可以开始边学习边正式上班！"

听完娟的回答，兰姐立刻叫了一女员工的名字："珍珍，你来带一下今天早上新来的娟，去帮她领一套美甲工具、箱子、工作围兜。在客人来之前，你带娟做店里的卫生，明白吗？店里的卫生一定要做干净，店面干净、整洁、明亮是店铺形象，搞舒适些。卫生间也要洗干净，消毒，点香油！"

珍珍："好的，知道了！"

珍珍是很开朗的女孩，看上去比娟年轻 10 岁，而此时娟已经 36 岁了，还得从头学起。看看店里陆续到齐的员工，都是女的，共计 7 人，其中还有比娟年轻的员工，娟放下心来。后来还知道最年长的员工叫素素，原来是从桂林旅行签证到美国"黑"下来，六年后才拿到绿卡。这些简单情况都是珍珍教娟工作时透露的。

娟很高兴自己有了一个新的开始。第一天下来，娟就赶鸭子上架给两个客人做了美甲。开始的时候娟的手都有点儿发抖，因为从来没有学过，全凭以前自己去修甲店消费时的印象，想到一些步骤，再斜眼瞟向旁边老员工现场学习。珍珍有意引导娟，客人做完后，娟的双手都紧张得出汗了。那天过得真快，除去老板娘的提成，娟自己还挣了 120 美元，小费 10 美元！

娟高兴得不得了，在回家的路上，她一路小跑，她要赶在史蒂文回家之前到家。

她暗自想：这份工作我喜欢，我一定要好好地学会美甲技能，把这份工做下去。等挣了钱就买辆二手自行车，骑着去美甲店工作——目前走路太慢了，需要 40 分钟，骑车就快多了。等正式工作了，只要史蒂文送货出车，就住在店里，免去来回时间。其实老板娘就希望员工住店工作，这样可以多挣营业额，不用太早关店。

找到工作后，娟跟史蒂文说明了情况，史蒂文同意让娟去工作。娟终于可以光明正大地去工作了。第一个月下来，娟挣了3200美元，兴奋得把大票子数了又数，把5、10、20面额的美元叠好收起来，拿出500美元交给史蒂文，余下的先付给老板娘提供的美甲工具箱的钱，再奖励自己买了两套好点的品牌衣服——因为上班讲究形象。她还买了化妆品——店里其他员工都打扮得很漂亮，娟也不能在颜值上落下呀！

　　就这样，娟突破了自己。那几个月的收入，她不仅给了史蒂文一个安心，也是为了老公不要拖累她。为了生存和孩子，娟顾不了那么多，挣了钱会按时按月地交给史蒂文，但是不会告诉他每月挣了多少钱。史蒂文也从来不问娟的具体收入。从那以后，当娟看到自己喜欢的东西，或者家里需要的生活用品，她也会自己掏钱买来，从不计较是否倒贴。就这样，娟把那最艰难的日子熬过来了。

第3章　为了有一天自己当老板

娟上班初期每天提前 40 多分钟从家里出发，比其他员工要早到店。到店后，她首先把卫生间打扫干净，垃圾桶清理好，用消毒液兑水将桌子擦一遍。接着整理自己的工具箱，将洗衣机里已洗干净的毛巾取出来，放在清水和柔软剂调好的水桶里浸泡半小时，再将已泡好有香味的毛巾拧干放入蒸汽箱。

有一天，娟把安排她做的事情都做完了，看到住店的素素还没有起床，于是就主动帮着把地拖干净，把渣子除掉。清理到客厅的时候，被走进来的珍珍看见："娟，今天是你做客厅卫生吗？不是昨天交代你打扫卫生间和洗毛巾的吗？"

这时蓬头垢面的素素穿着睡衣冲过来对娟大嚷："谁要你做我的事情呀？我们按照分工去做，今天该你打扫卫生间。"

娟："我已经打扫完了卫生间，还有毛巾也洗好了，都放进微波炉温室箱了。我看见快要开门了，客厅卫生还没有做，就顺便做做，让你多休息一会儿，哪分得那么清呢？"

素素："谁要你做呀？我肯定会在开门前做完我的事情，以后别搞乱了店里的规矩！"

珍珍："娟，以后就按照排工的顺序来做事情，该你做什么你就做什么。别打乱了，你才来几天不知道就算了，以后注意点儿！"

娟想不明白，自己好心帮素素，结果她还不领情，还这样大声数落自己。离开店只差半小时，如果不搞好店面清洁，客人来了看到脏兮兮的地面会有什么想法？珍珍肯定也知道是素素工作不到位，可她不仅没有说老员工素素，还来责怪娟。娟忍住委屈，并没有顶撞。想想还是算了吧，也许她们欺负自己是新人，排挤也是正常的。

老板娘看到其他员工对娟不友善的行为，特别地观察了一下娟的面部表情，还真的替娟捏了一把汗。看到娟虽流露了一丝不悦后，又马上调整好自己，像没有发生什么事情一样，这个处理让老板娘兰姐吊着的心放了下来。为了安抚娟，老板娘兰姐给娟私人微信上发了一个大笑脸、一个赞、一个拥抱图片，还配上几句话："这一次你确实受了委屈。我只想告诉你，到哪里工作都会有不公平的人和事，总有那么几个员工会有这样或那样的坏习惯和小人之心。你今天遇上的这两个还算好的。在店里一定要有店规，你只要做好你的事情，任何人赶走不了你，因为决定去留的人是我，不是她们，明白了吗？能把委屈自己消化掉，才配做好自己的未来！相信你自己！我看好你！"

娟把老板娘兰姐的话听进去了，无论遇到什么困难，自己都不去想它，而是尽快学会工作技能，好好服务客人，先把分内事做好。

店里到处都设有监控器，每位员工每一笔收工单都必须在收银台前完成。员工服务客人后收到的钱都由各自代收好，并当时写在工单上，拍照发在工作微信群里。老板就在工作群里，能看得到每位员工当天的业绩，一天下来的营业额及每个员工的提成毛利收益一目了然！在这种管理模式下，老板娘挺轻松省心，每位员工根本不会偷懒，因为多做多得提成，大家都希望多来客人多挣钱。

因为还是边学习边捡工，这天下来娟捡了2个工，店长珍珍做了6个客人，老员工素素做了7个客人。那天下班前，娟分得了做工提成，还拿到25美元小费，这是娟没想到的收益。

珍珍："娟，你的运气还是很好的呀！这几天就遇到几位客人一起进来做美甲，能有捡工的机会。而且你很聪明，虽然没有正式学习，但你在服务客人的时候，会参考我的做法，让客人满意，还给了你小费。你知道吗？那个客人是最不好搞定的人，竟然还给了你小费。我们都不喜欢这个客人，素素你说是吧？"

素素："是啊，上次我给这个肥胖女人做，换了几个颜色，结果 1 美元的小费都没有给我。"

听着她们俩说的话，娟倒感觉是做了她们都不愿干的活儿，没有觉得委屈，还期盼着多来客人，最好是一次多来几个，这样才会轮到自己练手学习，还可以挣到捡工的钱。

在回家的路上，娟一直想着这第一天的工作片段，也为自己能挣到 85 美元而兴奋。娟回家以后也会在自己身上练习每一套手法技巧。只有掌握了技术，才能服务好客人，才能有好的小费收入，若是一天能做 5 个客人，未来的生活就会好起来，两年后就可以计划买房子了。

就这样，一周的时间又快过去了。第六天的早上，天空下起了大雨，娟看到打雷闪电，心里愁死了。这天史蒂文外出送货没有回来，不能送她去上班。娟不知道下雨天会不会有客人来，如果确定没有客人来，这一天还是请假在家吧。娟给兰姐发去微信消息："今天星期六下这么大雨，会来客人做美甲吗？"

信息发出去了，老板娘兰姐秒回："今天星期六，通常客人较多。虽然下雨了，但是在美国客人都是开车来，雨天对生意没有什么影响。"

娟只好硬着头皮冒雨上班。在雨中赶路，娟不由得有些伤感，她下决心将来挣到钱后，一定要抽空考驾照，考取后先买一辆二手车。

因冒着大雨走路，娟比平时晚了 10 分钟到店，还好没有迟到。真被老板娘说中了，这一天客人还真多。娟一天就捡了 3 个工。娟刚好做完第三个客人下工，正准备吃饭，不料素素刚上工给一个非裔客人只做了 10 分钟，就悄悄走到娟的旁边，说："娟，你去做这个客人吧，我肚子疼，要上卫生间！"

娟接过了素素的客人，指着色板对非裔客人友好地说："请选择你喜欢的款型样版？"

非裔客人用手一指："就是这个！"娟微笑着挑选出黑人客人选择的颜色和式样，起初有点儿慌乱地做着，做着做着，也不知道是怎么回事，过程中慢慢没有那么紧张了，也许是投入进去了。

娟只想着怎么样把美甲手指做漂亮、怎样做得让客人满意、怎么样尽自己最好的服务和耐心，把这位素素让给她来做的机会好好把握住。

娟接手非裔客人后没多久，一位黄色头发的漂亮白人客人走进店里，只见素素兴奋地迎了上去，直接领着客人走到收银台，付了一项大套餐180美元，美甲贴片加手护！像是素素预先知道会有这么一个客人要来。

当天收工的时候，珍珍对素素说："素素你今天运气这么好，碰上了这个老客人，她小费很好吧！上次她给我80美元！这次也一定会给这么多小费！"

娟听着才知道，原来素素知道给小费多的客人大致几点要来，所以才把那个非裔客人让给自己去做。但是素素万万没想到，非裔客人也付了80美元小费给了娟！娟没有声张。

没有想到素素是如此有心计的一个女人，娟在心里为自己的单纯叹息了一声。娟庆幸自己嘴严没说话。不管什么皮肤的人，她都会服务好，把每一位客人都当成自己的衣食父母。今天的小费收入不也很好吗？

娟想明白了，好好服务客人，客人真的不是傻子，她们知道你为她做事是否态度认真。这次素素让工给娟，应验了兰姐曾经对娟说过的另外一席话："好好做事，把精力用在服务好客人上，你的小费自然会多！"

真的一点儿不假，在这次让工事件中，娟捡了一个大便宜。娟一直没有对任何人说，后来有一次跟兰姐聊天儿时轻描淡写地说了一下这件事。当时兰姐对娟说："你可以做到闷声发大财，终有一天数钱数到手酸！"

娟："真的吗？托兰姐吉言！不过说真的，我很开心听了兰姐你的话，每次感觉只要跟你聊天儿，我的心情会很好，你的话怎么听都让人开心！"

兰姐："我对你说过，在美国只要你努力勤奋，就会成为富人，就可以买得起房子。"

娟："我们这个行业能做到几十岁呀？有年龄限制吗？我都36岁了！"

兰姐："干这一行，只要身体健康，你干到老都不成问题！我就怕你掉进钱眼儿里去了，舍不得休息。中国姐妹就爱拼命挣钱。"

兰姐的爽朗笑声真的感染了娟，娟心里特舒坦，总感觉只要自己努力，上天都在帮自己。娟很认同这样一句话："吃亏是福！该来的总会来的。"

那天晚上娟做了一个梦，梦中兰姐对娟说："从下周开始，你就可以安排上工了，不用捡工了，你准备好了吗？"

娟："准备好了，我没有退路，只想跟着兰姐走，想像你一样能干，将来给兰姐管一个店就可以了，若是能像兰姐一样做个老板就会从梦中笑醒！"

兰姐："我相信你，好好干，多学习技能、学习如何管理，将来你一定会自己当上老板！"

娟突然从睡梦中醒来，她没有立刻下床，而是静静地躺在床上回味着刚刚的梦境。这个梦给了娟信心，她相信自己将来一定可以当老板。

第4章　娟明白了什么是忍辱负重

随着时间的推移，娟的工作技能日渐提高，她的业绩比其他老员工还要多，这些能从每日上缴工钱数字看得出来。兰姐心里清楚娟是一位可造之才，于是想帮娟早点儿考一个员工任职资格证，一打听需要6000多美元。

这笔钱对娟来说是一个天文数字，但是兰姐看好娟，于是想到替她垫付，让娟先去加州考取这个资格证书，日后更好地帮她打理店里兼职管理工作。得知兰姐的打算后，娟非常开心，她没有想到兰姐会对她这么好，帮她垫付考试的费用，还亲自陪同她去学习考试。娟突然感觉到生活有了奔头儿，心里涌动着一股暖流，心想将来在店里工作时一定多多干活儿，多做工多挣钱，早点儿还上兰姐的垫付款，一定要对得起兰姐。

娟走在回家的路上，那晚的月亮圆圆的，娟从门外就看到屋里有了光亮，想想一定是史蒂文已经把晚饭做好了，在开门的刹那，一股炸鸡的香味飘进娟的鼻腔里。

娟："哈啰，亲爱的，我闻到香味了，做了什么好吃的？"

史蒂文："你回来得正好，我做了你喜欢吃的炸鸡，还有罗宋汤、青菜沙拉、意大利粉！快快洗手，可以马上开始晚餐了，想喝点儿啤酒吗？"娟走到史蒂文的身边，先看了锅里快要炸好的鸡块，随后踮起脚用脸贴了史蒂文的脸，笑着说："好的，马上就好！"

娟放下手中的背包，将带回来的空饭盒放在厨房台面上，再跑进卫生间，洗脸洗手，又跑去卧室换上家居服，从卧室里直接走到餐桌旁，看着美味的食物。史蒂文还倒了满满两杯啤酒。

史蒂文："今天我想给你一个惊喜，老板又派了一周的长途活儿，这批货送到后，运输费用会翻倍，亲爱的。"

娟也很高兴，听到史蒂文也有新活儿了，正想找个机会说出今天老板兰姐对她的关照。

娟："亲爱的，我们俩今天好事成双，我以前对你提过的老板兰姐今天对我说可以长期在她店里打工了。为了合法化，兰姐让我去考资格证书，而且愿意先出钱让我去学习，等我以后工作有钱了，再还给她。"

史蒂文："真的，兰姐对你这么好？其他员工都有资格证书吗？还是非要不可？多少钱？"

娟："我若有资格证书，将来还可以开店！"她想史蒂文一定会支持她的。没有想到，史蒂文并没有娟想的那么开心。

史蒂文："我还以为这次可以带你出车，一起去，因为要路过佛罗里达州，想让你去玩玩。你来美国后一次也没有带你去旅行，都是赶着送货，这次也是一个机会。"

娟："谢谢亲爱的。这次学习是一个难得的机会，我必须珍惜并牢牢抓住，过了这个村，就没有这个店了。"

史蒂文知道他目前没有更好的物质条件照顾娟，已经让娟受苦了，他已经是四十多岁的人了，就是因为穷，没房，没有经济实力，才没有美国女人看上他，他没有谈过恋爱。他这辈子能娶上娟，是他后半生的希望和福气。所以史蒂文在心中只有一个愿望，尽自己所能满足娟的愿望，只要娟认准的事情，他都会无条件地支持她，让他爱的女人高兴。只要娟高兴他就开心。史蒂文在想，他能娶到这么好的中国女人，是他这辈子都没有想到的。他在心里都想好了，别的给不了娟，但是娟想要做什么，他永远会站在娟的身后，全力以赴地支持她。

这一夜娟和史蒂文两人喝着啤酒聊天儿，娟压在心里的担心全没有了。娟想着只要人心齐，泰山都可以移，她有点儿庆幸自己当初没有因为贫穷而放弃史蒂文。这么好的男人，将来他们一起努力，一定能拥有房、车这些最基本的生活硬件。

周一，娟和兰姐一起飞往加州，在专业培训学校里完成了学习，并顺利考取了资格证书。从此，兰姐店铺里多了一位长期替她工作的员工。

当娟拥有资格证书后，人就自信了很多，也不用担心政府人员突击检查无证上岗人员了。娟也理解一些移民的人为什么要来底层做工了，放下以前很体面的工作，做起了服务行业，委屈自己也是想更多地帮到自己的家人。看到每天的日结美元，心里都有种踏实感觉。因为没有钱的日子让人害怕。

娟现在就是工作狂，除了每月休息两天外，基本上在店里工作。没客人的时候，娟就看考驾照的笔试题。两个月下来，娟认为可以去考笔试了，结果第一次紧张，有两道题答错，没有通过笔试，只得一周后再考一次。就这样，一连考了三次，才通过了驾照的英文笔试，总算可以练车了。

娟下班后或者休息的两天时间，史蒂文坐在副驾驶上手把手教娟开车，这一练就是三个月。终于预约了路考，又因为第一次是开着史蒂文大车去路考，结果没有通过。后来在教练的建议下，用小轿车路考，第四次才终于考过。

娟在中国的时候没有摸过方向盘，这些技能都是在美国给逼出来的。娟居住的小镇，没有公交巴士，唯一的交通工具是私家小轿车。要想在美国生活起来方便，必须掌握多种生活技能，其中驾驶是必须学习的一项。娟也意识到了这一点，当初那场暴风雨中走路上班，已给娟留下了深深的记忆。如果不吃学习的苦，就会尝尽更多生活的苦。没有想到，娟挺过来了。

娟逼着自己进步，还逼着自己学习英语，英语水平都有了一个质的提升。连在一起工作的珍珍、素素都不敢小看她了，特别是素素，只能在暗中对娟使坏。

有一天明明该娟上工了，素素说那个客人是她预约的老客人，于是娟只有让素素做了，自己继续等待。原来那个客人小费给得多，素素编一个理由就捡了一个便宜。

有一天临到下班的前一小时，娟正在为一位客人服务，做了一半，突然又来了娟以前服务过的客人，当时应排珍珍上工，但客人点名要娟给她做全套美甲。

娟笑着对客人说："我还有 20 分钟才能完工，珍珍是我们店里手艺不错的员工，让她为你服务吧，一样的。"

客人说："我等你！"娟笑笑没有再说什么，继续服务原来的客人。可娟真没有想到，新来的客人一直等着娟。这事无意伤害了珍珍的自尊心，珍珍毫不留情地打电话向兰姐告状。珍珍抱怨娟的不是，什么不懂规矩、抢她的工等等不满，说娟太不讲店规了，还对兰姐施压："有她没有我，如果这样下去，不是她走就是我走。怎么这么不懂规矩呢！真的好气人呀！"

天哪！这多大的事情啊，明明是客人点名要娟做的服务，还愿意等20 分钟也要娟上工，怎么就说是抢工呢？兰姐认为这是因为娟的服务好，手艺提高了，获得了客人的赏识。

娟想到上次排到她的工让给了素素，当时娟也没说什么，这件事有这么严重？娟有了这种淡定心态，默默地做完美甲，全程没有去跟珍珍理论争执，只是静静地思考该对兰姐怎么说。

娟服务完两位客人后，把微信工作群点开，看到老板在群里的发话内容："任何员工一律按店规排工上工，今天娟抢工的提成全部充公，以此警告每一位员工，不得再犯！"娟知道兰姐的难处，为了管理好员工才出此下策。这也是为了保护娟，以后类似排工，排到谁谁就去上。

娟正准备回复微信，结果又出现兰姐的私人微信："娟，对你今天的处理是不得已，我明白你是委屈的，因为你是新人，现在服务做得好被客人认可了，我在视频监控上看得清清楚楚。但是排到了珍珍的工，她告了你，表面上按照店规排序你违规了。这次这样处理，其实是好事。你抢不赢她们，以前我也看到了她们都抢过你的工，因为你是新人，没有意识到，所以没有告诉我，现在珍珍告了你的状，下次遇到这种情况，你也可以告诉我，她也会受到惩罚。"

娟："若我是老板也会像你这样处理，我理解你，没有意见。另外，麻烦你对她们说，我今天也没有拿到小费，让她们偷着乐吧！因为客人听到珍珍打电话告状像在吵架，客人很烦恼，走的时候也匆忙，忘了付小费了。"

娟回复完兰姐私人微信后终于松了一口气，这次就当是买了一个教训。不就是白白做了一个工吗？没有什么大不了的。

兰姐："你要学会自己消化负能量，一个能做大事的人，一定是一个胸怀大志的人！我没有看走眼，你今天这样冷静对待这件事情，相信其他员工心里明白，你不是一个斤斤计较的人，相信以后她们会敬重你。"

这一晚上，娟轻手轻脚地把工作工具都收拾归类摆放好，将第二天要用的毛巾放进洗衣机自动清洗，随后简单冲了一个澡，才回到自己的小休息间躺下。回想着今天事件的前前后后，思索着今后还要注意哪些问题，应尽量避免与其他员工产生误会，在谦让他人的同时，也要学会保护好自己的利益，不能一味地迁就顺从，逆来顺受未必就是对的。

娟翻来覆去睡不着觉还有一个原因，明天就是自己的生日了，她不想在这种带有火药味的氛围中去工作。但是她又不想告诉同事们，她想找一个合适的理由，明天能理直气壮地对其他人说："我不干了！"

有这么多不愉快的经历，得让自己找到一个发泄情绪的出口，反击对她耍聪明、排挤她的员工，要给她们一点儿颜色看看。娟知道工作的去留，不是员工们说了算，得看老板兰姐。主意想好了，心也踏实了，反正明天自己过生日，要对自己好点儿，给自己找到一个理由，可以睡到自然醒。

第二天，娟有意比往日晚些起床，收拾好自己的妆容后，她将自己的大箱子拖出来清理衣物，同时随意地对临时代理店长珍珍说："今天别排我的工了，我准备上午去商场买一个大箱子，换掉这个旧箱子，我不干了，你们好好多做几个工吧！"

珍珍和素素两个人傻眼了，两个人停下了手中的活儿，呆站在吧台那里。珍珍知道自己只是一个临时店长，昨晚所谓抢工一说，她知道不是娟的错，是她小心眼儿排挤娟，她只是想打电话向兰姐发泄一下，没承想连娟的做工提成都搞没了。

珍珍还有一点儿担心，万一娟真的走了，兰姐再找一个不好的新员工搭档，那不是更得不偿失吗？这是害人不利己的事情，还是赶紧承认错误挽留娟吧！珍珍看了素素一眼，示意快开口留下娟，自己赶紧上前对娟说："娟，对不起，昨天晚上是我一时犯错了。我早上还请示了兰姐，让她别扣你的工钱，要不我和素素垫上兰姐扣掉你的那一部分钱。对不起，我给你赔礼道歉好吗？你别走了！"

娟："老板扣的钱，不用你们俩赔了，但我今天一定要出去逛逛。店长你就别排我的工了，你们俩安心地多做几个工，多好！"

素素马上说："对，我和珍珍一起把扣你的钱补给你，你可以出去逛街买箱子。带上手机，如果有客人，你接到电话还是回店里工作好吗？你现在可以去，早去多逛逛，可以了吧？"

娟其实心里就是想吓唬吓唬她们俩，自己赌了一把，她们俩肯定容得下这么好说话的她。娟想要的就是这个结果，可以逛街购物，用自己喜欢的方式过一个独处的愉快的生日！

于是娟不紧不慢停止整理箱子，珍珍趁机接过箱子拖向屋里角落放着。娟顺势拿起先准备好的贵重挂包，边朝门口走边说："那我去了，你们俩安心多做工。"

出了大门就是通往商场的街道，娟抬头看蓝天白云，微微吹过耳边的风儿都带有绿色植物的清香。来这座城市工作都这么长时间了，还从来没有像今天这样高兴，享受自由自在的早晨。今天正好是周末，去商场的路上路过绿树成荫的公园、一座座高楼大厦，还有奔跑锻炼的人们不时在身旁经过。

娟忽然觉得人就应该过这样的生活，工作、休息、放松、逛街，坐在路边的小咖啡店品尝美味咖啡，享受透过明亮的玻璃窗看着太阳升起的清晨时光。

第5章　做一个与时俱进的女性

娟来美甲店工作，兰姐一直帮助娟。兰姐曾对丈夫说："我看好娟的善良，能吃苦讲信用。开始挣的几个月钱，除了留下生活费，剩下的都一点儿一点儿攒下来还给我。我看到了娟的倔劲，做事认真，认准的事情一定会做好。我也不是傻子，为我所用的人，我肯定会帮。"

兰姐的丈夫名叫大钢，为了陪读，夫妻俩一同来到美国。为了生活，大钢在中国老板的餐馆打工，干些厨房里的杂活儿。因为人品好又好学，大钢最后当上了厨师，现在是中国餐厅老板的得力助手，一干就是十几年。

大钢和兰姐都移民到了美国，有朋友问兰姐和大钢："你们的孩子在美国大学毕业了，又找到了好工作，你们为什么不入美国籍呢？"兰姐知道大钢和她一样，总是放不下中国农村的老宅地。虽然贫穷一点儿，但那是她和大钢的家乡，是他们在中国的根。在那里生活了几十年，他舍不得中国朴实的父老乡亲，时常在梦里梦到山清水秀的麦田、日出日落的田园生活。

来美国是为了给留学的孩子创造更好的生活条件，兰姐和大钢像其他中国人一样，宁愿自己吃苦受累，也心甘情愿地为孩子付出。大钢从干杂活儿到厨师，最后经过自己打工累积财富，又当上了中式餐馆的厨师，以后就顺理成章地留在了美国。

兰姐也在美国找到了第一份工作，在中国人开的美甲店里打工，从干杂活儿做卫生到守店。平常白天也多多少少偷学同事工作时的手法，日子长了慢慢地在自己手上练习。没想到几个月后，突然有一天店里有一个员工家中有急事请了长假回去了，店里的客人都比较稳定而且有些忙不过来，兰姐的老板娘看得着急，一时半会儿请不来员工。就在老板娘心急的第二天早上，兰姐把自己晚上在店里做好美甲的一双手展示给她看，"老板你看这美甲怎么样？好看吗？"

老板娘看后说："好看，这是谁帮你做的呀？"兰姐看老板娘既高兴又赞赏的样子，心里想，改行专做美甲有戏了，于是心中充满了希望，对她说："我想替你打工分忧，这美甲是我昨天晚上在店里守夜的时候自己完成的。我一直都在偷偷关注其他员工做工时的手法，到了晚上我就练习。老板你不会怪我吧？"

老板娘惊喜地说："不怪不怪，你又没有耽误自己的工作，还用业余时间学习这些，真是有心人呀！我怎么就没有发现你这双巧手呢？再让你干杂活儿浪费了，从今天开始，你就上工给客人做美甲。"

兰姐兴奋并感激地对老板娘说："谢谢老板！谢谢老板不怪我还帮我，我一定好好干！"

从什么都不会到做美甲打工的这条路，对兰姐来说终于熬到头了。她庆幸自己遇见了好老板，也庆幸自己勤劳勇敢，能转行做了一份体面的工作。所以，兰姐知道开店的艰辛，很理解娟的辛苦和好学。

从娟的身上她看到了当年的自己，这也是兰姐喜欢娟的原因。为什么兰姐总是暗中鼓励娟，即使垫钱也要让娟考上岗资格证书，也是来源于兰姐曾经的老板对她的帮助，兰姐在感恩。这是兰姐多年来的习惯，只要看到善良的中国女人，她都会努力地帮助她们。到现在，娟终于明白了兰姐的不容易，所以在工作上她们俩配合默契，兰姐想做什么，娟都会与兰姐分担。

最近有一件事情让兰姐很伤脑筋，房东每年都要涨房租，看在店里生意好，兰姐忍了5年了。兰姐后悔当初没有签10年不变的合同，如果这样坚持把店开下去的话，兰姐几乎要拿出收入的三分之一付给房东，三分之一给员工分成，另外三分之一才是自己的，再除去一些税费，所剩无几。现在真是骑虎难下，开也不好，不开也不好，这件事一直像块石头一样压在心里。

娟看在眼里，也急在心里，十分体谅兰姐举棋不定进退两难的处境。有一天兰姐把娟叫到员工休息间，悄悄地说："这个店我不能干了，我算了一笔账，如果坚持做下去，我每个月会打平手，如果客人少的话，反而要赔钱。我不可能去剥削你们，但我也必须考虑成本和收益的平衡。我跟你先说，这两天我在跟佛罗里达州同行的女朋友联系，她建议我到那里去开店，把这个店转让。如果房东坚持要涨租，我就不继续签合同了，反正合同马上到期了。如果这样，你也不用担心没工作，我推荐你到这个镇上的另外一家美甲店上班。你同意的话，可以抽半天时间先去看看店，我带你去。把你安排好了，我才放心。"

这个店估计跟房东是谈不妥的，必须做好两手准备。这个店如果要搬迁，剩下的东西也拿不走。

兰姐："先看看能不能暂时放到你们租的房子里，等以后有时间我再把它拿走，或者留给你以后开店使用，你看行吗？"

娟："行，你拿不走的东西都放我那儿，我帮你留着，以后有空你再搬去新店，能用的尽量别再买。你也别着急上火，我明天抽空把店里的事安排好，跟你一起去看一下你推荐的店怎么样。"

兰姐经过深思熟虑决定不再续租房东的房子，在临行前还有一星期的时间里，她把娟推荐给其他开美甲店的朋友。这几天上班都有零散的客人，娟和员工还继续为零散的客人服务。没有客人的时候就整理打包店里的东西，然后陆续地运往佛罗里达州。最后店里还留了几张床，但是拿不走，太占地方。其他员工从开始到最后都没有表态帮兰姐存放店里的东西——一些店里需要但又不便搬动的玻璃镜子、桌子、装饰品等。

"这些东西可以放到你们各自的家里。如果有一天我再开店，大家看得起我的话还可以在一起共事，这些东西就派上用场了。你们可以把今后用得上的东西先拿回家里用，我暂时不想运到佛罗里达州。再说一遍，看中的大家不要客气。"兰姐讲完此话后，接着小声告诉娟，"我们可以走了，带你去朋友的店里看看。"

娟："那店里面这么散着吗？"

兰姐："没有关系，不差这几天生意！"

一路上，兰姐开着车，对娟说了一番心里话："如果这几天大伙儿都不要店里的东西，你千万别劝她们。你干脆全部收下，放在你家地下室里，你今后若是开店了，这些都用得着。虽然是旧的，但是开店都需要这些东西，旧东西可以节省部分费用，刚开始创业不容易，我希望你把这些东西留下来，就当我送你的礼物。等我带你去看完店回去以后，就知道大家是什么态度了。我本打算把店里这些东西直接送给她们，按照个人需要拿去。但是这话又不能直说，那样做又怕大家抢起来，你明白吗？"

娟："兰姐你真心细呀，这个办法是让大家没有分东西的尴尬。你尊重了每个人，如果她们不要，那是她们自己的问题，错过了你的善意。"

兰姐："你真看懂了，就这样吧！"

开车 40 分钟左右就到了一家美甲店里，约好的老板女友惠惠早在员工室里等着她们。惠惠开门见山，直接让她们看店里的每一处，这个店不比兰姐的店小，基本上是翻倍客人。环境不差上下，惠惠听完娟的自我介绍，立即起身把一个厚厚的信封交给了兰姐。娟被新老板看上了，"兰姐说了，你是最让她信得过的员工。我的店里正好需要一个店长，你哪天来都可以上工。"

娟："我等兰姐走后就来，这星期我陪兰姐把搬店的事情处理好。"

果不其然，回到店里所有的员工都不要店里的东西。员工以为兰姐要她们买旧东西抵钱，于是兰姐看实情发话了："所有的员工今天一起吃晚饭，算是一次道别，明天所有的人都可以回家了。娟留下来处理这些东西，我一周后离开这个小镇。本来想把这些东西送给大家，如果以后大家有心也可以凑起来开个小店，有很多东西还是可以用的。现在看来大家没有那个心思，那我就全权委托给娟去保管了。还是那句话，谁将来开店就送给谁！"兰姐从员工的眼神中看出她们已经后悔了但又不好意思再说想要东西了。

　　一周后一个阳光灿烂的早晨，兰姐起得很早，她丈夫在一个星期前就打头阵去佛罗里达州的新家了。兰姐这次是把店的事情全部处理完，再去与丈夫大钢会面。今天真要走了还真舍不得，来店门口早早等候兰姐的娟，眼睛也红红的。娟怕兰姐难过，自己却先难过了起来，鼻子酸酸的。

　　兰姐说："天下没有不散的筵席，别难过，我们还会再见面的。我等你开店的好消息，店里的所有东西你都可以拿去，一定要有自己的事业。"

　　娟不停地点头，甚至想着打工一段时间，争取年底之前先买下她和史蒂文看过无数次的带后院的平房，那房子有两室一卫一厨，还有一个地下室，后院还有很大一片地，今后可以用来种当季吃的菜，这是娟想做的事情。这房子已经看了半年了，原业主是一个70岁的老妇人，现如今年龄大了，儿子想将母亲接到养老院去，就想到了用卖掉房子的钱缴养老院的入院费。娟和史蒂文一直等着老妇人的回话，定金已缴了，中介说就等着过户。

　　兰姐："这是好事啊，安居才能乐业。先把房子买了，后期再挣钱。开店的钱其实要不了几万美元，或者找一个合作伙伴。我到时候再帮你，你自己拿主意，这房子先买是对的。"

　　"谢谢你兰姐！"娟本想买房成功以后再告诉兰姐，但考虑到兰姐马上就要离开这个小镇，就把这个计划提前告诉了兰姐，也是想让兰姐放心。

娟买房，是为安居乐业打好基础，等以后时机成熟向兰姐学开店当老板。

兰姐："你开店一定是很快的事情，等你的房子定下来，以后再多学点儿经验，再开店会轻松很多！"

娟听兰姐的叮嘱太受益了，仿佛这天终会来！她默默点头："我目前就去你朋友那儿打工，等房子定下后，还有很多用钱的地方。"

兰姐与娟有着说不完的话，要不是兰姐的时间到了，还不知道要说到什么时候。

兰姐："我走了，你保重，也别太累了自己。"

娟目送兰姐离开，直到看不见为止，还站在那里发呆。这世道总有开店关店的事情发生，也许这就是人们为生存奔跑吧。不跑在时代的前面，就会被时代淘汰。娟也想像兰姐那样，做一个与时俱进的女性。

结婚后第三年，史蒂文因工作导致腰部受伤，动了一次大手术，所幸有娟的精心照料，才捡回了半条命，身体恢复得很好。当保险公司及单位理赔的 10 万美元转给史蒂文，他付完医疗费后，将剩下的 3 万美元全部交给娟。那一瞬间，这个举动让娟动容，她庆幸自己没有错看人，庆幸自己当初没有放弃史蒂文，深感自己吃了这么多年的苦值得了，有史蒂文的这份真爱，比什么都值。眼前的这个男人，知道自己是患了重大疾病的人了，今后再也没有工作和收入了，只有政府对伤残人员补贴的 1200 美元的福利生活费，却把自己唯一也是最后的全部收入都交给娟来保管。这让娟感动且有些酸楚。

她何尝不爱钱呢？但是这钱她不能要，她要让史蒂文放心，虽然他残疾了，她也永远不会离开他，她会陪伴他直到永远，像结婚誓言中说的那样："无论生死，老弱病残，都要一直陪伴，白头偕老。"

于是娟含着泪水对史蒂文说："亲爱的，这笔钱全部给你买保险，将保你终身！"

这时候史蒂文捧着娟又递回的三沓美元，眼里涌出了一行热泪，泪水湿润了这位从不哭泣的男人，他认同了娟的做法，这种资金安排是对他后半辈子一个最好的保障。史蒂文更感觉到，眼前这个弱小的女人，一下子让他决定要用另外一种方法去呵护她的后半生。

一周后的一个早上，史蒂文和娟开车来到保险公司办理手续，当投保人签名的时候，史蒂文在受益人的名字一栏签下了娟的名字。合同约定受益金额为 100 万美元，这意味着如果史蒂文去世，这张保单的受益金额全部给受益人陈娟。

娟没有想到史蒂文考虑得比她还要周全，她感觉到这张保单将会使她和史蒂文的婚姻更加牢固，他们俩的爱情会更加甜蜜。这就应了常常说的一句话：善良一定会得到好报。真爱一个人的时候，他会从心里处处替爱人着想，史蒂文把娟的晚年生活，通过人寿保险这种方式给了保障。

史蒂文是值得娟托付终身的痴情男人，有担当，有责任心。爱情需要坦诚相待，那些平凡生活中的相依相伴才是真爱。

娟做了几年美甲店修甲工，存了一些钱，后来她自己开了美甲店当上了老板，每月净收入 7000 多美元，从为他人打工变身成老板，更加得到了史蒂文的尊重和深爱。女人最美的样子，就是那种自信的美。

五年后，娟和史蒂文买了一所带院子的大房子，史蒂文在一家出租车公司当调度员，上半天的班，因为不能弯腰，他只适合做文员管理岗位的工作。做这些是史蒂文想替娟减轻压力，为分担家庭开销尽点儿心。

而娟经过一年的摸索，为美甲店做了行业宣传，加上她技术和服务好，由客人带客人，第二年美甲店的经营已走上正轨，业务忙的时候，还需要请人手帮忙。于是娟又把远房的单身表妹请过来打理美甲店。又过了三至五年，娟的美甲店客源很稳定，而且口碑很好。娟将之前买的二手车换了一台更实用的七座小货车代步上班。随着业务的扩展，店里增添了一些新项目，美甲、护手、足疗都受客人喜欢，带来了更多的收益。

此时的娟深深体会到，无论何时何地，女人的安全感就来自自己，开店经营几年来的事实证明了自己就是自己的靠山。

第6章 能干的"80后"杰西

1982年，杰西出生在一个知识分子家庭，母亲是一位妇产科医生，父亲是中学英语老师。

杰西小时候，学习英语的潮流刚刚兴起。杰西妈妈想利用孩子的心理特点，引导杰西自愿学习英语。妈妈让杰西选择，要么每天帮妈妈洗碗扫地做卫生，要么跟爸爸在客厅看英语节目。为了逃避干家务，杰西就选择了后者。看英语动画片时杰西很想听懂角色讲的英文是什么意思，就有了学习英语的兴趣。

每天晚饭后，杰西就开始看英语节目、英语电影。慢慢地，在爸爸的帮助下，杰西能听懂很多英文单词和短句。杰西喜欢上了英文，也越来越喜欢在更多的场合去表现自己的英语能力。

有一次在学校英语课堂上，英文老师写了一段英文，让学生举手上台朗读，杰西想都没想就举手了。全班没有第二个学生像杰西这样自信。老师让杰西上台读出那段英文。杰西的表现让全班同学羡慕不已，老师很高兴，当即表态让杰西当英语课代表。

从那以后杰西对英语学习越来越有热情，也找对了学习英语的方法。杰西对英语的熟练程度不亚于母语普通话，在很多大学生毕业后还在找工作的时候，还在读大四的杰西就已经在一家外企找到了一份翻译助理的工作。杰西实力很强，找工作时没有多少竞争对手。

杰西在中国一直在外企工作，给酒店老总当助理翻译员，因为英语能力强，后来跳槽都很轻松。他比较喜欢外企的文化氛围，职场上凭实力和本事，不用搞人际关系等。

杰西后来到美国定居是因为网恋，她爱上了一位大她 19 岁的在美中国男人吉米。两人约定在美国佛罗里达州见面。杰西休假一个月，以旅游签证的方式飞往美国与吉米见面。

没有想到在美国的 15 天陪伴里，杰西看中了吉米的实在和真诚，于是提前结束了预先旅行的假期，毅然返回中国辞职，办理好一切结婚需要的手续资料，对父母亲说要嫁给吉米，并在美国发展。

为尽快适应美国的生活环境，杰西到美国结婚后的第一件事就是找工作。杰西知道自己想要什么样的生活，她的人生目标很现实，必须经济独立，要挣钱养活自己。虽然丈夫吉米很照顾她，但她还是不满意没有自己的房子，需要租房的生活。她坚信女人不能靠脸蛋儿、靠男人、靠任何人，只能靠自己！

杰西的丈夫吉米比她大 19 岁，两人结婚时，吉米还带着两个孩子。婚后杰西和吉米又生了一个儿子。杰西的孩子 1 岁那年，由于吉米经营的养鱼塘管理不善，造成严重的亏损，最后只能将鱼塘转让，家里一下子失去了经济来源。杰西愁死了，三个孩子要养，还要面临着接下来的每个月房租，生活费都不知道在哪儿。

吉米找白天干到下午的活儿，杰西找从下午到晚上的工作，到餐馆打工端盘子，什么打杂的活儿都接。两个人交替照顾不到 2 岁的小儿子。在美国是请不起人带孩子的。这样起早贪黑地干了几年，手上有了一点儿积蓄后，吉米想自己的厨艺不错，可以开一个中国餐馆，因为美国人还真的特别喜欢吃中国菜。主意拿定后就和杰西商量。杰西也想自己开个中国餐馆，考虑到孩子可以顺便带，没多想就同意了。于是他们七拼八凑接下了一个正在转让的中国餐馆，简单装修了一个月终于开业了。

餐馆刚开始时生意还挺好。附近是美国企业，有一些职员中午会来吃快餐，还可以点简餐外卖带回给家人吃。两个人请了两个小工助手，都是中国留学生，工钱不多，也不稳定。小工干的时间短，每个暑假寒假都会走一批换一批人，刚刚教会熟悉厨房的一些活儿，结果又走了。

过了不久，旁边又开了一个餐馆，是福州人开的，家庭班子，都是自家人干，生意很好很红火，管理又好。福州人很会做吃的，吉米的餐馆就受到了影响，结果只撑了两个月就倒闭了。

一次下班后，杰西赶着送货途中又出了车祸，这对一家人来说真是雪上加霜。

杰西晚上赶着开车送货，想着餐厅倒闭好多事情需要处理，又想着要照看孩子，心里很乱。她的注意力不集中，本来眼睛就不好，那天开车还很快，一不小心被后面的车撞上，车子报废了。这是她第二次被别人的车追尾。

幸好杰西身体没有大碍，只是轻伤。事故后获得车款赔偿，还获赔了一些精神营养费和治疗费，共5万美元。这个时候杰西很冷静地想了一下他们未来的生活去向，直接对吉米说："我们现在不能自己创业，还是各自去找适合的工作打工吧！之前给了你两次机会，你都失败了。以后不管是工作上的事还是生活上的事，必须由我来当家做主。"

吉米看到杰西说得有理也就不吭声了。从那以后，整个家就由杰西掌管。有了经济大权，她开始精打细算。她在餐厅打工，在学校兼职当中文老师，打两份工的同时，还在找适合自己的工作。

还好吉米的大儿子渐渐长大了，很懂事，在读大学期间，就申请贷款完成学业。大三、大四的时候，他利用寒暑假、节假日去打短工，管理好他自己所有的学习费用以及还银行贷款。杰西的担子才轻松一点儿了。

功夫不负有心人，因为杰西的英文和普通话能力很好，她找了一份服装加工厂中层管理岗位的工作，工资是每月5000多美元。经过上次出车祸的教训，杰西决定在上班附近的地方买一套房安定下来，不用开车奔波。被录用后的杰西有了稳定的工作，立刻订购了看中的房子。在美国买房子价格还比较稳定，西方人比较喜欢租房，只有中国人喜欢安居乐业。杰西也特别有这种爱房子的情结，要有家的感觉，就必须有房子。

杰西和吉米商量好后，在美国购买了第一套住房，首付只用一成。杰西做了一个预算，以2万多美元首付，可以买下总价20万美元的房产，贷款30年，可以脱离租房的现状。于是终于有了一套属于杰西和吉米一家四口人的家，这是杰西在美国投资的第一套房子，每月还房贷1600美元对杰西来说是一件轻松的事情，要知道之前杰西和吉米每月房租还需要1800美元。这样的理财计划，不仅将拥有自己的一套固定房产，而且还心安省钱了。

尝试到投资房产的甜头后，杰西在做好自己的本职工作之余，把精力全部放在投资房地产方面，全心在网上搜索自己喜欢的区域，有空就关注、考察、计划，心里总是在默默地做些积极的准备。

第 7 章　杰西就是能忍

为了早日摆脱贫困，过上中产阶级的生活，杰西还得继续打两份工。每个周末当两天中英文老师，平时就在服装厂上班，一周七天都安排得满满的。

在服装厂的办公室里，杰西的桌面上放着两台电脑、两部座机电话，她平时使用三部手机，一部是自己的，两部是工作业务手机。杰西将生产与销售策划分开处理，做事有条不紊。但即便努力拼命工作，也难免在工作中与老板和同事发生冲突，杰西有许多辛酸和委屈，也得全部忍下来，毕竟这份工资对她特别重要。

刚进厂那天，老板跟杰西定了三个月试用期，通过了试用期才能长期留任。在这期间，杰西就遇到了一件很棘手的事情。

有一位客户定制了一种标牌，快要完成时，策划部发现标牌的颜色跟客户的订单要求有色差。如果客户因为这个问题拒绝收货，那么就得返工重做，这对企业来说会造成极大的损失。当务之急就是需要有人跟客户商谈，找出一个大家都能接受的解决方案。

出错的策划部员工及负责人都不敢跟老板提这件事，身在老板和生产、策划部门衔接的助理岗位，杰西必须出面跟老板说明这个问题，商量对策。

杰西很担心，如果这件事情处理不好，她就无法通过试用期，但如果能把这件事顺利解决好，她就有很大的机会长期工作下去，并且得到重用。杰西已经购买了房子，每月的房贷必须按期支付，她没得选择，

141

没有退路，孩子还要上学，她必须保住这份工作。

老板长年不在厂里，都是遥控、电话、电脑、手机、邮箱发令指挥，这种企业的管理模式在美国很普遍了，不然老板就失去了请高级助理的意义。

这天早上，杰西早早地来到办公室，将最近几天绞尽脑汁想到的应对策略写成报告发给老板。报告中简单说明了事件经过，并详细地写出她的解决方案。她提议首先要向客户诚实地坦白色差问题，然后建议说服客户尝试这种新的颜色方案。作为有过失的一方，服装厂应该在价格上给予优惠，并在这一批产品的销售上给客户提供必要的帮助。

一封完整的报告终于写完了，杰西仔细检查报告有没有文字错误，确定无误之后，她做了一个深呼吸，然后发送邮件给老板。接下来的时间里，杰西在煎熬中等待着老板的回复。她等待着老板的怒火，等待着老板冲她吼叫，等待着老板冷静过后的训斥，等待着老板的指令……

杰西明白，对这些考验她只能默默承受。如果能解决这件事，老板一定会留下她。杰西暗暗鼓励自己："这个节骨眼儿上看你了，杰西坚持住，只要积极地去解决问题，什么都不是事！"

到了中午，杰西刚吃完午餐回到办公室就听到桌上电话铃声在响，她连忙抓起话筒，里面传来老板愤怒的声音："杰西，你的报告我刚看完，你们现在才把问题跟我说！这个事情如果处理不好，如果客户不接受你的方案，企业遭受的损失，你将负全部责任！我只能把丑话说到这里。你是我的助理，你要站在我的立场上去看待这个问题。你自己想想，要是因为这个问题丢失了这个客户，我们会有多大的损失？你一定要拿下这个客户，过程我不管，我只要你尽快把这件事情处理好，不然你知道后果！"

电话里怒气冲天的话让杰西感到刺耳，但她理解老板的心情，也明白这个时候不能再刺激他。她把话筒轻轻地放在桌面上，对老板的责问作简单的回复："嗯，啊，哦，好的。"

后面老板的训斥还越来越有劲，那架势就是得理不饶人。杰西真想摔下电话顶撞几句，结果话到嘴边又不得不忍住了——她不能失去这份工作。杰西默默叹气，把话筒搁在桌子上，悄悄地走出了办公室，到车间里转了一圈。等老板骂够了、骂累了，她再回办公室慢慢冷静消化掉这些负面的情绪。回到办公室后，桌上的话筒没有发出任何声音，老板终于挂了电话。

杰西冷静下来，打算按计划把客户约出来当面谈这个问题。客户是一位美国人，名叫迈克，他的个性很强势，跟杰西的老板合作多年。多年来，只有杰西的老板能搞定他。杰西没有十足把握，但也只能尽力尝试以诚相待，跟他好好聊聊产品存在的问题。

杰西打起精神将自己打扮了一番，选择了一间离客户单位较近的咖啡厅跟客户见面。咖啡厅的环境适合谈业务，灯光柔和，播放着轻音乐，营造出一种轻松的氛围。

下午3点，迈克准时到了咖啡厅。可能迈克也喜欢这里的环境，杰西从他的脸上看到轻松愉快的神情。迈克走过来对杰西调侃道："什么风把你这位美女吹来了，还请我喝咖啡？这儿离我单位近，我请你吧！我非常喜欢这家咖啡厅，我一个人的时候也常常来这里。"

杰西："今天是我找你，所以一定是我请你。我也很喜欢这里的环境，在这里跟你见面我也很开心。"

接下来杰西转入正题，跟迈克说起产品色差的问题，还说了她的解决办法。杰西嘴巴不停地说着，还拿出一张纸，在上面画出图案辅助讲解。杰西善于用肢体语言表达，不时对迈克露出笑容。

杰西说出了这件事的利与弊，她的话让迈克的神情经历了从惊讶到迷惑再到接受的一系列变化。迈克是一位很明白事理的人，其实他也想要扩展自己的销售渠道，杰西提出的方案让他多了一个销售平台，还维

143

持了多年的友好合作伙伴关系。他接受了杰西提出的方案，也佩服杰西的胆识和智慧。这件事要是换了杰西的老板亲自来谈，也未必会有这个双赢的结果。

杰西和迈克足足在咖啡厅谈了三小时。有了这一次连续三小时的长谈，后来杰西一看到咖啡就害怕。当天晚上杰西因为咖啡喝多了而难以入眠，不过那一天她在咖啡提神作用下顺利地挽回了这个大客户。

迈克离开咖啡厅时对杰西说了一些有趣的话："你这位朋友，我交定了！咱们好好合作，长久合作。我知道中国女人不随便跟我们男人拥抱的，我接受你的建议和承诺，为了表达我的敬意，我们拥抱一下吧！"

杰西："谢谢迈克的宽宏大度，我佩服你的智慧，你不发财都难，我们的合作一定会更好！保重，希望下次能在厂里见到你！"

迈克和杰西像是遇上知己，有一种相见恨晚的感觉。迈克从心里佩服眼前笑容满面的杰西，他感觉后期与杰西合作会很放心——他对杰西有一种莫名的信任。杰西的责任心打动了迈克，他相信跟杰西合作会更有前景。

杰西把结果告诉老板的时候卖了个关子，她拿出手机没有立刻说出结果，只是不紧不慢地给老板发微信："老板，我刚刚跟客户迈克谈完，是现在跟您汇报，还是等明天以文字方式发您邮箱？"

老板对杰西发话："你现在告诉我，结果到底是接受你的建议，还是怎样？你跟我说实话。我说过的话都要兑现的，你如果把这件事处理好了，就给你加工资，提升你做我的高级助理，今后厂里的业务你可以代我自行处理！若是结果不尽如人意，你明天就不用来上班了！"

杰西："老板，我想知道，你要奖励多少？每月工资涨到多少呀？我好向目标努力！"老板以为杰西还未搞定客户，还需要他的帮助，于是开口说："每月薪资在五位数以上。"老板真没有想到，此刻的杰西早已搞定了客户。

杰西给老板发去一个自信开心的笑脸，老板一看就明白了：杰西没有辜负自己的期望！

老板："你安心工作吧，我明天下文通知人事部兑现承诺，给你加薪奖励！我需要敢于担当、有责任心的员工。"

杰西："谢谢老板，我做的这一切是我应尽的责任。放心吧，这次这个客户不仅没有退单，还签了下一季度的订购合同，准备长期合作！"

第二天，杰西就收到了人事部送来的升职加薪的任命书，被直接任命为董事长的高级助理，每月薪资1万美元。杰西很欣慰，这段时间的辛苦没有白费，终于通过自己的努力，提前通过了试用期。她相信自己的路一定越走越宽，好日子一定会到来！

后来杰西依然很努力地积累投资成本，过上了中产阶级的生活。她购买了八套房产用于出租，除了每月将租金用于偿还房贷，还余下净得收入，真正做到了以租养房，同时将余额作为利润积累，利滚利，将财富再投资，实现利益最大化。杰西将理财做得得心应手。

第8章 杰西靠奋斗实现了财富自由

吉米懂中文、粤语、闽南话，后来他凭语言上的优势找到了一份翻译工作，工作没有以前那么辛苦，也很稳定。空余的时间，吉米还接了一些房子维修、装修等私活儿，在华人圈子里有些名气了。吉米报价的装修费用实在，人踏实，让移民美国的华人很放心，而且在语言沟通上也方便。久而久之，找吉米装修的人越来越多，收入自然好了很多。吉米也没有想到这些比专业翻译这项工作收益还好。

杰西和吉米都明白，在美国想要生活得好，必须放下虚荣心。为了生存，只有勤奋工作，不挑剔行业。能干自己喜欢的行业，还真是幸事！杰西用打工的阅历和时间找到了自己最擅长的事情，那就是投资房产。

杰西是闲不住的人，一到周末就开车到处看房，将一些卖价便宜的房子信息整理出来，在合适的时机就买下。这些年来，她买了八套不同区域的便宜房产，吉米负责装修，将装修成本控制得很好。有很多工作是吉米亲自动手，将别人家丢弃的旧家具改造修补使用，翻新的家具看起来时尚还很耐用。投资房产后，杰西的财富像滚雪球一样快速增长。

让杰西印象最深刻的一次投资经历是用 10 多万美元买了一套别墅。有一次，在中介房屋出售的官网信息中，看到有一栋价格很低的房产拍卖信息，直觉敏锐的杰西马上开车赶到那家房产中介公司了解情况。

那是一栋独立门户的别墅，虽然是旧房子，可占地面积很大，建有三层，有八个停车位和一个游泳池，后院带一个工作间。后院有几百平方米的空地，还可以再建房屋。正大门前方面对着公路，交通便利。整体外观看上去很大气，红砖墙面挂上了门牌号码，是写着一种路标、邮编，一看就像大户人家的房子。

这样的房子正常价格远不止 10 万多美元，可能是价格太便宜，让人误以为是发错了信息。当杰西赶到房产公司时，并没有什么人跟她竞争，当时只有一位中年白人妇女在打听这房子的情况。那时中介工作人员正好谈到别墅主人的情况。

工作人员说："原业主刚刚离婚，带着一个女儿，她想逃离这个让她伤心的房屋，于是才低价出售。但她要求现金交易，一次性付清，不要贷款。"

了解情况后，杰西立刻与中介经理交流起来。

杰西和那位在场的中年白人妇女都想买下这栋别墅，女主人再次表明，如果谁能在三天内一次性付清房款，她就跟谁签合同。那时杰西的银行账户刚好存了 10 多万美元，她马上表示可以满足女主人的条件。而中年白人妇女习惯用信用卡超前消费，如果她要买这套别墅，需要走银行贷款流程，时间需要半个月。女主人想尽快将房子卖掉，多一天都不想等，就这样，杰西成功地用 10 多万美元的低价购入这套市值 20 多万美元的别墅。这应了那句中国老话：好运是留给有准备的人的。杰西很庆幸自己平日里攒下的 10 多万美元，要不然她也将错过这次机会。

房子终于在 2020 年 2 月签订合同，买卖双方的过户手续全部办妥。随后杰西和吉米一起把房子进行了简单装饰，做了保洁，修剪了门前杂草、树枝，然后对外公布出租信息。当年 6 月上旬，房子顺利出租，与租户签订了两年合同，每月租金 2250 美元，两年后再续签则增长 10% 的租金。杰西终于可以松一口气了，毕竟是两年内不用再担心这套房子的收益情况。

岁月让杰西夫妻渐渐变老，他们已添了不少白发。尽管他们有能力买到更好的房子，但自己还是住在当初买下的房子里。杰西曾对朋友说："这套房子是我和吉米以及孩子们的风水宝地。"

　　他们一家有遇事一起商量的习惯，孩子们从小就潜移默化地受到影响，培养了很好的投资意识。吉米的大儿子参加工作两年，已为自己购买了一套房子，自食其力地成家立业了。大学毕业的女儿已经找到一份稳定的工作，也像哥哥一样自己还了上大学时申请的银行贷款。

　　工作一年后，女儿在杰西这位继母的指导和影响下，以首付1万多美元，购买了一套价值19万美元的二手双拼别墅。这房子的面积很适合四口之家居住。房子经过吉米简单装修后对外出租，女儿轻松地成了房子的主人，做到了婚前就拥有了自己的固定资产。女儿的男朋友很佩服她，认为她年纪轻轻就有良好的理财手段，相信她一定能经营好婚姻和家庭，同他一起过上富足的生活。

　　女儿从心里佩服杰西这个继母，她曾经对杰西的朋友说："杰西比我亲妈还亲，我什么事情都愿意跟杰西妈妈讲，不跟爸爸说！"

　　杰西凭借智慧把日子过得很好，吉米向家人说："我全听老婆的，自从听了杰西的话，我们的日子一帆风顺。"

　　吉米的大儿子周末回家吃饭的时候，经常给杰西妈妈带上礼物，跟

她分享工作和投资上的想法。家人的信任和亲近让杰西非常欣慰。杰西投资的八套房产的产权人都是她，吉米用这种方式表达他对杰西的爱和感激。如今杰西收获了爱情、亲情、财富，活成了自己曾经期待的样子。一切都是她在家人的理解和支持下，凭借努力和善良创造出来的。

成功后的杰西还是那么淳朴、简单，生活和工作上都很低调。她还从事着老板助理的工作，每周朝九晚五，认真尽职地工作。近年来社会大环境不好，有不少中小企业倒闭了，在这种情况下，老板的企业反而稳步发展。企业能取得这样的成绩与杰西的辛勤付出是分不开的。在杰西的协助下，老板的企业做得风生水起，吸引了更多业务订单。

当别人问起杰西的成功之道，杰西这样分享："女性一定要有自己的主见，要有挣钱的能力，实现经济独立。还要有一颗永远善良的心，一种积极热爱生活的乐观心态。"

第9章　也有见钱眼开的外嫁女

倩倩 1968 年出生，属猴，从事过直销行业，开过 KTV，因婚内出轨而离异。在一次单身女性朋友的聚会上，倩倩偶然结识了柯总中介公司的翻译小蓉，听了几个单身会员和外国人恋爱、结婚的故事，猛然冒出到国外挣钱的想法。倩倩以找外国人结婚为由，在短暂时间内，很热情地取得了中介翻译小蓉的信任，让小蓉将她本人的艺术照片放在单身外嫁网上，物色有意向跟她交往的外国人。在小蓉的细心服务下，一个月就找到了一位对倩倩有意的美国人詹姆斯。

柯总的公司规定为会员免费服务三个月，会员找到对象之后就要缴纳入会费才能继续提供服务。小蓉免费为倩倩服务三个月的期限就要到了，恰恰在这时，詹姆斯在网上回了一封长信，愿意买机票邀请倩倩来美国看看他的家。

这封信对倩倩来说是一次好机会，但是倩倩又不想缴纳会费。也不知道倩倩是怎么与小蓉沟通的，竟然说服了小蓉允许自己先去美国见詹姆斯，如果和他结婚会立刻缴纳入会费。就这样，小蓉为她破例做了翻译牵线的服务，倩倩在不到三个月的时间内，顺利地来到了美国，见到了詹姆斯，顺理成章地在詹姆斯家免费吃住了三个月。

詹姆斯 1950 年出生，长得很高。他的收入一般，职业是面包师，长年上夜班。在美国，像这种没钱的单身男人很难找到真爱自己的美国女人，也就很愿意接受愿意留下来与他们结婚的外嫁女人。这些女人来自很多国家，比如菲律宾、越南、印度、韩国、日本，还有像倩倩一样的中国女人。

以倩倩的外嫁观念，男女以恋爱为由以身相许再正常不过了，只要她不出钱还能占到男人的便宜，她觉得就是自己有本事、有姿色。

与詹姆斯在一起的几个月里，倩倩一直计划着如何应付小蓉，找一个合适的理由赖掉会员费这笔钱。倩倩没跟詹姆斯结婚，嫌弃他没有多少钱又总是上夜班。趁詹姆斯上夜班不在家的时候，倩倩用手机寻找附近的人，搜到了老外迈克，加为微信好友。迈克的条件不错，倩倩把他当作新的目标。迈克很快就跟倩倩熟络起来，并提出见面。倩倩决定到附近的教堂跟他见面，想尽快拿下这个男人，好让自己早日拿到绿卡。

倩倩跟詹姆斯住的房子有点儿偏僻，出门必须开车，附近适合跟迈克见面的地方就是教堂，离他家比较近，而且詹姆斯不会起疑心，毕竟来教堂是为了信仰。倩倩本不是基督教徒，为了有理由经常到教堂跟迈克见面，她选择了一个周末入教会洗礼时间，接受了基督教洗礼仪式。

为达到目的，倩倩会主动哄詹姆斯开心。

詹姆斯的体力不行，倩倩并不介意，她知道詹姆斯会听她的话，在那时她可以大胆提出要求。

倩倩："亲爱的，我的化妆品用完了。我还想去买双鞋，买一件性感内衣和一个背包。"

詹姆斯："好的，亲爱的，我们一起洗澡，吃完早饭后就陪你去买！"

倩倩更加讨好："谢谢亲爱的，你帮我买完这些后，把我顺便放在教堂路边，我去祈祷神保佑我们！你上班也累了，好好地在家休息，我中午就在教堂吃免费的食物。你不用担心我，安心休息，我回来做晚饭给你吃！"

詹姆斯每次都满足倩倩物质上的需求。虽然他的收入不高，但也没有什么负担，有倩倩陪，总比没有女人强。詹姆斯也明白，倩倩不就是图他点儿什么吗？詹姆斯给倩倩买完东西，按照倩倩的意思照办，把倩倩送到教堂，说："亲爱的，愿你玩得开心，我很困，需要回家继续睡觉！"

倩倩求之不得，詹姆斯不下车，不在教堂露面。

因为迈克和詹姆斯同在一个小镇，只不过是不在一个街区居住，一个在休斯敦的东头，一个在休斯敦的西头，教堂正好在中间的位置，距离商业购物中心不远，所以来这个教堂是最合理的理由。詹姆斯怎么也不会想到，刚刚跟他翻云覆雨的女人，会倒入另外一个男人的怀抱！

倩倩就这样做到了无缝衔接。她必须两边哄好，千万不能穿帮了。她还没有得到迈克娶她的承诺，眼下还需要备胎詹姆斯。她的心里琢磨着怎样能让迈克尽早娶她。倩倩来美国已有四个月，再不结婚的话，旅行签证就要到期了，到时候她就要被迫回国。

多次约会后，倩倩顺利地随迈克进了他的家。倩倩微信视频只对好友菲菲说过："那迈克比詹姆斯强多了！我看上他最主要的原因是他白天可以陪我，而且退休前他是政府公务员，退休金稳定，养我没有问题。"

菲菲："你真有手腕，胆子真大，你不怕万一他们俩碰上了？"

倩倩胸有成竹地说："不会，我有办法不让他们碰见。若是詹姆斯接我，我会约在商场附近等他。如果和迈克在一起，我会让迈克送我在詹姆斯家附近下车！"

倩倩自信满满地轻松回复着菲菲，那神情分明在说"没有我倩倩搞不定的男人！"

当倩倩认为与迈克情感升温时，她又上演了一场假戏，逼迈克娶她。她跟迈克说，她有一个表妹跟男友詹姆斯一起住，倩倩这段时间就住在他们家。最近詹姆斯突然开始追求倩倩，要娶她为妻。但是她倩倩只爱迈克，若是迈克爱她娶她，她会从表妹家中搬出来，那样就可以天天和迈克在一起了。她在试探迈克的诚意。

迈克还真的以为倩倩有一个表妹，表姐倩倩居住在表妹男友詹姆斯家也很正常，对此没有任何怀疑。甚至倩倩还导演了自己不愿意去破坏表妹的幸福，想跳出这段三角关系的戏，让迈克以为她是一位很善良、用情专一的女人。迈克相信了她的话，答应娶她。

倩倩的计划已经成功了一半，接下来，就该安排一位"表妹"出场了。

玲玲比倩倩小6岁，比倩倩漂亮。倩倩跟玲玲之前是在单身微信群里认识的，倩倩在微信里说服了玲玲以旅游签证的方式来美国赚钱。玲玲在美国居住的地方离倩倩那里不远，就在相邻的一个小镇上。之前倩倩托关系帮玲玲在中国人开的店里找了一份洗脚按摩的工作。玲玲也想靠倩倩帮她找个男朋友，以结婚的名义合法留下定居美国。

倩倩正好将看不上眼的詹姆斯推荐给玲玲，从中获取玲玲3万元中介费，同时还编故事说自己是受害者，博得中介翻译小蓉的同情，昧着良心对翻译小蓉说："詹姆斯移情别恋上另外一个女人，他不跟我结婚了。"

倩倩暗自里外操作，神不知鬼不觉地赚了几万元，还省了缴纳入会费2万元、成功费1万元。

倩倩充分利用微信沟通的便利，凭着一张嘴，冠冕堂皇地隐瞒了事实真相，轻松赖掉了中介费，骗取了玲玲的信任。此时的玲玲还把倩倩当好姐妹，而倩倩自己找到了一个更好的跳板。这番骑着马找马的操作，让倩倩很是得意。

为了让玲玲相信倩倩和詹姆斯是同屋不同床的关系，倩倩对玲玲说詹姆斯长期上夜班，他们根本没时间发展出那种关系。倩倩的口才真不错，玲玲竟然真的相信了。倩倩又对詹姆斯说，自己来美国欠了表妹玲玲多少人情和钱，说表妹最近要抽空来詹姆斯家看她。倩倩开始为詹姆斯与玲玲相识创造合理的机会，这样她就可以脱身了，她觉得詹姆斯见到玲玲后一定会欣喜得迈不开脚，因为玲玲比她更年轻、丰满……

直到迈克答应娶倩倩了，倩倩才赶紧在离开詹姆斯家的前一天，仓促地将玲玲招到詹姆斯家，对詹姆斯说这是单身表妹，恳请詹姆斯留下她，自己则要飞往另外一个城市有急事处理。

倩倩对玲玲说："你就守着詹姆斯，主动对他好点儿，这样结婚的事情就不成问题。我离开后在微信上告诉詹姆斯自己另有事情，不能陪伴他。我会说表妹比我年轻，人很好。我劝他真心待你，时间长了，你对詹姆斯好，他肯定会和你结婚！"

不知道出于什么原因，詹姆斯还真的为倩倩买好了机票，并送倩倩到机场。按倩倩和迈克的计划，等送行的詹姆斯离开之后，倩倩就坐上迈克的车子直接到迈克的家。倩倩本想在机场打一转，等詹姆斯离开机场后迅速退票，这样还可以赚到几百美元。不承想，詹姆斯非要等着倩倩安检后才离开，玲玲也只好默默地陪伴在一旁。最后倩倩没有办法，只得上了飞机。

倩倩赶紧发微信给迈克商量怎么办。迈克对倩倩回信息："你直接飞过去吧，你到了那边后也好拍视频或者照片发给你表妹玲玲和詹姆斯！要让你表妹玲玲放心啊！把你的护照发给我，我帮你买好返回的机票，我在机场等你！"

倩倩一听也有道理，已经这样了，退票也只能退一半的钱，演戏还要真实点儿。就这样，倩倩不得已踏上了她自导自演的飞行航程。她觉得做假还是很费神费力，心也累，但是值得，迈克总算同意和她结婚了，而且会在下周就去登记注册填表，接着就在教堂举行婚礼，免得夜长梦多，只有等到那天，或许能暂时地安定一阵子，谁知道后来会怎么样？倩倩侥幸地想着，只能走一步看一步了。

倩倩在迈克的那所旧房子和老旧的家具中间转了一圈。虽然房子破了点儿，那张婚床半年前也曾睡过迈克的前妻，就是刚刚离婚不久的北京女人。但是她毕竟跟迈克结婚了，有了法律上的婚姻身份，可以进入申请绿卡的下一步了。

倩倩心想，虽然迈克现在不能给她婚纱和美元，但是他答应了给自己申请绿卡，会为自己买新房子，等自己有身份了，就去看房子。倩倩美滋滋地享受着新婚的蜜月日子，心中无比得意，认为自己就是有会挣钱的命和脑子。

在倩倩离开之后，玲玲如倩倩所愿成了詹姆斯的女友，没过多久两人便结婚了。当然，詹姆斯也跟倩倩沟通过，倩倩显得很大度，说自己完全不介意，还对他们的婚姻表达了祝福。倩倩知道"表妹"比她年轻漂亮，堵住老外表面拒绝的嘴——只要有女人愿意跟他结婚，而且还比倩倩年轻，何乐而不为呢？在老外詹姆斯的心里，倩倩白白跟他睡了三个月，只是吃吃喝喝白住几个月，如果表妹玲玲乐意，哈哈，他当然随意呀！

倩倩和詹姆斯各自心怀鬼胎，玲玲也明白自己是捡到的詹姆斯，哪里是什么爱情呢？

倩倩："这说哪里去了呀？哎呀，说这些有用吗？你来美国是为了有机会获得身份，我可是成全了你。等你拿到身份了，他对你好，就过下去，不好就离！我的妹妹，想开点儿，看淡些，你来美国是挣钱的，不是找爱情的。我还不是跟现在的老外只认识三个月就闪婚了，能找一个愿意跟你结婚的就可以了，等身份稳定拿到绿卡，我们都四十多岁了，知足吧！那个时候要是你不跟他结婚，你能留在美国吗？你早就被遣送回国了。"

玲玲本想问倩倩罪的，可是倩倩的一番话，像是玲玲得了好处还卖乖。玲玲说："无所谓了，我跟詹姆斯不是那回事！我很纠结，不想要这绿卡了，我想回国去！我不是你！跟你不一样！挂了！"

放下电话的玲玲越想越气：人家来美国挣钱的，我来美国还赔了钱，给倩倩当了一个替身。

　　倩倩为了那张绿卡利用了备胎老外詹姆斯。有了这样轻松挣钱的经验，倩倩后来又骗了几位同胞姐妹，一次一次地轻松获得暴利，在背离道德良心、不知廉耻的道路上走得越来越远。

第 10 章　倩倩捞金被众友揭穿

结婚后的倩倩并不幸福，人是留了下来，虽然熬过 10 个月，有了一份临时的绿卡，但由于她爱慕虚荣，爱贪财占小便宜的习惯，时间一长，迈克就看不起她。得不到迈克的尊重，倩倩也无所谓了。倩倩自己都常对别人说她最爱钱，嫁给老外也只是为了绿卡，好留在美国继续赚钱。

有过坑骗玲玲的经验，倩倩打算利用微信圈子的人脉继续骗钱。为了在中国与美国之间来去自由，倩倩在刚刚拿到临时绿卡不到两个月时，哄骗与她结婚不到一年的迈克，借口要独自回中国处理一些事情。

倩倩在出国前认识一位很有人脉资源的女性朋友琴琴。在单身微信会员群里，琴琴是第一批被柯总介绍入会的会员，见证了一个个女会员嫁到国外，当然嫁过后幸福不幸福她就不知道了，因为柯总只会报喜不报忧。琴琴在国内从事美容行业，很容易认识这些爱美的单身女人。美容院仿佛是单身女人最能放松心绪的地方。

琴琴自己条件好，一般外国人她看不中。几年下来，琴琴虽然总是被柯总邀请参加活动，但从没有上心要嫁出去。她总觉得在国内过得很好，有事业、有亲情，还有这么多的好友。柯总常常需要借琴琴的人脉关系做一些宣传推荐，一来二去，琴琴跟柯总的会员也有不少接触，她们当中有不少人成了琴琴的客户和朋友。

倩倩回国后马上给琴琴打电话："琴琴，你认识很多单身的女性朋友，你能不能带我认识一些有出国意向的人？只要是单身，或者想出国打工挣钱的，都可以告诉我，因为我有这方面的中介朋友，可以帮这些人出去。"

琴琴："是这样啊，正好这两天我有几个单身女友要来我家附近刚开张的茶楼聚会，我又不清楚你是什么意思，要不你也来吧，大家认识一下，到时你自己说吧，我就不传话了！"

倩倩："好的，我会自己付部分招待费的。"

就是这次聚会，倩倩在这次聚会上加上了小林的微信。倩倩瞒着琴琴，私下直接说动了小林去美国打工挣钱。小林考虑到倩倩是琴琴的朋友，应该不会骗自己，没有多想，就给倩倩的私人账户支付了去美国打工的介绍费2.6万元。

在等待倩倩带她去美国打工的日子里，倩倩还向小林承诺，之后待在美国六个月打工的日子里，尽量帮小林找一个好老外结婚。这样就可以钻美国政策法规的空子，跟倩倩一样长期待在美国。

临出发前几天，小林才对琴琴说起要跟倩倩去美国打工的事。而倩倩也才在琴琴问及此事时，说："我正准备告诉你呢，那天能认识小林也谢谢你做东请客。那天花了800元钱，我给你微信红包转400元茶水费，请收下。我说过一半的茶水费我来付。"

倩倩带小林到美国后，小林开始还给琴琴报平安，给琴琴发发微信，后来就不联系了。琴琴想，可能是小林打工忙了，也就放心了。这段时间倒是倩倩隔三岔五地发微信给琴琴，说小林在美国有多好。才来一星期倩倩就帮小林找到一家中国人开的足疗按摩店，小林正在学习按摩手法。倩倩不时叫琴琴继续帮她介绍想来美国的单身女人。

那次聚会，倩倩加了几个女人的微信，有一个单身女名叫凤芸，倩倩也一直游说她来美国。凤芸可没有听从倩倩的话，看倩倩一直催她付中介费，凤芸有些烦。虽然倩倩是琴琴的朋友，但毕竟大家只是一面之缘，凤芸跟她不熟悉，也不了解她的为人，一下子拿出2.6万元，还是不放心。倩倩催得越紧，凤芸就越不想以这种方式去美国。

倩倩再催凤芸的时候，凤芸对倩倩说："既然你把这事说得这么好，那你帮我办好签证到美国去打工，等挣钱了直接把中介费扣除就可以了，我现在没有钱付给你。"

狡猾抠门儿的倩倩直接对凤芸说："哪有这样办事的？中介肯定是先收到钱才帮你联系的。"

凤芸无所谓的样子说："没有见到中介人就要钱，那就算了吧！要不，你先把我办过去，等我到美国打工挣了钱再还给你。"

倩倩听到凤芸的话被气晕了，心里想，还是有比小林难忽悠的女人。后来倩倩在琴琴那边打听到凤芸是一个很精明的女人，倩倩知道她不好忽悠了，也就对她彻底死了心。倩倩才不会去做赔了夫人又折兵这种蠢事呢！

在倩倩的反复游说下，琴琴又召集了八个愿意出国外嫁的单身女友吃饭。买单都是琴琴自己掏钱，花了 680 多元。倩倩在美国用微信直接语音发信息，让琴琴把几位愿意来美国的女友微信推荐给她，对垫付买单的钱只字没提，假装不知请客一事。

琴琴此时才意识到倩倩说 AA 制是假话，倩倩想更多地利用琴琴微信上的人脉资源才是真。

琴琴也没有计较，毕竟这些单身女人也都是她的朋友，谁请都是请，做点儿顺带人脉资源给到倩倩也是举手之劳，何必那么认真计较呢？倩倩说的感谢话，琴琴也没有多放在心上。

人算不如天算，小林在美国打工的第五个月突然出事了，美国严查非法打工的按摩店和非法用黑工的行动。小林的几个同事因做黑工被抓，并被遣送回国，老板还要罚款，如不服从，也会转入美国非法移民官司。按摩店老板自身难保，悄悄地劝小林早点儿回国，不能再待在美国了，不然大家都受牵连。

小林来美国之前已将所有中介费都给了倩倩，因为打黑工，还要交店里每天 10 美元住宿费。除掉吃住费和给倩倩的介绍费，几乎倒贴钱，还面临危险。此时小林再找倩倩联系，倩倩不是说不在这个州，就是说去另外一个镇了，就是不见，有时候说上几句话就关机。

小林这个时候才知道自己是上了倩倩的当。给出的钱是回不来了，可心里就是不甘心，眼前只能吃个哑巴亏，打算回国后再去想办法让倩倩退还中介费 2.6 万元。

小林主意已定，一回国就将实情告诉了朋友们。那天是大年初六，在单身女友的聚会上，小林说了倩倩骗钱一事，大家都为小林打抱不平，都支持鼓励小林要维护自己的利益，将倩倩的行为揭穿。

当时琴琴也在场，琴琴安静地听小林说完倩倩骗她的前后经过。琴琴非常后悔，以为将女友推荐给倩倩是做好事，没想到是跳进倩倩的骗局里，害得大家受到经济损失。

琴琴身边有位叫莎莎的外嫁女友，此女友人很仗义，直接拨打倩倩的微信电话，替小林狠狠地骂了倩倩："如不退钱，将永远让你不得安宁！这钱不是那么好骗的，你真不要脸，那么爱钱，你直接脱光衣服来得快！"

倩倩在微信上狡辩："我没有拿钱，那钱都给中介朋友了。"

大嗓门儿的莎莎气愤地回："你少来撒谎，赶紧把钱吐出来，不然老娘一定会找到你躲在美国的地方告你。美国不是很讲法的国家吗？你把那个中介朋友交出来，不交人就退回钱，不然我们都饶不了你。"

倩倩低声哀求说："这个人你们也认识，我不能说，我还有她收钱的证据。"

此时倩倩慌了，她万万没想到小林还有一位这么厉害的朋友，她真不是莎莎的对手。倩倩此时不得已，只好将琴琴拿出来垫背了。

嫁祸给琴琴是倩倩早已想好的退路，因为她知道琴琴也是莎莎的朋友，倩倩以为把琴琴交出去，莎莎会看在朋友的情分上，让此事过去，她自己就可以不用退钱了。

莎莎不留情面地说："真没有见过这么不要脸的贱人，连朋友的钱都骗，你有没有一点儿良心啊？！你要么把人交出来，要么就退钱！"

倩倩扬言所谓的收钱证据，就是那个微信转红包 400 元茶水费的微信截图。意思很明显，倩倩所说的中介朋友就是琴琴。

琴琴一看就火了，她真没想到倩倩竟然把脏水泼到自己身上来。要不是自己刚好在场，得蒙受多大的冤情。琴琴连忙把微信聊天记录展示给大家看，大家一看就明白这是倩倩手段低劣的嫁祸。琴琴真的后悔认识了这么一个不要脸的女人。要不是朋友们揭穿倩倩的面目，还不知道被倩倩骗多少人。

在后期的日子里，倩倩过得小心翼翼，她要躲避很多人：被骗的小林，被骗转介绍的玲玲，未骗成的凤芸，想陷害栽赃的琴琴，还有被利用的中介翻译小蓉等。这些同在一个圈子里的女友都知道了倩倩自私卑鄙的小人行为，她们都拉黑了倩倩，从此再也不想遇见这种女人，坏了中国女人的名誉，有失中国女人的尊严。

琴琴感慨地对女友们说："真的要劝那些单身女人，走外嫁这条路有什么好？嫁了也未必是幸福的婚姻，我看美国的月亮也圆不到哪里去。小林若嫁了，也许会更惨。"

还是吃了倩倩亏的小林说了几句掏心窝子的话："走外嫁姻缘，要按照各国的政策法规光明正大地嫁过去。要不然容易被倩倩这类人忽悠，让这么多单身女友受骗。没有想到身边还有倩倩这种女人，太气人了！"

有句话说得好，"好事不出门，坏事传千里"，倩倩后来回国探亲不敢露面，只悄悄地待了一个月就赶紧回了美国。倩倩再也不敢随便回国了，害怕朋友们找到她。那阵子美国也正在打击以旅行签证过去结婚获取绿卡的人，倩倩过着度日如年、心惊胆战的日子，担心失去绿卡、失去身份。

倩倩目前只能过着隐形的生活，那么爱慕虚荣的人，却不敢真实地在朋友圈晒一张照片，也不敢邀请嫁过去的姐妹们到家里坐坐，害怕暴露行踪，引来被骗人集体来讨债。这日子过得提心吊胆的，惶惶不可终日，就像身边埋了很多颗地雷。

第 11 章　人算不如天算

倩倩婚后不久，在刚刚拿到临时绿卡满年后，又开始不安分了，用手机"摇摇"认识附近的异性。看到一张张帅气的脸以及优越的个人条件——有房有车是必须具备的硬件，倩倩又想故技重施。倩倩在两年多前就用了这套老办法，现任老公就是这样摇出来的。这一次她通过手机微信摇出了附近一位名叫汤姆的美国人，正是符合她条件的理想对象。

倩倩在网上与汤姆聊了两星期，眼看快到三八妇女节了，想找一个理由见到这位汤姆，一来找一个面对面试探的机会让汤姆送给她礼物，二来看看真人，与自己老公暗中比较，如果汤姆网上的信息是真的，那她可早做准备不留痕迹地甩掉现在的老公。

倩倩是出了名不吃亏的主儿，这次又以这种方式"出山"。她"出山"还有一个原因，她在国内投资的直销公司的产品项目，都属于非法经营，都在国家打击的行业名单之列。倩倩的投资血本无归。

倩倩获知消息后，心里就想着怎样才能把这部分损失补回来，于是就想到了这个钓鱼的好办法：网络上广泛交友，谈恋爱捞好处试试运气，或许能碰到一个高富帅的男人。她不甘心这样活着，说句良心话，她自己认为这世上只有别人吃亏，若是让她吃了亏，她要想办法把这个损失补回来。

这个机会终于来了。像以往常一样，倩倩搭乘老公上班的车子到了足疗店工作的地方。倩倩老公看着她向店铺方向走去的背影，放心地开车离去。

倩倩待老公迈克驾驶的车子走远，立刻转身走向不远处的咖啡馆，寻了靠窗的位置坐着，迅速拿出手机发信息："汤姆，我已到咖啡馆，现将定位发给你。我穿着红色上衣。我在靠窗的位置等你。"

　　原来倩倩婚后为了有自由空间，对迈克说自己想要做一份工作，一是挣点儿钱，二是为自己交友作掩护。今天本不是倩倩当班，但是她对迈克撒谎，照样出来吃吃喝喝、玩玩逛逛。这也不是她第一次以这样的方式出来约会。尝到甜头儿的倩倩喜欢这种感觉，甚至跟约会对象又搂又抱又亲。她很享受这种如梦境一般的感觉，不觉得自己已触碰了道德底线。她总是庆幸自己有多机灵，认为她可以安排好一切事情。

　　她要了一杯热咖啡喝了起来，10分钟不到汤姆果然出现在咖啡馆门口。汤姆走进来的一瞬间，倩倩情不自禁地举起手向汤姆示意："在这里。"

　　汤姆真的跟上传的照片很像，真人显得老了一点儿，但穿着一身名牌，包括领带和男士包以及那副金丝边眼镜，发型似乎也经过修饰打理。汤姆坐下来紧靠着倩倩，一股淡淡的清香扑鼻而来。倩倩被汤姆这种自然的肢体动作浅浅地吃了豆腐，她还挺高兴的，她喜欢这种暧昧氛围，她本就是来偷情的。

　　汤姆坐下就搂着倩倩肩说："亲爱的倩，你比照片上更漂亮，这是送给你的见面礼。快打开看看，喜欢吗？"

　　倩倩早已按捺不住自己的喜悦，又假装推诿说："不着急，咱们先点两份套餐，边吃边聊！"

　　倩倩习惯该吃的一定要吃，该喝的一定要喝。她想着既然约出来了，就用一整天时间来对付，只要在迈克下班之前回到这附近等着，瞒过他就可以了。

　　汤姆好像也不着急，很绅士地点了两份套餐，笑眯眯地看着倩倩打开礼物盒。礼物是倩倩自己绝对不会自掏腰包买的名牌钱包，倩倩忍不住激动地说："谢谢汤姆，我好喜欢啊！"

汤姆搂着倩倩肩膀的手自然地滑到腰间，先轻后重地揉搓了起来，喘息着，附着倩倩的耳朵说："亲爱的，我真的好爱你呀！咱们吃点儿东西后换个地方，好好放松一下，然后我带你去选择更好的礼物。"

倩倩此时心里有点儿庆幸自己能遇上真的有钱又大方的男人，含情脉脉地看着汤姆点点头，汤姆的手深深地伸进倩倩腰间："真好，你身材苗条，一点儿不胖。"

倩倩侧身试着用手捏了一下汤姆："快点儿吃吧，等会儿咱们还有时间。"

汤姆将手拿出来后，服务员正好端上两份牛排放在桌上。两个人各怀心思地吃了起来，汤姆坏笑着，倩倩暗自得意自己还有点儿姿色。

汤姆想到等会儿要去的地方，就偷偷乐了起来。而倩倩则想：就算你占了我的便宜，我身上又少不了一块肉。今天就看汤姆的表现，只要汤姆真的对她大方，她就好好地钩住他。如果汤姆条件真的好过迈克，她会想办法脱钩。

一小时后牛排套餐就吃完了，汤姆结完账说："你在外面等着我，我去趟洗手间。"

倩倩拎着自己随身携带的包，坐在门外的铁椅子上等着汤姆出来。15 分钟过去了，汤姆才从洗手间出来，用手轻轻拍了一下倩倩的肩膀，示意跟着他走向对面的停车场。上车后，倩倩好奇地问："亲爱的，你带我去哪里玩呢？"

汤姆用手摸了摸倩倩的头发说："我想让你挣大钱。"

打开音乐，启动车子驶向车道上，十几分钟就到了一个小镇上的品牌店，倩倩好像从没有来过这里。汤姆停车后，直接带着倩倩从店的后门进去，先走进店内大厅让倩倩看见了琳琅满目的商品，有各种品牌的女式背包。

汤姆没有带倩倩逛，而是牵着她的手往里面走。进去一看，像是商场里面的仓库，里面排列着一系列的商品。仓库里只有一个管理人员，见到汤姆进来，起身离开了。倩倩英文不好，日常交流都是用手机软件翻译成中文，她能懂得汤姆的意思，只听他说："你看见这些名牌包包了吗？现在我想全部按照进价接下来，将这些名牌包囤起来，按照零售价再卖出去，这中间差价就让你发财了。你先在我这里拿货，可以按照打折价格卖掉，挣的钱都是你的。你只需要把本钱给我，我再去进货，再循环销售。怎么样，感兴趣吗？"

倩倩有些激动："真的？我可以免费拿货，然后卖了再付进货款，是这样吗？"

汤姆看见室内没有其他人，把门关上，一把抱住倩倩说："是的，今天这里的货全部由你挑选，你能卖掉多少就拿多少。快想想你身边的中国朋友和亲戚哪些人想要，你可以拍照发给她们看货，认可了就可以拿货了。当然，你别告诉她们在这里拿货，不然你就挣不到差价了，明白吗？"

倩倩兴奋地开始将各种喜欢的包包摆放在一个桌子上，汤姆也配合着教她怎样调整角度配合灯光，让照片拍得更好看。倩倩忙碌了两小时后将图片发给一起工作的足疗技师同事。同事又给家人及朋友们展示，反正能想到的人都发了。倩倩把用作直销产品的那股劲儿全部使出来，就静等消息回复，等着收钱。倩倩卖力地宣传推荐，先用手写信息，后来干脆直接语音留言，反正汤姆听不懂。

一切诱惑的话该说的都说完后，正好口渴，汤姆端上一杯奶茶递过来，倩倩想都没想就全部喝光了，真解渴。她笑着说谢谢汤姆，可还没有 3 分钟，就觉得困，全身无力，但是体内异常燥热兴奋，看着汤姆在旁边就想他来抱抱自己。

汤姆下的这种蒙药，能够使人感到快乐和疯狂，药性发作可以持续好几个小时。

在她药性发作的时间里，汤姆诱导她把包里的钱都给他，还让她把手机打开，将银行卡账户里的2万多美元全部转入他设置的一个购物中心的账户上。倩倩听话地照做，甚至有些迷糊，不停地向汤姆的身体上靠，站不起来。

汤姆看到事情都办完了，立即起身穿上衣服，并催倩倩快点儿起来，连拽带拖地给倩倩穿上衣服，拿起一条湿毛巾擦拭着倩倩的脸颊，梳理头发，奸笑着说："亲爱的，我对你好吧？给你这么多爱，你会想着我的。可惜了，我还有事，该送你回去了！"

汤姆将整理好的倩倩仔细检查了一遍，直到不是凌乱的样子。倩倩面容憔悴不堪，像是生过一场大病，很疲倦的样子。汤姆将倩倩半搂半拖着上了车，车子迅速地驶向早上约会的咖啡馆。

倩倩上车时还处于迷迷糊糊的状态："我们去哪儿呀？亲爱的，我怎么觉得还想睡觉呀？"

汤姆贪色地说："小宝贝，今天够你享受的吧！听话，等会儿喝杯咖啡，你就清醒了。想去哪里，你会自己走的，只是想不起我了。"汤姆的奸笑还挂在嘴边。

下午5点左右，咖啡馆的角落里，倩倩桌上放着半杯已经凉了的咖啡。半睡半醒之间，倩倩揉了揉眼睛好像在想什么，但就是想不起来怎么还在咖啡馆坐着。现在几点了？她慌慌张张地将包里的手机找出来看时间，一看就觉得怎么这么快，已经下午5点多，还有半小时迈克就要下班接她回家。今天怎么到现在还在咖啡馆？好像发生了很多事情，但又想不起来。眼前没有时间去想了，倩倩赶紧拎着包跟跟跄跄地向足疗店走去。

她只记得骗了迈克，自己今天没有上班。她不能让迈克怀疑自己撒谎。可她却不知道自己已经被汤姆骗了钱还骗了色，以为只是做了一个男女之欢的春梦。

　　其实汤姆早有计划，他把倩倩送回到咖啡馆后趁客人都不注意，将她带到角落坐好后，买了一杯咖啡送到她嘴边硬是灌了半杯进去，再将半杯咖啡放在她手上，轻声附在耳边说："我去洗手间，乖乖在这里等我。"

　　汤姆在仓库里时就已经将自己的照片和微信转账记录全部在倩倩的手机上删除了，没有留下一点儿痕迹。其实汤姆这个名字也只是起的网名，倩倩根本不知道他的真名叫什么。

　　当倩倩发现账户钱没有了的时候已经是第二天，包里的 2000 美元现金也不见了。这时候她才知道那春梦是真的发生过，可一切都晚了。自己做了丑事反被渣男骗财骗色，她也不敢报案，更不敢对迈克说起，只

能吃个哑巴亏。这或许就是她一生亏得最大、最痛心的一次教训。倩倩这次胆大交友惹上的祸，也应了"因果报应"。

从那以后，倩倩有点儿神经兮兮的。迈克对她也越来越不好了，若是有熟人问起倩倩的情况，迈克很嫌弃地对他们说："倩倩有病，好像病得不轻，真麻烦。"

众人看着迈克将倩倩领进了专治精神病的医院。

从那之后，倩倩再也没有走出这所精神病医院，下半辈子就只能与疯子们待在一起——倩倩真的疯了……

第三部 自己才是靠山

第1章　琦琦和乔治的愉快相聚

翻译小蓉原来是柯总公司的员工，后来离职出来与几个专业搞翻译的同事一起另起炉灶，成立了一个中介翻译公司。开张大吉，为会员免费服务三个月。

其中一位条件很好的男会员名叫乔治，56岁，美国人，长得很帅，看起来斯文、绅士，很有修养，职业是房地产开发商副总经理，拥有两套住房、一艘船。

乔治在小蓉公司的网站上看中了三位女会员，其中一位女叫姣姣。小蓉对姣姣谈到乔治来信之事，被姣姣一口回绝了："我不要年龄大的男士。"

另外一位是30岁的杏花，她带着11岁儿子生活。她跟乔治交往的目的性很强，想通过嫁给乔治帮自己的儿子移民读书，一起培养孩子。这个女会员的功利心让乔治很反感，交流了几封信后，他放弃了选择年轻貌美的杏花。

第三位名叫琦琦，是备受老外青睐的女会员之一，1974年出生，长相文雅而妩媚，长长的披肩长发，微笑的样子十分动人。琦琦就是乔治最后决定认真交往的女会员。

琦琦当时在国内做房地产投资，运营着一家装修公司，业务忙得很。所有与乔治交往的信函都由翻译小蓉传递信息内容，并按琦琦意向回复。琦琦那时没有多想，把乔治当男友交往而已。

乔治跟琦琦在网上谈了一段时间后，打算来中国见见琦琦。两人通

172

过这一次见面感情迅速升温，由此决定先办理签证，到美国进一步了解乔治的具体生活和工作情况。

2016 年圣诞节，乔治准备来中国见琦琦。12 月 20 日的首都机场大厅，琦琦和好友嘉嘉、翻译小蓉早早地在出口等候。

6 点 05 分，乔治从机场出口走出来。琦琦与乔治虽然从没有见过面，但见过对方的近照和生活视频，已经熟悉彼此的样子。乔治拖着两个大旅行箱，身上背着包从机场出口冲琦琦微笑着走过来。琦琦手提着乔治在微信说过的排骨莲藕汤向他打招呼。这是一道中国做法的家常温补汤，琦琦在家亲自煲好汤，用保温饭盒带来了。她手上没有鲜花，只有这实实在在的热汤。

当琦琦与乔治四目相对的一刻，翻译小蓉和嘉嘉像变戏法儿似的，从一个大纸袋子里拿出一束花，塞到琦琦的手中，两人叫她赶快迎上去拥抱乔治，琦琦被好友突然的举动搞蒙了。琦琦脸一下子红了，她还从来没有在这么多人面前当众去拥抱一位外籍男士。她感觉很不自在，手都不知道放哪里好。乔治倒是很正常，就像一次握手礼节一样等待着琦琦的拥抱。

乔治没有想到琦琦会这么不好意思，腼腆害羞，可爱极了。琦琦想递上保温汤盒子，又想将怀中的鲜花给乔治，有点儿不知所措。嘉嘉和翻译小蓉倒是反应快，迅速接过乔治的旅行箱，让乔治腾出手拥抱琦琦。

琦琦左手抱着胸前花束，右手提着保温汤盒，被乔治连人带物紧紧相拥着。那场面足足停止了几分钟，让琦琦感受到乔治的呼吸和身上男士香水的味道。琦琦从乔治的装扮看出这是一位时尚、帅气又很讲究的一位外籍男士。要不是在微信视频中看过多次，琦琦怎么也不会感觉乔治已经是大她 16 岁的 56 岁的男人。零距离接触，这么近的相拥，还真的是没有感觉年龄差别，站在一起挺般配。乔治看上去精神、干净又帅气，真的显得年轻十几岁，一点儿看不出实际年龄。

琦琦正想着这些时，被小蓉打断了："乔治，欢迎你来中国。一定累了吧！看琦琦见到你后就傻了，花也忘了献，汤也忘了给你喝。哈哈哈！"

　　琦琦把保温盒递给乔治："喝汤，这是你在信中说要喝的汤。"这个时候琦琦才反应过来，这汤要趁热让乔治坐下来喝。于是一行四人走向机场大厅一排最近的椅子旁坐下来，琦琦将保温盒打开，拿出盒盖子当汤碗，拿出汤匙递到乔治手中，并叮嘱："慢点儿喝，小心烫。"

　　乔治喝汤的样子真的像饿极了，也许是味道真的好吧，乔治将一盒盖子里的汤几口就喝完了，用英语不停地对琦琦说："很好，太好喝了！"小蓉和嘉嘉都同声说："这是琦琦亲自为你煲的汤。"

　　乔治："谢谢，我很开心能吃到你亲自做的中国美食。我喜欢喝你煲的汤。"

　　北京的 12 月天气本来就很冷，乔治把汤喝完立刻感觉周身暖暖的。他一手接过鲜花，另一只手紧紧牵着琦琦的手，随着嘉嘉和翻译小蓉一前一后，向机场出口走去。琦琦此刻感觉到自己好像在做梦一样，要不是上车时嘉嘉喊她，她还在低头不敢看乔治的双眼。乔治牵着琦琦走到嘉嘉的车前，倒像是乔治来接琦琦，大家一起冲着琦琦大笑了起来！

　　车子在大道上行驶，沿途路过的高楼大厦、宽敞的六车道和一排排绿化树美景，让乔治情不自禁地说："中国的发展真是高速，而美国已经是衰落的现状。"小蓉说："当然，美国才二百多年的历史，而中国已有五千多年的历史了。"

　　乔治兴奋地说："中国真的了不起，我这次来一定要去登长城，去上海看东方明珠，去西安看兵马俑，还要去重庆，去宜昌看三峡大坝。"

　　琦琦："会的，小蓉已经把你报的旅行团时间表都发给我了，我已打印出来了，放心吧！在中国你听我的。在美国我会听你的！"琦琦说完，小蓉、嘉嘉异口同声地对乔治说："不会把你丢掉的，哈哈！"

　　在琦琦和乔治相处的 16 天里，去了中国的 5 座城市旅行。旅途中

174

最能体验到另一半是否适合做伴侣，这一次美好短暂的旅行，让乔治铁了心要娶琦琦。本来乔治只是想来见见琦琦，看看大家能不能相处下来。这一趟下来，反而促使乔治要娶琦琦为妻的决心更强了。

乔治那天把这个决定先是打电话告诉了他美国的姐姐海伦。海伦让乔治千万别一时冲动做出糊涂的决定，可乔治说："海伦，我知道你对我的关心，但是这次错不了。一是琦琦没有谈过钱；二是没有谈过婚后身份的问题，她不是为了绿卡而结婚；三是我看到琦琦在中国的生活状态比我们想象的要好，而且好过我在美国的家境；四是她阳光、乐观、大方，对我很好。琦琦的朋友们很优雅。海伦你知道吗，我之前在微信上向琦琦介绍过我的家人和同事，这次我来中国的第一天，琦琦就给他们全部准备了礼物。我很惊讶琦琦如此心细周到，如果她不是真的关心我、爱我，如果她是一个自私的女人，如果她没有经济实力，是不可能做到这一切的。我就是感觉到踏实、真诚，她不是为了绿卡才找我这个已接近 60 岁的外国人。她也很会做饭，我喜欢吃她做的中国菜。还有，我见过她的亲人，没有一点儿陌生感，就像亲人！"

姐姐海伦："你是成年人，你都这样说了，那就尽早带琦琦回美国吧！先在美国生活一段时间再结婚行吗？"

海伦的一席话，让乔治高兴地跳了起来。琦琦为了不打扰乔治与海伦的通话，一直在卫生间里静静地听着。乔治的英语对话，她听得似懂非懂，大概听明白了乔治的态度和意思。琦琦也在回忆着乔治在这 16 天中相处的每一个细节，从心里感觉已经也很喜欢他了。琦琦最初只是因为乔治长得帅而对他有好感，但是没有想过乔治对小孩子那么有耐心和爱心。

记得第一天，琦琦请乔治吃中国地道小吃大排档鱼宴。那天吃饭还邀请了好友嘉嘉、小蓉一起。吃饭的地方是当地一处私人三层楼房的一幢老宅子，没有装修，只有门口到楼梯间挂满了红色的灯笼。老板把原始的水泥墙面挂上了一些木质的衣钩、挂包钩，既实用又别致！这让乔治感觉这可能就是地道的中国餐饮文化，还不停地拿出手机与琦琦合影拍照、拍视频保存着，说以后会天天整理一些视频，做他来中国的纪实片。乔治说他会保存在电脑中，让他的家人、同事、朋友们看到中国名不虚传的繁荣昌盛。

还让琦琦感动的是，乔治给琦琦及家人带来了礼物，这是琦琦也没有想到的惊喜。乔治送给琦琦一件中西结合改良的旗袍，琦琦穿上后让小蓉和嘉嘉都看傻了眼，屋子里的人叫了起来："太合身了吧！简直就是量身定做。"乔治问道："琦琦你喜欢吗？我想这是你穿上它最美的样子！"

琦琦情不自禁笑着："太合身了，你怎么这么肯定我穿上这个中码！"

接着乔治把给琦琦家人带的礼物拿了出来。乔治又将口红、化妆品分别送给了小蓉、嘉嘉。乔治的为人方式与琦琦是那么相似，顾及每一个人。现场的人都沉浸在快乐兴奋之中。

没有一个人说乔治不好，都说琦琦命好，遇到了对的人，找到了后半生的依靠，这个男人绝对可以托付终身。琦琦想着想着，抿着嘴巴笑，心里暗暗给自己鼓劲儿：自己也不差，就顺其自然处着吧！

　　这时卫生间门外乔治的喊声打断了琦琦的回忆，打开门的那一刻，乔治高兴地说："海伦说了，让我尽早带你回美国！"

　　琦琦思索了一会儿，认真又调皮地说："你这次先回去，我得处理好工作方面的事情。我会在你的生日之前，以旅游签证去探望你一个月。咱们先相处交往两年再商量结婚之事，怎么样？"乔治兴高采烈的神情一下子不见了，乔治真没有想到琦琦没有像预计中那么想嫁给他。琦琦神态自若，当时也给了本来很自信傲慢的美国男人乔治一点儿意想不到的刺激。乔治暗自想：难道我还不优秀？乔治原本也不急着结婚，只是想通过这次拜访确定两人正式交往的恋爱关系，他是见过世面的男人，温和微笑着说："都听你的，欢迎你来美国我的家看看，希望你能在美国和我一起庆祝生日。"

第 2 章　琦琦远嫁美国

2017 年 4 月 1 日琦琦以旅行签证的身份去美国拜访了乔治，陪乔治一起过了生日，琦琦在乔治的陪伴下度过了愉快的假期，顺利返回中国。

回国后琦琦与乔治继续以网上书信的方式交往，有时会通过视频，互相交流各自的生活和工作情况。很快，到了 2018 年，琦琦以未婚妻的名义飞往美国，此行准备和乔治正式登记结婚。

到美国后，琦琦看到拿在手上 3 月 9 日和乔治领证填的表格，这已经跟乔治走进婚姻的第一步了，琦琦必须面对余生将自己交给乔治的事实。这一刻琦琦有些犹豫，对待结婚还是有些畏惧，也不禁问自己：为何要结婚呢？

美国的生存法则，琦琦并不清楚，她还没有完全做好心理准备。在中国她一直想要一种简单的婚姻生活，实际就是换种环境给自己找一个伴儿度过余生。琦琦对乔治别无他求，只要求是真爱，这是最基本的。

日月如梭，一晃两年多过去了。2019 年，琦琦婚后第一次回中国探亲，在朋友圈看见了好友琴琴发的一段话："人生一定要做减法，不能有太多的欲望和贪念，不然就会失去自我。那些攀比、虚荣终究害人害己。不是自己的，即使得到了也会失去，到头来还是瞎折腾，来回一场空。"

琦琦深有感触。在美国，这两年她探望了不少外嫁来的女友，发现她们大多数不幸福。在嫁过去的十个女人之中，有一个能嫁给爱情，嫁对了人过得很幸福就不错了。琦琦认识的外嫁姐妹，都对她说有孤独感，她们常常发呆，学习英语也没有兴趣，通常都在中国人开的店里打工。多数人只学习简单几句日常生活用语，每天十几个小时拼命工作，不休息也没有节假日，过着单调清苦的生活。挣来的钱，舍不得花，攒下来转账给自己家人，用来孝敬父母和投资孩子的教育。这就是绝大多数外嫁女人的现状。

她们不是不去享受生活，是没有时间，也舍不得休息。外嫁女有的为了为孩子生活得更好而拼命赚钱，有的为了以后能回国买一处住房养老，她们愿意放下身段，做美国人不愿干的工作。在美国，人工费高，所以有的外嫁女为了多挣钱，几乎没有周末，没有节假日，那个时间是她们最挣钱的时候。有的长期在店里，白天工作晚上守店。

琦琦把在美国的所见所闻毫无保留地发到微信群里，以自己的亲身体会，提醒姐妹们想好自己的归宿，并不见得嫁出国了，就真的幸福。其实，哪有那么简单的事情。

琴琴也跟发了一段话："这两天，我的一个外嫁美女朋友小红对我说，她一直陪老外看房子！小红嫁给美国老公三年了，一直租房子住，结婚之前老外承诺两年后买房，但是一直拖着没有买，想想当初嫁给这老外也是冲着对她好，也没有计较过，只想着找到一位知冷知热的伴儿，度过余生就行了。可偏偏这时候老板娘要请她去工作，她考虑要和老外商量一下，结果老板娘责怪小红：'你还是传统的思维，在美国就是要靠自己的实力去赚钱！指望别人，都混得很惨……'"

好友讲的外嫁女小红的故事，也刺激了琦琦，她联想到了自己，她也有同样的困惑，还不知道如何是好呢。

小红的现状正是琦琦要面临的问题，琦琦知道她更需要一份工作，而且必须出去工作。她综合考虑乔治目前的状况，刚刚退休会开完，月底要办手续了。昨天又有两套房他们都看中了，只是购买房子的过程中不确定因素太多，还有四个多月就要申请终身绿卡，如果买了房，这期间必须搬家，她得处理好这些问题。琦琦善良地考虑到乔治的顾虑，所以她只能又失一次工作的机会！琦琦为人善良，有责任心，但想做事真难，顾虑重重，有时候身不由己。

在美国并没有那么多工作机会等着你去选，失去工作就等于失去了经济来源，有太多这样的现实教训。琦琦身边就有三个女人是嫁给了虚荣和面子。她们认为能嫁到国外就感觉高人一等，自己更有魅力，后来真的糊里糊涂地嫁出国，生活了一段时间后并没有感觉有多好、有多幸福，反而不知道自己到底需要什么样的生活，也没有感觉外国的月亮更圆，甚至国外的交通极为不便，还真赶不上中国的高铁、机场、公交巴士。

探亲结束琦琦回到美国后不久遇上了一场交通意外，庆幸的是，她没有受伤，但这件事让她跟乔治的婚姻关系出现了裂痕，琦琦被迫出来工作。琦琦托好朋友给自己找了一份工作，在美国宾夕法尼亚州一个小镇的中国女友的足疗店里打工。琦琦在美国打工期间，真的体会到外嫁女人的不容易，更明白了为何有那么多中国人像工作狂一样没日没夜地干活儿。只因为没有稳定的工作岗位，他们害怕休假后老板又另请其他员工替补岗位，这样自己就没有了饭碗。想想没钱、没工作、没住处的处境，就没有一丁点儿安全感，怎么还能休息呢？只要能干得动，就得一直干下去。所以，在美国像琦琦这样四十多岁还在奔波卖力工作的外嫁女人多的是。

琦琦近年来常思考这个问题：如果希望自己的婚姻牢不可破，那么就一定要出来工作，做一个经济独立的女人，才是最安全的。

但是反过来想一想，琦琦已是过了半辈子的人了，当初外嫁不就是追寻爱情吗？她是为了找到一个能爱她、呵护她的男人，想要一段有爱的婚姻，两人相濡以沫白头偕老。讽刺的是，她为了幸福来到美国，可来了美国她反而不幸福！

在国内她还经营一家装修公司，自己当老板说了算，休闲时也常去享受别人对自己的良好服务。

没想到到了美国自己还得从零开始，去为别人服务。这是一种巨大的心理落差。加之东西方文化的差异，琦琦跟乔治的相处也不是一直都和谐。总之，现在的生活跟当初想象的生活有很大的差距，当初要是能看到现在的生活状况，琦琦才不会嫁到美国。

那么琦琦为什么非得要出来工作呢？其原因很简单，如果不打工当家庭主妇，乔治每月只给她 400 美元零花钱。他们没房没车，房子是租住的——乔治原本有两处住房、一艘船，但在结婚前卖掉了，选择了租房，当初这样做，琦琦也是认可的，可现在租房，琦琦感觉像没有家一样。

夜晚下班后，琦琦靠在窗前，无聊地翻看着手机微信，抬头向窗外望去，思绪又回到了三年前。那个时候，她的决定是不是太冲动了？

那是第一次来美国探望乔治时发生的事。琦琦在美国停留了一个月，乔治通过这一个月的接触观察，想把与琦琦的恋爱关系确定下来，成为婚姻的伴侣。

在琦琦回国前一天的晚上，乔治对琦琦说："我们结婚吧，但需要你在结婚前签一份婚前财产公证，证明我现有的房产与你无关，全属我婚前个人财产。"

琦琦虽有不悦，但还是说："好，我签。但是建议你还是把旧房都卖了吧，可免去公证费用。"琦琦轻松地回答，就感觉这男士的财产与她无关，"如果你不怕麻烦，干脆把旧房子全部卖掉，换个新的环境，重新开始。"

乔治："我会考虑卖掉房子后我们租房结婚，两年后看情况，再考虑一起选择买房吧！"

后来回想起这一幕，琦琦感觉这些话在乔治心里已经憋了很久，直到她快要离开了，才不得不说出口。

当时琦琦确实不在意乔治的财产——她在国内有几套房产，价值是乔治现有财富的几倍——她没有向乔治透露她的经济状况，她看重的是两个人的感情，也喜欢乔治给她的印象：外表帅气，生活爱干净，总是把自己整理得潇洒利落、风度翩翩，又是做自己喜欢的房地产工作。

琦琦庆幸自己没有让乔治知道自己的财产实力，想想婚前签乔治的个人财产公证书，等于间接地保护了自己的财产，自己还省了公证费。乔治公证自己的财产的同时，也间接表明琦琦拥有的婚前财产都与乔治无关。

最后乔治没有做财产公证，而是将名下的两套房产全部卖掉了，婚前公证书也免去了办理，可能想来想去还是房产清零为好。那时琦琦才了解到西方人的婚姻和财产分得这么清。

琦琦常劝外嫁姐妹们看淡点儿，也是在劝自己要拿得起放得下。人这一生说长不长，走进天堂的那天，谁也带不走这些物质财富，所以学会放下是最明智之举！

第3章　车祸后的摊牌

2019年美国的感恩节这天，刚刚拿驾照一个月的琦琦在乔治的陪练下，慢慢地开车上路了。感恩节上午乔治要去亲戚家吃午饭，带上一些礼物，让琦琦开车前往。

琦琦胆子小，车子驶出街区后，看见主路上一辆辆的车飞速驶过，她有些心慌，不想再开车，于是将车慢慢停在右侧路边，将车钥匙拔下递给旁边副驾驶位上的乔治。她正准备从左驾驶座位上下来，听到乔治大声地喊起来："你开！快走！别停在路上！"他不耐烦的表情让琦琦感觉到很不爽，甚至可以用"害怕"来形容。琦琦在这样胆战心惊的情况下开车，肯定会笨手笨脚。她有了不好的预感。

琦琦很不情愿地又将车子驶入主路，沿途紧张地握着方向盘，身子僵硬，坐得直直的，一看那神情就是新手。也真亏乔治敢坐在副驾驶位上，他表情严肃，根本找不到往日对琦琦的亲密态度。琦琦立刻感觉乔治此时就是个考官，一副陌生人的表情，真不像是丈夫的模样。

在一个十字路口向左转弯，左转直行的绿灯几秒钟后马上会变成黄灯，乔治还是发命令左转。他们的车刚转过去，车尾就被直行的大货车撞上了，车祸发生了！庆幸的是，琦琦和乔治都没有被伤到，是对面驶过十字路口的横闯的货车的全责，琦琦唯一的过错是在十字路口迟疑了几秒钟。若是没有受乔治吼叫一声的影响，或许她开车会轻松一点儿，转弯速度快几秒钟就能躲过这次车祸。

在等待处理车祸的一周时间里，乔治过得小心翼翼，上班早去晚归，回到家也是客客气气地对琦琦说："我很累，我洗澡睡觉去了。"琦琦从乔治的背影看，感觉他的确很疲惫，她点点头，示意他快去洗澡休息。乔治一连几天回来得都很晚，几天都没有在家吃晚饭，连句话都跟琦琦没有多说！

在感恩节的第二个周末清晨，琦琦像往常一样做好了早餐。乔治和琦琦一起吃完早餐后，拿出一支笔和一张纸，写了几行英文字和数字，递给琦琦看："亲爱的，我是爱你的，但是我不会把我的退休金拿出来，替你交车祸产生的一切费用。我真的不想伤害你，但我不想承受太多的压力，我不想再为你多花一分钱了。从下个月开始，我不再给你零花钱，直到抵扣完这些车祸费用，我们俩的婚姻面临着一场考验！"

乔治吞吞吐吐地对琦琦说完这些话后，慌乱地避开她直视的眼神，将那张纸推到琦琦面前，似乎松了口气，他的神情告诉琦琦：就这样了，我无能为力，你看着办吧！那张已经揉出了皱褶的纸上写着：律师费650美元，罚款400美元，出庭费89美元，其他费用……

琦琦怎么也没有想到，平日总是说爱她的丈夫，给了她一张车祸支付清单。琦琦这一辈子也不会忘记感恩节这场意外的车祸，车祸后，乔治沉默了一星期，终于向她表明了真实的想法。说白了，就只是对她打个招呼，她怎么做自己想办法。只要不是乔治出钱，这个婚姻还可以继续维持。乔治此时的态度分明是指向琦琦：你不能拖累我，我也不再指望你来照顾我了。

琦琦此刻终于明白了车祸以来乔治的表现，他开始挑刺儿了，嫌弃她晚上睡觉打呼噜已睡到隔壁房间，也开始说自己没有胃口、不吃她做好的饭菜。一连几天，她一直以为乔治是从没有经历过这些事情而显得慌乱，情绪低落，烦躁不安。她一直像做错事的孩子，低声下气地关心乔治，却没有想过乔治会如此处理车祸留下的问题。中国有句俗话："夫妻本是同林鸟，大难临头各自飞。"她的婚姻已经亮起了红灯。

难怪乔治那天还说："这次车祸让我们的婚姻经历了一场考验，爱是爱，钱是钱，这两样必须分清，因为我不想承担太多的责任和压力。"一场车祸反映出乔治真实的想法，她怎么也没想到丈夫对她的爱是这么不堪一击，让她一点儿思想准备都没有。她从小接受的是东方文化，怎么也接受不了西方文化在婚姻中把钱和感情撇得这么清。可现在就是事实！眼前的她只能隐忍着。

惊讶、难过、悲凉、失望、寒心等感受瞬间呛到嗓子眼儿，她的眼前晃动着这些冷酷无情的字眼！这是真的，不是梦。她看着乔治离去的背影，无话可说，也没想好怎么回复，只能告诉自己冷静再冷静。她无助地含着快要流下来的泪水苦笑着，慢慢地将那张清单拾起放在自己的包里。不就是钱吗？现在她明白了，原来有钱真能使鬼推磨，钱在婚姻中决定着自己的地位。

她庆幸这场车祸没有对自己和乔治身体造成伤害，庆幸自己不是过错方，也庆幸这么早知道乔治的真实想法和处理事故的态度。现在她清楚今后自己该做些什么了。

婚姻的动摇取决于经济基础，没有想到在现实生活中这么快就兑现了，她曾以为有乔治对自己的爱和自己对乔治的忠诚，婚姻便会牢不可破，但一场车祸、一张清单彻底改变了她的想法。

数日后，琦琦计划着找女友帮忙先准备好交清车祸产生的一切费用，并托女友帮她找工作。什么样的工作都干，只要能挣钱，还清这些车祸账单，从此摆脱没有钱、没有话语权的婚姻的束缚就好。

朋友们也劝她："你是该迈出这一步，不能做全职太太，女人一定要经济独立，一定要有工作，靠自己比靠任何人都靠谱。"她深有体会地不停点头，她已深知这场半路夫妻关系中，丈夫原来没有她想象的那么爱她。现在她有点儿庆幸自己遇到这场车祸，能用钱解决的问题都不是问题。她以前就想出来工作，做一个经济独立的女人，可一直不好意思开口，现在正好是一个机会，没有这次的车祸清单，她也许还为自己是温室里的花朵而自我陶醉呢。

朋友推荐了两份工作，一份在日本寿司店工作，一周只上星期五和星期六两天班，从早上11点到晚上10点，不能分身。琦琦本来只想在日本寿司店后厨打杂儿，在做了一周后，算下来一个月薪资太少，没有办法，只得选择另一份足疗店的工作。

琦琦此时真的很无奈，有一种骨子里刺痛的悲凉感。要知道在国内的琦琦是享受足疗服务的高端会员客户，怎么也没有想到自己来了美国，还得为了生存去做这项服务于别人的工作。身份已转换，真的可笑又可悲啊！但此时琦琦没有底气与现状抗争，这种寄人篱下的日子，好强的她是不能忍受的，她情愿受委屈，也要先选择挣钱多的足疗工作。

琦琦需要这份全天工作来缓解生活及精神上的压力，工作从上午9点半到晚上11点，经朋友帮助很快谈妥了。出来工作的决心已定，她只能在工作中寻求自救。

琦琦准备跟乔治好好谈谈。经过了几天的深思熟虑，她总算下定决心，要跟乔治开诚布公说说出去工作的理由。车祸事故处理完后，乔治用保险公司的赔偿金买了一台丰田新车。挑选新车时，乔治的心情很好。琦琦想趁乔治高兴的时候应该说出去打工挣钱的计划了。提新车那天，天下着小雨，琦琦像木头人似的，乔治叫她上车，她就上车，乔治问："这车你喜欢吗？"她麻木地说："你喜欢就行。"她顺其自然地应了一句，心里想，这车跟她无关，而且她再也不会开乔治的车了。今后工作挣得的第一桶金，一定买一辆属于自己的代步车。乔治也许是为自己买车花钱了，心情好了一些，于是在车上就建议："今天不回家做饭了，去我们结婚的酒店，喝点儿酒好好吃点儿东西怎么样？"

琦琦的回答有些机械："好啊，去那里也好，再看看我们曾经幸福过的地方。"她想，正好趁这个机会跟他谈谈出去工作的事情。

这是一家大型的豪华美式餐厅，前不久他们在这里举行了婚礼。餐厅里，浪漫的灯光显得很温暖，播放着缠绵的轻音乐，闪烁的灯光提前营造出圣诞节的气氛。乔治为自己也为琦琦点了平时最爱喝的马格瑞拉酒。

酒喝到一半的时候，琦琦心想现在是说话的机会了："亲爱的，为了能减轻你的经济压力，也为了早日还清你垫付车祸账单的费用，下星期我就开始出去工作，可能没有星期天。希望你送我去工作的地方。我有可能会住在店里，因为找的这两份工作，每天车程需要一个多小时，我不想你太累。我目前没有车，你也不可能天天送我上下班，这样你也很辛苦。老板可以提供员工宿舍。希望我们俩克服一下！你认为呢？"

其实琦琦心里主意早已定，如果万一乔治不送她上下班，她也想好了，叫网约车也要自己去工作。她对付乔治的那套办法也是按照乔治的套路想出来的，没有变花样，乔治怎么来，她就怎么去应付，这是被逼的。

乔治先是一脸疑惑，紧接着问："你的工作是谁帮你找的？工作地点在哪里？为何不找离家近的工作？"

琦琦赶紧把先写好的地址纸条递给了他，乔治端起酒杯抿了一口，看着纸上的工作地址，开车需要两小时，如果来回得四五个小时，随后想了想，点头："好吧我送你去。那你得住店，我不会天天接送你。"

琦琦就猜到乔治会顺阶梯下台，回道："是的，长远考虑，还是住店方便。谢谢乔治，谢谢你能理解和支持！这样你会轻松自在，在家照顾好自己！"她终于松了一口气，并主动地端起酒杯与乔治碰了一下："干杯！"

这是乔治和琦琦吃得最尴尬也是最清白的一顿晚餐，还好乔治买单，没有真的像有些美国夫妻那样 AA 制。

出来的时候风很大，雨也越下越大，雨水将地面洗刷了一遍，那辆新车的玻璃窗上传出雨点滴答滴答的声音。此时琦琦的脑子里也在尝试着去接受西方人的文化。既然已经嫁给美国男人，就得先试着磨合接受，改变不了别人，就改变自己，只要有工作，就有新的开始，就有希望。

这么想着，那种自信不知不觉地回到了琦琦微笑的脸上。路就在脚下，琦琦给自己打气，没有什么了不起的，只要迈出了第一步，会挣钱，还会担心没有安全感吗？还会害怕那张车祸付款清单吗？还会在乎当大难来临时，暗中担心请你出局的丈夫吗？

此刻，琦琦安慰自己，就当自己还是单身一人，就当还是从前的自己。女人要想在婚姻中有话语权，就得有工作，经济独立才能得到真正的尊重。不管怎样，今天琦琦决定了，也放下了任何顾虑，下周一就可以出去工作了，无论遇到什么困难，硬撑着也要闯过这一关，在异国他乡，只有靠自己才能获得真正的安全感。

第4章　想证明靠自己在哪都能生存

其实乔治没有那么穷，只是他特别喜欢工作，他很快就要退休这事让他感到恐慌，以前温文尔雅的他变成了一个脾气暴躁、自寻烦恼的男人。这些可能是退休前的焦虑，琦琦很理解男人此刻的情绪化。乔治有时候会有意把自己的日程安排得满满的，上班早早出门，很晚才回家。感恩节的车祸后，更使乔治陷入了焦虑之中。

乔治对琦琦说："我在担心，如果我哪天先走了，你怎么在美国生活？你又没有工作。我还在的时候还可帮你支付租金，若是我不在了，你怎么办？为了你自己好，你也要学会很多东西，这样即便我不在了，你也能在美国继续生活。"

琦琦听乔治这么说，心里想：能把眼前的生活顾好，按照以前的生活规划去做，走一步算一步，不就解决了眼前的担心吗？光想不做，急又有什么用呢？

之前乔治答应过琦琦，婚后一定会给琦琦买一栋跟现在居住的差不多大小的房子。眼看时间一天天过去，乔治快退休了，再不买房乔治就没有贷款的机会了。因此乔治很急躁，也有些患得患失，总是考虑自己岁数这么大了还要为此操心劳作。乔治还兼职大学教学工作，好像一旦退休没了工作，就是世界末日了。他放大了自己的困难，害怕失去工作后会动用储存的"奶酪"。

乔治将以前卖房子的钱储存在银行理财基金里，他不想动这笔钱。按照乔治的想法，那是他养老的钱，他不想用那笔钱去买房子，哪怕是只动用三分之一就可以解决房子首付他也不想。

钱是乔治的婚前财产，琦琦从来没有想过动乔治的钱去买房子，甚至想着买不买房也没那么重要，若是这样在无尽的烦恼中生活，那便失去了当初在一起生活的愿望。与其让乔治有压力，还不如什么也不买，也再别说是为了琦琦要做的这些事，只是为了兑现当初婚前的承诺，好像琦琦还成了罪人，拖累了乔治受苦。

于是琦琦对乔治说："你这个年纪退休是正常的，往后的生活没有你想象的那么恐怖，活好当下，身体健康，比什么都好。别想一些还没有发生的事情，生活没有你想的那么糟糕。你还有退休金，我们两个再怎么吃用，每月 1000 美元足够了。若是买房了，每月还房贷比租房的租金还低，房子的产权还是我们自己的，你在房地产行业工作了十七年，投资住房比我更有经验，无须纠结买房还是租房。"

琦琦说出这些憋了很长时间的一席话，让乔治知道她的态度，她不急不躁，买不买房对她来说并不重要。就算没有琦琦，乔治也需要住房，有的事是急不来的，只要遇事就处理事。乔治没有想到琦琦这么淡定，没有指责他还不买房。

乔治似乎看得太远，想了太多未发生的事情，不免担忧过多，甚至把这些顾虑产生的压力全部转移到琦琦身上，认为琦琦像是他的最大包袱。

有一天琦琦边干家务边听手机里正在播放的《穷爸爸，富爸爸》的内容，书中说到思维可以改变人的命运。正好乔治也听到了，就问琦琦："你听的是什么？"因为是中文，乔治听不全懂。

琦琦把这本书名写给乔治看，乔治突然兴奋地说他读过这本书。琦琦立刻对乔治说："是啊，面对一件事情，两个爸爸有不同的处理方法，富爸爸总是用积极乐观的态度去面对，而穷爸爸则总是以逃避拖延的态度去等待应付，结果就会不同。富爸爸去世后给家人留下了自住的豪华别墅，还有几十亿元的资产。而穷爸爸一样努力工作，以消极思维去处理问题，结果去世后，自住的那套别墅每月还要儿子们还贷款，给家人留下多笔债务，让亲人们身陷贫穷境地。"这本书的内容乔治比琦琦更加熟悉，所以只是提一提书中的经典例子，别的也不想多说，她要给乔治留够男人的自尊心和面子。

响鼓不用重槌，如果乔治不想买房，即使逼着买了也不开心。琦琦不想因为婚姻而逼迫对方做不愿意做的事情，一定要乔治自己权衡。

经过这几天的相处沟通，琦琦明显感觉到乔治开始向好的方向去想去努力了。也许是乔治知道琦琦出去工作是为了让他放心。如果琦琦一旦工作稳定，能养活自己还可以和乔治一起还房贷，乔治也许就没有了压力，就会考虑积极去买房了。琦琦根本没有贪图乔治房产的意图，从头到尾都没有朝那方面想，当年嫁给的是乔治的帅气、无微不至的体贴，还有共同喜欢的职业。乔治若知道琦琦在国内还投资了多套房产，他还会这么小看并防着琦琦吗？琦琦在经济实力方面之所以低调，也是为了寻找的伴侣是为真爱而不是贪图她的财富，她不想高调招摇吸引一些人品有问题的渣男。

琦琦愿意受点儿委屈，也要做得像是从零开始的样子，她有意对乔治说："我打工挣到钱除了补贴家用外，还每月给你 500 美元存起来。"乔治其实一直记在心里，这句话让乔治松了一口气，他知道琦琦是说话算数的。

琦琦想通过工作得到乔治的尊重，忘掉曾经冒出来的轻视她的眼神，她不想让那种眼神毁掉他们的婚姻。也许乔治是在考验她，可琦琦不是也在考验乔治吗？两个人还是缺乏完全的信任和对未来婚姻的信心。

自从说服乔治同意自己去另外一个州打工后，琦琦心里舒坦了很多。她悄悄地向在美国打工的女友雪梅取经学习服务行业常用的英语短句，向同意接受她去工作的老板娘咨询还有什么要求。独立生活将要开始，琦琦心里很不平静。

出发前两天，琦琦将需要带的衣物全部整理好放进旅行箱里，所有的首饰都没有带，只戴了一件玉佛手吊坠项链——戴上它就想起了家人。琦琦在收拾东西的时候，怕乔治误会，特意把值钱的钻戒、手链、漂亮的裙子、名牌包、高跟鞋子都放在家里，表明自己外出就是为了挣钱。

2019年12月31日这天，乔治将琦琦的行李箱和一些为琦琦准备的食物放到汽车的后备箱中，然后开车将琦琦送去火车站。

去往火车站的路上，乔治和琦琦几乎没有说话，两个人各有各的心思。这是琦琦结婚以来第一次为工作走出家门离开乔治的身边，还不知道要做工多久才能回家一趟。

想想明天就是元旦，琦琦在异国他乡还要出去工作，真的有些伤感。但是一想到未来的生活，琦琦很快将这种负面情绪压了下去。起初是为爱而嫁，但爱也需要柴米油盐酱醋茶和面包等来补充生活、调剂生活、维持生活，爱也需要彼此间的经济实力才能平衡，任何一桩婚姻都需要经营。

在美国，即使是夫妻之间，也必须是等价交换才能维持长久，单有爱情并不能使婚姻长久地走下去。琦琦看到了外嫁婚姻的实质：没有经济基础的支撑，任何缺钱的一方都会导致婚姻关系变得紧张、复杂、冷淡，失去往日的温度。这也应了那句话：贫贱夫妻百事哀。

到今天这个境况，琦琦懂得光有爱没有面包是不够的，除非遇到了很爱很爱你的男人。琦琦知道是自己天真，以为自己在婚姻中不图利益就可以了，但没有料到乔治跟她想的不一样。婚姻中的价值天平不平衡了，就会倾斜，那没有价值的一头，就会缺乏自信。这就是目前琦琦的处境。

开车的乔治注视着前方，他时不时地用余光看着琦琦的表情，他很在乎琦琦的一切感受，他在寻找心理上的平衡。他希望琦琦能出去工作，是怕琦琦太依赖他。但他又希望琦琦能在他的身边照顾他。乔治想着，既然不能二者兼顾，只有放手让琦琦外出工作，这是不得已的办法。此刻好像只要琦琦出去工作了，他就踏实，他就缓解了自己的精神压力。

乔治的左手握住方向盘，右手情不自禁地紧紧握住琦琦的左手。车内舒缓的音乐飘过琦琦的耳边，她感受到乔治的复杂情绪。她何尝不是呢？快新年了却得出去工作，乔治是真的爱她吗？这个西方男人好冷漠，在这个时候舍得让她出去打工，也不担心她在陌生的城市会遇到什么。

现在，琦琦终于跨出了外出打工挣钱的第一步。坐在车上的琦琦思绪万千，她想起雪梅对她说的话："你只要迈出了这一步，当你工作挣钱了，每天都能睁眼数钱，有了钱你就有安全感了，所有打工受到的委屈会一扫而空。"

琦琦无助的时候常常想起朋友们的鼓励，被好友推着向前走的琦琦，还有什么害怕的呢？豁出去了！

朋友们说得多直白："在美国，能掌握养活自己的技能才有出路，你靠老公还不如靠自己。"

琦琦想着只要按照朋友们的指点，将打工之路坚持走下去，她在美国迟早会成为一位经济独立、自信满满的女人。她相信自己一定行！

第5章　不同以往的新年

乔治送琦琦到火车站购票柜台窗口，示意琦琦拿出驾照代替身份购火车票。美国买车票也需要出示个人基本信息。琦琦第一次尝试用自己刚刚办理不久的银行信用卡购买了火车票。

琦琦看着乔治推着她的旅行箱向站台进站入口走去。还有十几分钟火车就要进站了，乔治拥抱了一下琦琦："我得走了，你到了工作的地方发微信给我！"

琦琦望着乔治离开的背影感觉很复杂，鼻子酸酸的，眼中涌出泪水。她赶紧用手抹去脸上的泪水，站在入口处张望。此刻乔治在转弯处停了下来，回头看了琦琦一眼，向琦琦挥挥手，示意她快点儿进站。火车进站时间快到了，琦琦挥手向乔治道别。

在开往美国华盛顿的火车上，琦琦将自己的箱子、手提小电饭煲还有一些食物、手提包放在行李架上，忙完后总算能坐下来休息。她将随身背包放在座位下方，内心忐忑，显得很紧张。这是她在美国第一次一个人外出打工，明天就是新年了，前面的路又会遇到什么，不知道是否顺利，也不知道工作的新环境是什么样子。

那位中国女老板还是看在琦琦朋友雪梅的面子上，才答应了让琦琦出来试工，一般新手没人愿意用。幸好琦琦以前在中国的时候是足疗会所的常客，整个足疗的程序琦琦都很熟悉，学起来并不难。琦琦在家也有泡脚的习惯，相信做起来并不陌生。只不过是角色转换，起初她心里特别难受，但一想到现在的处境，总要放下面子去工作。

看见窗外飞驶而过的风景，她无心欣赏，只感觉自己在人生路上被推着匆匆地往前赶，但没有方向，不知走到哪里。

此行的终点站是美国的首都华盛顿。火车上人并不多，可能是因为刚过圣诞节。琦琦坐的那一节车厢只有十几个人。美国的火车并没有中国的那么宽敞，车速也不是很快，晃晃悠悠行驶了两小时，终于到了华盛顿。

下了火车的琦琦直接穿过车站大厅，看到有几家商店在营业，还有简餐窗口，有水果、饮料对旅客售卖。琦琦由于紧张已感觉不到饥饿，只是好奇地巡视火车站大厅环境。

出站的时候，琦琦把手机打开，紧张地点着优步叫车的操作程序，输入要去的地址，用信用卡付款，查看接单车号。呼叫司机3分钟后终于有人接单。平时3分钟一晃就过去了，可是今天感觉特别漫长。她有很多担心，担心司机是坏人怎么办，担心万一语言不通，司机没有送到具体地址怎么办。

琦琦四处张望，盯着来往的车辆牌号，"白色27号……"她嘴巴里小声默念着车牌号，眼睛搜索着，心里还在想着朋友雪梅说的话："上车前请把车牌号和司机接单信息发给我，你就不用担心了。我看得到是什么车，你安心地上车就好，别太紧张了。每个人都有第一次，没有那么恐怖，多来回走几次，你就独立了，会了就不怕了。"

雪梅鼓励琦琦的话让她慢慢淡定下来。想想也是，既来之，则安之，要往好的方面想。

正在这时，一位非裔女司机的车牌号吸引了琦琦的目光，琦琦跑步过去，拿起手机让那位笑眯眯的女司机看信息。"Yes。"很快两个人就确认了打车订单，这正是琦琦呼叫的司机。看到是女司机，琦琦的心里放松了。

非裔女司机很热情地下车帮助琦琦将箱子放进后备箱，琦琦坐在副驾驶座位上，看到显示车程时间只需要 20 分钟，整个人就放松了很多。琦琦戴上事先准备好的耳机，马上拨通雪梅的电话："雪梅，我已上车了，是位女司机，人很好。我到了后，再发定位给你！谢谢雪梅，这一路上我都很顺利。"

雪梅在电话那头高兴地说："是吧，没有那么恐怖吧，希望你多挣钱！"

此刻女司机放着音乐，有点儿像西班牙舞曲，节奏欢快。女司机随着音乐敲打节奏，感染了琦琦的心情。一切是那么的新奇。琦琦这时精神了起来，沿途用英语简单地赞美女司机服务好，说得女司机开心得连连说"谢谢"。

不一会儿，车子停在一个十字路口边上的大楼旁，黑人女司机示意琦琦目的地到了。琦琦先下车抬头看看邮编号、门牌号，真的是自己要来工作的店铺。终于平安到达了，琦琦心里好高兴，赶紧接过女司机手中的箱子还有背包，连连道谢。一看着女司机驾驶的车跑远了，她顺手将门店拍了照片发给雪梅和乔治，同时也分别发送了自己的定位。

琦琦给老板娘打电话："我已经到了足疗店门口，能不能让员工出来接我一下？我带了不少行李。"

老板娘："好的，你来得真快，中午就到了。我马上安排人帮你，你可以直接进店，悄悄的就行，因为其他员工在做工。"

两分钟不到，就有一个比琦琦个子还矮一点儿的漂亮女孩微笑着向琦琦走来，小声说："跟我进来！"

琦琦拖着行李箱下了半层楼梯，跟上前面的员工走进了一个环境幽雅、灯光明亮的客厅，随后转进员工休息间，将旅行箱放好。

那名员工说："你先休息一下。我叫罗娜，等会我下工了再聊。水在那里，卫生间在那里。"

罗娜说完这些赶紧去上工了。琦琦定神开始慢慢地拿一瓶水喝着，并环顾四周，借上卫生间的机会四周看看，未来就要在这里工作了。

过了一会儿，从1号台前走过来一位比琦琦年长一点儿的工作人员，笑着夸琦琦长得好看，她对琦琦做了自我介绍："我就是这个店里的店长，叫我欧米就行。今晚你就暂时睡在员工休息间，明天我走之后，你就睡在2号房。罗娜睡在1号房。棉被在柜子里面，你选一套床上用品，都是干净的。"

琦琦礼貌地说："谢谢店长，不是说带熟我后，你再回中国过春节吗？这么早就走？"

欧米沉思了一会儿回应说："等会儿没有客人的时候，我考考你手艺，就在我身上练习试工！听老板娘说你才学过一点儿基本手法？"

琦琦："实话实说，我是很多年前在中国学过基本手法。在两个多月前，我才在朋友店里学了一周，可能有些生疏，最好是带带我上手的先后程序，如果你在做工的时候，我能在旁边看看，我会更容易上手。"

欧米看着有点儿紧张的琦琦说出实话，没有为难她，反而安慰道："没有多难，熟能生巧。今天你休息，多观察学习，明天就排工，安排你工作。"

琦琦运气算好，店长欧米急着要有新员工顶替自己，琦琦没有经过试工考察环节就被留了下来。为了感谢热心肠的欧米，琦琦把事先准备好的礼物拿出来送给她。"谢谢欧米店长，谢谢！"说完把一条围巾送到欧米的手中，"初来乍到，请多关照，这是我的心意。"因为是冬天，来之前琦琦就问过老板娘目前有几个员工、她们的身高以及是哪个城市的中国人。琦琦了解后，就给新同事们准备了一些新年礼物。过了一会儿罗娜下工了，琦琦从箱子拿出一双手套送给罗娜。

第三个见面的员工叫阿斯卡，琦琦对她说："你好阿斯卡，我叫琦琦。"

阿斯卡只是"嗯"了一声，说完像没看见琦琦的样子，朝店长说了一句话："欧米，这个工做完后，今天我6点要出去办点儿事，好吗？"

欧米："就你事多，又要出去呀？万一又有客人来了怎么办？"

阿斯卡："不是来新人了吗？让她做呀！"

欧米摆摆头："你要去就去，这要你安排吗？"

阿斯卡："你同意了，谢谢你。回来我带好吃的给你哈！"

琦琦正纳闷儿这个阿斯卡怎么那么傲气，本来准备好的礼物也要给她，看到这个情形，就把礼物放进箱子里。琦琦可不是一位爱拍马屁的人，她有自己做人的原则：人敬我一尺，我敬人一丈。既然你阿斯卡对我无礼，我也不需要尊敬你，出门打工讲究的是一种缘分。

这时罗娜走近琦琦小声说："阿斯卡原来是英语老师，英语说得好，小费很高，在这里做了一年了。我只做了九个月。店长干了两年。"

琦琦："哦！难怪呀，英语好就少吃亏，能跟客人交流，哄客人开心。难怪这样傲慢无礼。"

罗娜："是啊，我英文最差。你的英语怎么样？"

琦琦："简单的生活用语能听得懂，也会说几句，但看英语文字还是不行。"

晚上11点足疗店关门。琦琦看见罗娜交上白天做的工钱，随后又见店长欧米教罗娜怎么使用刷卡机、怎么做账日结、怎么算员工与老板娘的分成。

罗娜将接替欧米的管理工作，欧米完成交接手续后笑着小声说："我明天上午就去买点儿东西准备带回中国，下午我就离店去老公那里取旅行箱。我今晚上把衣柜腾出一半给琦琦用。今天的工作处理完了，大家早点儿洗澡睡觉吧！明天还是正常营业。"

琦琦现在才明白老板娘茉莉说的话："琦琦你运气真好，要不是雪梅推荐你，要不是你在其他店练过手、上过工，最主要的，要不是因为要过年了，店长欧米要回中国两个月，年底不好招人，我们是不会用新人的。你既然来了，就要多学习，提高技能。只要服务好客人，小费就多。你要在这里好好干哟！"

琦琦看着微信上老板娘茉莉的鼓励留言，马上回复："放心吧！我会珍惜这份工作，好好地边学习边做工争取早日正常上工。"

向老板娘茉莉道谢后，琦琦心里轻松了很多。她心心念念的工作，终于有了着落。明天就是2020年新年的第一天了，这对琦琦来说，是一个陌生而崭新的开始。琦琦在心里祈祷着：愿新的一年一切顺利，得偿所愿！

第6章　没有想到元旦会是这样度过

　　琦琦这次出来工作是在 2019 年的最后一天正式到岗，第二天就是新年。这要是在中国早就放假了，也许和家人一起过节共进晚餐，也许和好友一起逛街看电影。

　　欧米店长在离开店之前，亲自做好了上工的排工单，在工单的相应位置写上琦琦的名字。服务行业有店规，员工轮流打头工，琦琦是新来的员工，自然排在末尾。店长欧米休了长假，店里总共只有三个员工，第三天就会轮到琦琦打头工。

　　琦琦很理解这样的排工，跟着新店长罗娜干就行，被安排做卫生、洗毛巾、收拾整理、打扫卫生间，有什么事就做什么事。可能是因为新环境，第一天琦琦感觉时间过得很快，一晃 13 小时过去了，她做了 5 个工，接待了 5 个客人。

　　在这个大城市，上班时间是早上 9 点半一直干到晚上 11 点。大家都为了挣钱，多干多得，排到谁上工就该谁去服务客人，干起活儿来并不感觉到累。下班洗完澡躺下后，员工各自拿出手机与亲人或朋友们聊天儿，琦琦也打开手机，看到中国家人微信群里的信息，祝福元旦快乐的话语一条接一条。过完了一天，她才意识到在美国就没有过中国节日的氛围。

　　琦琦没有将出来在足疗店打工的事情对家人说，她不想让家人为自己担心。琦琦也没有想过，她的 2020 年元旦跟以往的新年截然不同，就这样匆匆地过去了。

琦琦住在地下室，没有窗户，看不到室外的景色。房间里只有一盏小壁灯，暖黄色的灯光照着房间里的一张小床、一张小沙发，带来的生活用品都放在床底下的箱子里。每个员工都睡在家具简陋的房间中。

这时琦琦感觉有点儿心酸，但一想自己靠劳动，新年的第一天能上工挣钱也是好事。下班之前，看到自己第一天日结的工钱，数着美元的票子，心里有一种踏实感。今后就可以去买自己喜欢的东西了，能够养活自己并不是难事。想着往后余生也能工作挣钱，反而庆幸自己因祸得福。要不是那场车祸，琦琦也不会明白自己在乔治的心里没有她想象的重要，也不会看清乔治爱他自己胜过爱任何一个人。

凡事都有好坏两面性，这车祸发生了也好。看着手中的美元，琦琦心里算了一笔小账，除掉每天上交的工钱、交住宿费10美元，一周的生活费大概60～70美元，到了年底纳完税，平日不乱花钱，坚持工作下

去，维持生活应该没有问题，还可以攒钱。

困意来了，琦琦迷迷糊糊地睁不开眼。想想今后打工熬夜的日子，一定会是常态，就像今天一样，忙完了工作洗漱后都已是凌晨1点多钟了。难怪老板娘对琦琦说过："我就怕你挣到钱后，数着美元票子，你都舍不得休息了，哪里还想着过什么周末和节日啊。因为节假日前后，客人最多，店里越忙，正是挣钱的好机会。"

新年第一天，琦琦在睡梦中继续祈祷着：愿往后的打工之路学到更多技能，积累更多经验，工作顺利。要尽快学会适应环境，调整好自己的心态，放下思想包袱，为实现经济独立豁出去了。只要每天能数着美元，心里啥委屈都不算事。

琦琦知道，只有靠自己劳动挣钱，才会得到别人的尊重，才能保住自己的尊严。琦琦很在乎自己在婚姻中的价值感，她想证明给乔治看：我自己也能活出精彩，不靠他人的施舍，女人一样能堂堂正正、理直气壮、自信地活出尊严。美国男人乔治也一样看重利益，对待婚姻中的关系，其实男女都是一样的态度，因是二婚，谁不藏着点儿小私心呢？

第 7 章　侥幸逃过惊险一劫

工作一段时间后，琦琦的手艺越来越好，也慢慢习惯了足疗店的工作。这足疗店是茉莉跟茜茜合伙经营的，两个人都是老板，最近她们开了一家新店，让手艺不错的琦琦到新店带一下新员工。

新店主要由茜茜负责管理，她的管理方式比较粗暴，试营业期间，常常在微信上责备谩骂新员工，有两个新员工忍受不了，不打招呼就辞工了，新店没有员工只能暂时关门。为了避免引发火灾，老板让琦琦第二天早上到新店把电闸关掉，然后回老店继续工作。茜茜跟她交待："不能耽误老店上班时间"。

第二天清晨，琦琦早早就得去新店，她从老店地下室出来，走到街道旁边的十字路口东张西望。时间还早，天色灰蒙蒙的，街道上经过的出租车不多。冷飕飕的风吹散琦琦的头发，她在寒风中焦急地等待着出租车出现，莫名地感到不安。

冷清的街道上没有一个行人，这时琦琦又冷又害怕，想到刚刚出来的时候店长欧米还叮嘱她："这么早出去不安全，还是晚点儿再走吧！"

当时琦琦低头说："老板娘茜茜叫我早点儿去新店检查电闸关了没有，弄完就回来，这家店的工作也不能耽误。"

琦琦在路边等了将近 20 多分钟，终于等到了一辆出租车，她急忙招手，车子一个急刹车在她旁边停了下来。琦琦立马打开后门钻进车内，却忘了看车牌号或拍照下来发给老板。

琦琦把事先准备好的详细地址字条递给前排司机。司机是一个非裔，看到详细地址后也没有打开 GPS 输进去。琦琦要求司机确认一下地址，并要司机按照 GPS 指示路线走。

车子穿过一个地下隧道时，琦琦顿生疑惑，这是去哪里？昨天从新店返回老店的路上，可没有经过这个地下隧道。当时是一对年轻夫妇帮琦琦叫的一辆优步车，两店之间很近，车程打表显示 11 美元。可这车显示金额已翻了 6 倍，车子还在继续行驶。

琦琦感觉到不对劲，好像离市区越来越远。新店在热闹繁华的街边，怎么看到车窗外的景色却是荒郊野外的感觉？再仔细一看，远处有铁轨，湖边、路边还有搭棚子的流浪汉……

这下子琦琦惊慌失措了，情急之下拨打老店老板娘茉莉的电话。此时琦琦只信任同茜茜合作开店的茉莉。急促的铃声一直响着，琦琦焦急地等待茉莉接听电话。她从后视镜里看到司机一直在低声说着英语。

琦琦的神经紧绷起来，心都要跳到嗓子眼儿了。此时若真发生什么不好的事，也没有人能救她。她越想越害怕，真后悔为什么上车时没有拍下车牌号码。

琦琦强装镇定，趁司机不注意的时候连续偷偷对着司机拍照，迅速将照片发到茉莉的微信上，悄悄地在手机上写着自己上车可能遇到了危险，需要茉莉快点儿接电话。琦琦又观察司机的表情，通过后视镜看出司机不怀好意，感觉此趟出行极为不利，害怕得手心都冒汗了。琦琦真后悔不该出来这么早，这真是要见鬼了。

琦琦心想，绝不能这样死掉，若有不测，也要将司机的照片发到茉莉的手机上，不能不明不白地放过这个可疑的坏人！

老板娘茉莉终于接听电话了："这么早，有什么事？"

琦琦像是遇上了救命稻草，直接说："老板你先听我说急事，这司机把我带到一个很偏远的地方。昨天来新店时只要 11 美元的车费，到现在都有 60 多美元了，车子还在开，越走越偏僻。这里是郊区，有铁路、有湖，有流浪汉，车道上没多少行人，也没有其他车辆，我可能遇到坏人了。我把他的相貌已偷偷地拍照发给你了，你一定要锁定这个人，与我保持通话，电话不要挂断。我打开免提，你直接跟司机沟通，让他马上去新店的地址。"

接下来，琦琦跟司机保持一定的安全距离，举着手机让茉莉跟他交流。谈了一会儿，琦琦看到司机极不情愿地停下来。一看周围环境，琦琦不免有些惊慌了，立即跟司机说："请调头，按照我老板说的地址开过去，我要到那里帮我老板拿东西，然后还请你送我回原来的地方，让你多赚车费。"

当时琦琦心里都急得要哭了，如果停到这里，司机有同伙，那真是喊天天不应叫地地不灵了。她强忍着恐惧，继续把免提打开让茉莉对司机说话："麻烦你把我的员工送到那个地址去，她要拿点儿东西。接着请你把她送回早晨上车的地方。我让员工多付小费给你，谢谢你了！"

这时司机停顿了一会儿，终于调头，琦琦紧张地注视着车外，沿途的景色一点点地又向城市中心靠近，一栋栋高楼大厦出现在琦琦视线里，紧绷的神经才慢慢缓解了一点儿。

琦琦的一双手紧紧地握住手机，随时保持跟茉莉的通话。司机开着车，不时从镜中观察后座的琦琦。

路变得熟悉起来，琦琦看到表灯数字在跳动，但这个时候不能考虑钱多钱少了，只想着能安全到达熟悉的地方，赶快逃离这司机。当车子快要到达新店时，琦琦担心司机改变主意，突然提前说："请停下来，到了！"

司机有些不耐烦地停下车，琦琦趁机急忙打开车门，赶紧把手中的钱递给司机："不用找了，多余的都是给你的小费。"

司机勾着头冲琦琦喊："我在这儿等你几分钟，你不是要坐车返回去吗？"

琦琦赶紧挥挥手说："不用等我了！谢谢。"

说完她头也不回地走向相反方向，走进一家 24 小时营业的咖啡店。司机恶狠狠地瞪了她一眼，很不甘心地等了一会儿。因路边不能停车太久，远处有一辆警车向这边驶来，司机不得已才开车离去。

远处的琦琦确定司机驾车走远后，才从咖啡店出来向新店跑去。她进门就将店门反锁，惊魂未定地坐在门边的椅子上，接着环视四周，将电源总开关关掉，一个人在店里静坐了一个多小时，天透亮了才敢走出店门。

这一次经历让琦琦终生难忘。琦琦怪自己缺乏警惕性，没有拍车牌号就上了黑车。

这次算是幸运地逃过一劫，但是司机憎恨的眼神让琦琦想起来都心惊胆战、心有余悸。

发生了这样的事，琦琦也不敢再坐车回去，打算走回老店。琦琦赶紧走向路对面的酒店，将写好的地址给酒店大堂经理看，酒店经理非常

友好地给她画了一张简易地图，琦琦沿着路走了40多分钟才到老店，刚好赶上了上工的时间。

琦琦向店长欧米讲述了早上发生的事情，说搞不好会为了工作差点儿丢掉性命。欧米听完后也替琦琦捏把汗，心疼地说："在外国打工真不容易，幸好你机灵，要换了我，肯定不知道该怎么办。"

这一次的教训，导致琦琦心里有了阴影，对任何人任何事都不敢百分之百地信任。回到店里的琦琦感觉很委屈，此时体会最深的还是怀念在中国的日子，只有在自己祖国的土地上，才最有安全保障。"有国才有家"这句话是琦琦此刻的心声，琦琦起了回国生活的心思。这已经不是第一次了。西方的月亮并不比中国的圆，美国真不适合她待下去，祖国才是自己的根！

第8章 辞工回家

经历过一次坐上黑车遇险的事件，琦琦越想越害怕，对足疗店的工作产生了恐惧。接下来又经历了一次被冤枉的抢工事件，琦琦就更不想在那边工作下去了。

那一次有客人指定要琦琦服务，当时排工应该是罗娜去做，但客人等了20分钟罗娜都没有出现，琦琦只好去接待。结果罗娜打电话给老板茜茜，硬说是琦琦抢工，最后琦琦白做了一单，老板抹掉了提成。

琦琦突然发现，她现在遭遇的状况，竟奇迹般同娟的工作经历相似。为了生存，只要有人的地方，到哪里都有斗争。

罗娜急了赶忙讨好地对琦琦说："别走，是我错了。我没有想到茜茜连提成也扣了，我赔你吧！"

琦琦："不用了，你们俩可以多做多赚钱。"

老板娘知道后也急了，现在正是用人之际，不好招到员工。老板娘马上在微信上私聊："我们扣你的钱，不是针对你，是在保护你。我们很清楚她们俩在搞事，有客人宁愿等你做工，说明你技术好。以后她们抢你的工，你也可以告诉我们。不能为这点儿事情就要走。你刚刚学会能挣钱了，而且比她们挣得多，她们在嫉妒你，你还看不懂吗？我们这个店还不算严重，有的店，员工之间为了抢工还吵架呢。你去的店太少了，你不懂这个行业水很深呀！"

琦琦："谢谢老板娘理解我的处境，最主要是我真的想回国处理卖房子的事情，因为有客户看中了我要出售的房子。我不会为此事不工作的，以后有机会再合作。我也谢谢老板娘让我学会了很多，让我从当初什么都不会到工作能独当一面，靠自己的技能得到客人的认可。谢谢你！真心话。"

老板："那好吧，人各有志，办完事后，安心过年，保持联系，后会有期。有机会我们再好好合作。我另外还有一个店，我想让你当店长，我们看好你。祝你一切顺利。"

琦琦心软，老板的几句话就让她似乎看到了希望，人也变得自信了。想想，如果乔治真的不爱她，她也能靠自己在美国或者像在中国一样生存下来，不就是要一个能挣钱的技能吗？在外生活就是要学会能屈能伸。

琦琦回家后，看到桌上放着一个盘子和一个玻璃杯，知道是乔治吃完早餐还没有收拾。这个点是乔治上班的时间，琦琦看着熟悉的一切，自然地在厨房里忙碌起来。乔治一个人住也能把家里收拾得干干净净，这也是琦琦喜欢他的一点，连来家里玩的朋友都夸乔治是一位很绅士很有品位的男人。

琦琦做了一锅排骨莲藕汤，炒了两道素菜，就整理箱子去了。整理完箱子，琦琦将要洗的衣服全部放进洗衣机后将自动键一按，就去准备给乔治的500美元红包。另外她给乔治买了一件上衣，等乔治回来，适当的时候再送给他。

快到7点了，汤的香味飘散在厨房，一股暖暖的热气升腾着。门外，乔治打开大门，高兴地向琦琦跑过来："哈哈哈，你回来了！我爱你，我想你！我闻到香味了，看看你做了什么好吃的？"

乔治穿着一件大红色毛衣外套，戴着一条黑色围巾，下身配一条黑色裤子，脱下的风衣还搭在手上，那样子真帅呀！琦琦看着眼前帅气的男人，真的替自己感到不值——没有琦琦在身边的乔治，看起来过得很好。那一瞬间的思绪，琦琦马上又收了回来，她明白，这不能怪乔治，是自己坚持要出去打工的，没有理由怪乔治。乔治看到有他最喜欢的排骨汤，猛地紧紧抱着琦琦久久不放："我好开心呀！"

乔治并没有发现琦琦细微的情绪变化，那时的乔治真的开心。这顿晚饭吃得很香，吃了很长的时间。饭后乔治主动洗完碗，和琦琦坐在沙发上，依偎在一起，好好看一部电影。琦琦突然感到，还是有人爱才是幸福，有家真好。但是她就不明白，乔治明明喜欢有自己的陪伴，这样生活才不会孤单，又不是生活不下去，何必把自己搞得那么紧张？平时也没见他生活节俭，照样该消费消费，没有一点儿紧张的样子，但是他总在琦琦面前说穷。一句话，还是希望琦琦外出打工挣钱。乔治心里就好像自己没有那么大压力，他喜欢自己挣钱自己花，毕竟五十多岁的人了，快退休了，也不想影响自己的生活质量。

年三十那天，琦琦和乔治一起参加了一次华人中文学校的春节演出活动，琦琦表演了太极扇子舞，电视媒体平台进行了转播。乔治为了能够与琦琦轻松沟通，坚持学习中文两年多了，中文有了很大进步。在活动中，乔治参加了华语中文诗朗诵，表演轻松、搞笑。虽然朗诵的时候

有些紧张，但是乔治毕竟是当过十几年兼职的大学老师，有临场发挥经验，一下调整过来，将表演顺利完成，获得了现场观众的热烈掌声，欢声笑语洋溢在演艺大厅上空。

这个春节过得如此有意义，这是琦琦没有想到的。通过此次春节演出活动，乔治也看到了琦琦多才多艺的一面。从乔治观看琦琦台上表演的神情看，是由内而外地欣赏她，好像给他挣了面子。

舞台的中央幕布上写着一行醒目的中文大字"华人春节联欢晚会"。在场的华人虽然身在异国他乡，但对中华传统文化的春节很看重。来这里看表演及参加表演的华人，都有一个共同的心愿：愿祖国繁荣昌盛。

像琦琦这类外嫁的女性移民有很多，她们大多想把孩子带到美国来读书，聊的话题都是为了给孩子提供一个好的教育环境、享受优质的教育资源，总之，一切好像都是为了下一代。

唯独琦琦心里知道，她没有想那么多，自己只想找一个伴侣，陪在身边安度晚年。

第9章　到新店工作

在美国，大年初一公司不放假，乔治在收到公司董事长提出今年要做好退休准备后，更加勤奋地上班，好像如果公司失去他一定是公司的损失一样。最后他还期望董事长继续聘用他为公司做些顾问的工作。当然，这些只是乔治内心不愿被外人察觉的小心思。

琦琦趁乔治去上班，她也没闲着，把家里收拾干净后立刻出门。

自从学会了用手机叫车，琦琦可以去任何地方。回家之后，熟悉的环境给了她安全感，对那一次坐黑车的恐惧感减少了。琦琦外出工作挣了一些零花钱，才舍得用自己挣到的钱买点儿家用精致碗盘及带有中国特色的饰品来布置家居。一天，她乘车去购买了家里需要的电饭锅、蒸锅及实用的餐具，也给自己买了一个小电饭煲，这是为了再次出去打工准备的简单厨具。晚上，她又忙着给乔治做了一桌好吃的，还多做了乔治喜欢吃的卤鸡爪、卤牛肉、卤花生、凉拌黄瓜、油条等，密封好后放进了冰箱。

乔治快8点才到家，从单位开车到家需要一个多小时。两个人晚上边吃边聊，琦琦聊到年初二就要去另外一个老板店里打工。这次打工的地方离家近一点儿，如果有急事需要回家要方便些。琦琦考虑到，只有工作和家庭都要兼顾，日后的路才能走得更稳妥。

乔治听说琦琦在附近小镇已找到了工作，这次没有迟疑就同意了，因为明天上午有老板的车子来接琦琦，不耽误自己上班，很高兴地点头。琦琦没有想到这次乔治这么平静。如果店里生意好，可以长期干下去，那么工作和家庭都可以兼顾。

新店的老板姓刘，刚好跟琦琦住在同一个小镇上。事先微信都说好了，发定位给了刘老板，第二天，刘老板9点准时开车到琦琦家门口。已做好准备的琦琦赶紧上车，一到店里放下行李箱就马上投入工作。刘老板的店比琦琦在华盛顿工作的足疗店要大一些，因春节，刚走了两位员工，目前只剩一个员工留店工作。那员工是一个山东妹子，名叫李婉，之前琦琦跟她在英语学习班上认识，这份工作正是她介绍给琦琦的。

琦琦看到店里洗衣机、烘干机都比华盛顿的店要新，功能又多。听老板说，这里的工钱收得低一些，客人给的小费还行，虽然小镇上有钱的人不多，但偶尔也会遇上几个大方的客人，一个月下来也能挣6000美元左右。

刘老板说着，琦琦听着，没一会儿来了客人，刘老板便对她说："琦琦你去上工吧。你把你最好的技术露一手给我看看，主要是要客人满意。"

琦琦在吧台前镇定自若地指着价格表让客人选择。这小镇上的客人一般选择做60美元的项目，但是这里分成比较实在，员工与老板五五分成，这样一个工下来，老板30美元、琦琦30美元，加客人给的小费20美元，第一天第一个工就挣了共计50美元。有时候没有小费，有时有5~15美元，不管怎样，每天只要劳动就有收获。刘老板的店也是日结，很人性化。如果员工一天做不到3个工，就不收住宿费，所以琦琦很庆幸辞去了华盛顿的工作。琦琦比较满意目前刘老板的经营管理模式，刘老板对员工很体谅，能主动为员工分忧。

就这样，一周很快过去了。按照店规，店里晚上9点半就关门了。琦琦觉得，虽然这里小费少点儿，但其他的条件还挺好，而且刘老板很随和，还给员工准备米、面粉、食用油等生活物品。最主要的是这里的工作氛围好，琦琦工作起来没有那么多的压力，而且工作程序比较简单。

刘老板只需要员工在工单上写明上工时间、多少工钱，到当日下班做统计，把日清的上交款放进小信封里，写上日期交给老板就行，一天只做一次。

自从琦琦来到刘老板的店工作后，跟山东女孩学会了另外几种工作手法，两人搭配很好，刘老板很满意。店里的卫生，琦琦负责楼上二层的清洁工作，山东女孩负责楼下一层的清洁工作。毛巾清洗、烘干等事项每天轮流值日，排第一上工的员工负责，分工明确。就这样，琦琦很快适应了这里的工作，而且每日下班时间早。

山东女孩下班后，还坚持开车去游泳馆游泳两小时，琦琦就在店附近的员工宿舍回复一些与家人、朋友的信息。

每天早上醒来的第一时间琦琦关注的是乔治的微信内容，在晚上睡觉前给乔治微信留言。两个人每天都会打个招呼，关心地问候对方。

就这样，一晃就过了一个月，琦琦在这里工作得很开心，连带着人也变得漂亮了许多。琦琦想：如果工作不开心，生活没有保障，人能不颓废吗？看来人不能只盯着钱，还要找好工作跟生活的平衡点。

第10章 七夕节礼物

琦琦在新店做得很开心，一晃几个月很快就过去了。

七夕节的前一周，乔治突然发微信给琦琦："亲爱的，我想在这个周末开车来看你，想和你一起在七夕节共进晚餐，你有时间吗？"

琦琦看到信息后很高兴，但她不想让乔治来店里找她。琦琦先与山东女孩商量过后打算向刘老板请一天假，回家与乔治团聚。这也是为了维持好夫妻关系，以后能出来长期工作。没有想到刘老板不光同意了琦琦的请假，还开车送琦琦回家。

刘老板真的善解人意，琦琦感激地说："谢谢老板。说实话，初二出来工作的时候，我还感觉委屈，往年春节期间，在中国都是忙着吃啊玩啊走亲访友啊，要到正月十五才算年过完。自从靠自己工作挣钱以后，特别是在刘老板的店里工作，心情很愉悦，时间也过得快。以前从没有想过绿卡对我有多么重要，但是现在不同了，一想到要工作挣钱，拥有长期绿卡就显得很重要了。我会合理安排好生活，进一步得到乔治的理解并支持。我出来工作也能减轻乔治的生活压力，这样两人才都没有担忧。"刘老板很理解琦琦的想法，作为老板，也希望招用有长期合法身份的员工。

琦琦曾看到一本名叫《思维改变命运》的书，书中说：当你的心里有目标了，你的心态就会变得平静淡定，你的能力就会变得强大，你会毫不畏惧地去面对现实。

琦琦现在工作辛苦点儿，就是为了未来生活过得更舒适，无论怎样，现在靠劳动所得，靠自食其力，靠经济独立。琦琦每次休假回家一趟都会添置一些东西，也会买一些自己喜欢的东西。买东西的钱没有伸手向乔治要，反而每月给乔治500美元。从那时她就赢得了乔治的尊重，乔治的脾气也变得更温和了。打工之后，琦琦明白了，只有改变自己才能掌握主动权。

琦琦希望乔治不是只在乎金钱，而是真的替她着想，有意锻炼她学会在美国生存。也许乔治担心他比琦琦大16岁，万一哪天先一步离开了人世，琦琦还能一个人好好地生活下去。现在有了挣钱的工作，琦琦什么都不用担心了，只是有时去购物、买菜还得让乔治开车接送，毕竟琦琦还是不敢自己开车，而且买了太多东西的话打车也不是很方便。

七夕节已是秋天，琦琦走出后院的大门，看着那片冒出地面的绿色小草，松鼠从树上跳到地面找食吃，太阳从东方升起，蓝天白云真美。这要是属于自己的家该多好呀，做什么都方便多了。

琦琦伸伸懒腰，踢踢腿，活动活动筋骨，深深地呼吸清新的空气，随后进厨房做两份早餐——两个煎饼煎蛋，两杯牛奶，两个苹果。不一会儿，琦琦就准备好了两份早点。同时还准备好补贴家用的500美元，用信封装好放在餐桌上。琦琦想给乔治一份节日礼物，想想还是给美元最实在，因为乔治总在不经意地流露出要节俭过日子的想法。琦琦也想让乔治看到自己出来工作的好处，将来可以继续支持自己。乔治看着餐桌上摆放好的食物，很开心地坐下来，看着琦琦："谢谢你准备的早餐，真高兴节日你能请假回来陪我！节日快乐！"

"亲爱的，节日快乐！"琦琦说完后，就把那个信封递到乔治的手上，微笑着示意乔治打开它。乔治也兴奋地打开信封："哈哈，美元，给我的！"

琦琦："当然，奖励你的，以后我工作稳定了，每月给你500美元作为家庭开支！"

"好的，我放在存钱罐里，用作我们的生活开支，谢谢亲爱的！"乔治说着，神秘地笑了笑，"今天晚上，我们出去吃晚餐，我早在前天就订好了座位。"

这天下午，乔治带琦琦去理发店做了一个发型，他自己也染了头发、修剪了发型，刮了胡子。平时很注重外表的乔治，稍微打扮整理一下，更潇洒了，神采奕奕。在美国洗剪吹一次就需要120美元，含20～30美元小费，所以只有重大节日或者特别的日子，才去理发店做做发型。

从理发店出来，乔治和琦琦双双上了车子。车子里放着音乐，随着车子的颠簸，琦琦的耳环一闪一闪地摆动着。"真好看！"乔治看着坐在副驾驶位上的琦琦深情地赞美。

车子不一会儿就开到了乔治和琦琦举办婚礼的餐厅，这是他们第三次来这里，这里有他们美好的回忆。琦琦不知道乔治今晚又有什么新的节目，她猜不透乔治的内心，只知道乔治说过今晚要送给她一个礼物，要给她一个惊喜。

入座后，桌台上的灯光时闪时灭，营造出了一份神秘感。餐厅里客人很多，三三两两地扎堆坐在桌边，吧台前坐满了人，有的还在排队拿号。

乔治："幸好我提前预订了，不然还得等。亲爱的你闭一下眼睛！"琦琦听话照做，她心里也很期待这种曾经很熟悉的感觉，她也希望两个人能回到当初的恋爱状态。

琦琦在闭上眼睛的瞬间，感觉手上被乔治放上一个大信封，像是明信片。她睁开眼睛看到的真是一张极精致的明信片，还有一个宝蓝色的首饰盒，打开一看，是一串红宝石手链，真的很漂亮。

乔治微笑着低声说："亲爱的，打开它。你会很高兴。这是我送给你的最好的礼物。我想这一生中，可能只有这一次了！"

琦琦被乔治的深情表白弄得有点儿不好意思，心想乔治就喜欢制造浪漫氛围，任何女人都会喜欢被人尊重、被人宠爱的感觉。

明信片上是这样写的：

亲爱的，节日快乐！这是我今天送给你的礼物，两张在前不久一起拍的合影照片。

我为拥有了我们的新房感到很高兴。

我很高兴成为你的丈夫！

爱你哟！

丈夫乔治！

七夕节

看完这几行字，琦琦很感动，她没有想到这份礼物如此厚重。她知道乔治曾经给过她承诺，还以为不可能兑现了，因为车祸事件早已让她不抱有任何幻想，她还以为乔治不爱她了。她不明白乔治怎么会在这几个月变化这么大。琦琦的双眼盯在了"我为拥有了我们的新房感到很高兴"这句话上。

琦琦的双手慢慢合上，从明信片的落笔时间，让琦琦懂得了乔治的良苦用心，让琦琦立刻想起了 2015 年七夕节的那张粉红色明信片。那是乔治与琦琦第一次在网络上认识的纪念日，也是那年的七夕节，琦琦收到了乔治从美国邮寄给琦琦的明信片，也是附上了两张琦琦的照片。

琦琦看着眼前的乔治："亲爱的，我们真的有新房了吗？怎么感觉这一切来得这么突然。"琦琦疑惑又幸福。在乔治的目光中，那曾经快流失的爱情又回来了。琦琦彻底被感动了，原来乔治还是爱她的。

乔治知道琦琦虽然并不物质，但并不等于不需要那份真诚的给予。乔治很理解琦琦的心思，也知道她自尊心很强。乔治这次要让琦琦懂得他想照顾好她，选择特别的日子把房子买了下来，作为礼物送给琦琦。

他俩认识四年多了，还有多少岁月再去考验真情？

买房还有一个最重要的原因，乔治也为了自己的面子。他从事房地产行业近二十年，此次董事长已明确劝他退休，时间也不多了，他思虑再三，趁还未办理退休手续之前，得计划好自己养老的住所。如果真退休了，房贷就办不了，毕竟乔治快60岁了，如果没有公司作为经济来源的支撑，银行是不会给贷款的。乔治现在居住在房地产公司租住的联排别墅，周围邻居都是他曾经的下属。乔治那么爱面子，于情于理都得赶紧运作把房子买下来，顺便完成结婚前的承诺。

乔治不想让琦琦过于依赖他，也不想让琦琦看透他私心的一面。乔治是想培养琦琦独立应变的能力，教会琦琦更多的智慧，逼着琦琦学会适应环境，独立工作，积累财富，因为那才是琦琦真正的安全感。这份节日礼物，乔治是想让琦琦踏实。他用最能打动琦琦心底的善良，表达了他的爱。当他不在人世的时候，琦琦能拥有独立生活的本领。

琦琦此刻明白了乔治的心思，顿感以前错怪了乔治。望着眼前的乔治，琦琦心里顿时有股温暖的力量，她暗暗地想：今后会好好待他，她要让乔治感觉到娶到她是最正确的事。她要让乔治不后悔娶了一位善良的中国妻子，她将用余生来证明"你敬我一尺，我敬你一丈"的情义。

琦琦虽然已是46岁的人了，但是她似乎忘记了自己的年龄，给所有人的印象还是那般少女情怀，感性、善良、感情丰富而情绪化，喜怒哀乐都会写在脸上。也许这就是乔治喜欢琦琦的原因，喜欢她的纯真，喜欢她的简单。

而婚姻并不简单，要想经营好婚姻，不能靠这一点点的感动就能维持，琦琦与乔治也都在为过好现实中的婚姻生活而努力。他们都意识到，婚姻需要两个人的努力经营，才能温馨、和谐、美满、幸福！

一辈子很长也很短。琦琦多希望能永远过着平凡而有爱的日子，希望往后余生有爱人的陪伴。她期待那种彼此信任、彼此自由的双方都很舒适的婚姻状态。即使一方离去了，也不会影响另一方的生活；如果双方同心同德，那将是锦上添花，这是再好不过的理想生活。这样的婚姻可遇不可求，这也是琦琦脑海里常常浮现的美好婚姻画面。

第 11 章　中西混搭，温馨浪漫

乔治对即将又要去工作的琦琦说："我希望这次你能和我一起搬进新家，我需要你的帮助！"

琦琦："我会的，我得上班后亲自对刘老板说明原因，给刘老板招到新员工留一些时间，顶替我的工作。我们的工作是根据客人流动量招收员工。这个店客人少，只能招两个员工，一个萝卜一个坑，如果我突然走了，没有员工服务，就会流失一些客人。你明白吗？"

乔治："理解，好的，那我等你回来后，再商量搬家的时间。这星期我也要去做一年一次的公司体检。"

琦琦："你安心去吧，我得等刘老板一星期时间，给他招新员工留出点儿时间。"

上班的那天，刘老板早上 9 点钟准时在琦琦家门口出现，乔治看着琦琦上了刘老板的车离开后也赶紧去预约体检医院，检查身体。

琦琦坐在刘老板的车上，并没有像上次那样聊天，琦琦在想她该怎么开口向刘老板请假。说实话，要不是买房搬家算是一件大事，琦琦是不会辞工的。再说刚刚休假了一天，马上又辞工，琦琦不好意思开口，怕刘老板觉得她的家事真多。这次坐在刘老板车子里，琦琦显得很不安，几次话到嘴边又咽了回去，无法开口。

刘老板："你回家还好吧？怎么这么安静？"

琦琦："哦，还好，正想着乔治对我说的事。"

刘老板："什么事情？"

琦琦:"他说要去检查身体。还说如果搬家的时候,需要我回去帮他。你现在安心开车吧,到店后我再跟你说。"

刘老板是急性子的东北男人,等不及地问:"你有事说开了就没有事了,别闷在心里不说。女人啊就是磨磨叽叽。"

琦琦知道刘老板性格直爽。一个多小时的工夫就到了店里,店里正好来了客人,琦琦放下手中的包就忙碌起来,在接待客人的过程中,把怎么开口辞工的事情忘了一干二净。

说实话,琦琦很喜欢这份工作,要不是想到乔治这次为了她兑现了婚后两年买房的承诺,说什么她都不会辞工。在美国好不容易学会了一项工作技能,也得到了老板和客人的认可,一旦离开了,就意味着失去了衣食父母。只要乔治对她好一点儿,她心肠软就又选择陪伴在乔治身边了。在关键的时候,琦琦的重心还是在家庭上。

琦琦当晚考虑很久觉得还是用发微信的方式,将辞工原因一五一十地向刘老板和盘托出,希望刘老板尽早招到员工,说她可以等一周,给老板招到员工的时间。信息发出后,琦琦的心里踏实多了,让刘老板有个准备,她可以睡一个好觉了。

一周很快就要过去了,琦琦着急怎么刘老板还没有招到员工。她真的希望刘老板能理解自己,更希望有一个员工来顶替自己。这样客人稳定又有新员工顶替她,也不会影响店里的生意,等以后当店里的生意多起来还需要员工的话,她可以再回来做工。这是琦琦想给刘老板一个有始有终的好印象。

终于到了星期天,刘老板对琦琦说:"你可以准备回家了,我找到的新员工在下星期二来,这两天我顶替一下,没有问题!"

琦琦:"真的?谢谢你,你没有生我的气吧?只要你招到了新员工,我再盯两天没问题,等新员工到位,我就撤退。"

刘老板:"那样就太好了,我还担心你马上要搬家呢。"

琦琦："是要搬，但不差这两天，我可以等。"

刘老板很高兴地向琦琦笑笑，自言自语地说："搬完家后告诉我，有需要你就回店里工作。"

琦琦："当然可以，我忙完就微信告诉刘老板！谢谢刘老板，谢谢！"

琦琦不停地道谢，好像是自己做错了事情一样，很谦虚地连连点头。两天后新员工来了，琦琦腾出床，清理好自己的生活用品，领着后来的一位40多岁的员工交接工作。

那天琦琦是自己搭乘网约车回家的，乔治看见琦琦突然回来，一脸惊讶。

"回来了，我可以计划搬家了！"乔治给了琦琦一个拥抱。家里有三位客人坐在餐桌前，乔治拉着琦琦的手介绍道："这是我妻子琦琦。这是我们小镇规划中心办工作人员。我们开一个小会！"

乔治介绍完双方，琦琦给大家打过招呼后就礼貌地退出客厅，上了二楼自己的卧室，慢慢整理行李。

乔治没有想到琦琦会在这天下午回来，琦琦也没有告诉乔治原因，知道乔治比较忙，不想让乔治开车三小时去接她。

散会后，乔治对琦琦说："我们下周可以搬家了，这几天我们要打包易碎玻璃用品和装饰画框，家里的所有衣物，分类装入纸盒子里。打包后请一定写上一楼或二楼的东西，标记好摆放在哪个房间，这样搬运工就直接放在哪个房间，我们就不用搬上搬下了。争取一步到位。"

搬家前这几天，乔治整晚睡不好觉，半夜起来后，就跑到隔壁房间去睡，第二天就笑着对琦琦说："你的鼾声像唱歌一样，吵得我睡不着。"

琦琦不相信自己会打鼾，怔在那里。乔治把手机打开，给琦琦听，说道："手机里的鼾声，像唱歌似的，时高时低，一会儿停一会儿起，我只悄悄录了两分钟。看，你睡得多香啊！"

琦琦这才不好意思地笑了，要不是亲耳听到，她都不敢相信那是自己的声音。乔治没有那样想，他觉得这再正常不过了，他对琦琦说："人累后，都会打鼾的，你别介意，我后半夜睡得很好。"

琦琦："人如果熬夜了，睡眠质量不好。"

乔治这次买房一是为了琦琦，二是为了自己的晚年生活，所以特意选择了一个纳税少的小镇。这里远离同事，他心里稍微轻松一些。在一个陌生的新环境，就可以放下面子了。

这一年美国房子价格下跌，是购买房子的好时机，加上乔治的信用很好，还可以办理银行贷款，只付一成首付，房子就买下来了。乔治算了一笔账，每月还的银行贷款，再加上地税、水电费、垃圾费及其他费用，总费用比原来租房的费用还要少。而且还拥有了属于他们自己的一栋小别墅，这种投资两全其美，何乐而不为呢？他知道这样做琦琦会很高兴，因为琦琦在意的是他对她的真心。

搬家那天，乔治突然对琦琦说："搬家公司把搬家时间推迟了两天，刚好与我预约去医院做腿部关节手术时间冲突了，但我不能改变这次手术时间，在美国看病本来就很慢，我已经等了很长时间了，腿上的病也不能再拖了。可搬家公司这边也不能推掉，这件事对我们也很重要。我考虑到你在中国搬过几次家，相信你能一个人处理好这件事。而且所有的准备工作我们都做好了，搬家的时候你指挥布置就行，这件事情就这么决定了。"

乔治这个安排没什么不合理，琦琦没有理由拒绝，只能被动地接受，要不她还能怎么样？她不可能不闻不问，更不可能在关键时刻退却，只有自己顶住。

琦琦对乔治说："那你就安心去做手术吧，这边我一个人负责，将搬家的东西慢慢整理归位就好。你不用担心我，我能做的事情都会尽量做完。"

搬家那天是10月中旬，天气很暖和，没有风。一大早，搬家公司的

224

车就到了家门口，乔治跟搬家公司的经理和司机打了招呼，解释了几句，在搬家合同上补签了字，就去医院了。

琦琦看见乔治上了朋友的车后，一副心事重重的样子，从车窗向琦琦这边看了几眼，车就开走了。琦琦一直目送着汽车离开街区，回过神儿来后开始赶紧配合搬运工忙碌起来，直到下午6点才将两辆卡车的家具全部摆放到位。

谁都知道搬家后的事情很多，需要慢慢整理。布置新家这事难不倒琦琦，她每天吃完早餐后就开始干活，整理房间里的东西。连续干了四天，四间房子整理得也差不多了，后面就得慢慢布置装饰品和绿植。

琦琦一个人待在新家的每个晚上，都保持着与乔治的微信联系。如乔治发来自己手术后穿着病号服半躺着的照片，琦琦把整理好的房间拍几张照片发给乔治看，让爱操心的乔治放心。

五天后乔治出院了，是乔治与前妻生的儿子乔伊从医院里把乔治接回新家的。乔伊进门就礼貌地直呼其名："琦琦好，搬家辛苦了。爸爸的这次手术很成功，只是三个月不能走路、不能干重活儿，还需要保养，做康复运动。如果有需要我就来帮忙，我每周有两天时间过来帮你。"在西方国家，小辈喊长辈的名字是正常的。

乔治回家后，活动区域基本在房间、客厅，每天除了看电视就是闭目养神，偶尔会指导琦琦按照他的设想去重新摆放家具的位置。也许是在病中吧，乔治的情绪变化无常，搞得琦琦有些措手不及，不知道怎么做才能让他满意。

周末乔伊来帮忙，房子里终于有了点儿笑声。乔伊小声对琦琦说："我爸爸手术后还有病痛感，他不高兴不是对你，你不要和他计较，我们做我们的事，不要管他就好。"

琦琦听女友说过，男人就是一个大孩子，当他让你不高兴的时候，就把他当成孩子一样，哪有孩子不犯错的呀？这样想，你心里就能容下他的所有不好，这才是聪明之举。

　　于是，琦琦看到乔治不高兴的时候，就尽量避开，装糊涂，只做事，给了乔治很多台阶。乔治在琦琦的精心照料下，腿很快就能走动了，还能尝试着开车代步了。两个人有时会开车四处转转，看到适合自己新家的装饰品，就买回家；有时候会到二手市场去淘宝，将淘到的饰品摆放在房间内，会有画龙点睛的效果。

　　琦琦喜欢竹子，客厅的窗台上摆放了一瓶瓶水养的绿色植物，这些具有生机的绿色植物布满了后院。凡是有阳光照进室内的地方，琦琦总会选择几盆好看的鲜花和绿植搭配，如餐厅吧台上、操作台上都布置有蓬勃生长的植物。琦琦在洗碗洗菜的时候，都能看到生机勃勃的绿色。在琦琦眼里，这就是春天的样子。

　　乔治也感觉到，他们的家越来越温暖、浪漫，特别是在晚上，暖黄色的灯光照在琦琦的脸上，真像一幅彩色的油画。琦琦在厨房边收拾台面边听着手机里播放的听书故事课程，那是一种投入的、一种没有压力的学习方法。琦琦偶尔会用余光扫到乔治坐在餐桌前在电脑上学习中文的神情。两个人戴着耳机，可以互不打扰，但又都在彼此的视线里相互交流。

　　有时候乔治会冲琦琦眨眨眼，调皮地抛个媚眼，那样子让正在做事的琦琦一下子忘记了劳累。这种开放式厨房的设计，正是他们俩想要的效果，简单朴实，互相陪伴。家就是要有灵魂的交流，心与心的靠拢，才像家的样子。琦琦懂了，有爱的家才是婚姻的港湾。

　　两个人忙完一切，会去后院阳光房坐坐，喝杯红酒，吹吹秋天的风。有时放松地走出阳光房，站在后花园的木板台上，欣赏后院的那棵大树，大树上茂盛的绿叶几乎覆盖了后院的一半角落，下小雨的时候，还可以遮盖一部分屋顶。这也许正是乔治刚刚学会的几个中文词——吉宅、文昌、富贵、平安，正是他想要的温馨家园。

　　受西方文化教育的乔治每天会对琦琦说"我爱你！"，这时琦琦会这样对乔治说："亲爱的，最好的爱情和婚姻，不是我爱你，而是能永远陪伴，这才是最实惠的爱情和婚姻。"

乔治在美国搬过很多次家了，但这一次是他和琦琦共同将中西文化元素用于宅内的装饰上，比如：一侧墙面上的九龙图是乔治亲自选择的，展现着东方龙的力量；大红绳盘成的"福"字和"喜"字挂在大门上，给新房子增添了温暖、喜庆的氛围；楼上楼下的西式风格灯具，给人一种浪漫的感觉。

另一侧墙面上挂有乔治父亲画的一幅美国费城桥下的风景画，还有装裱在镜框里乔治年轻时萨克斯演出获奖的一份报纸。总之，这里充满了中西方融合文化气息。

现在，乔治还在大学兼职授课，一周两天，另外还在寻找与房地产有关的工作。乔治常对琦琦说："我很喜欢工作，也喜欢和你一起旅行，喜欢和你一起回中国探望你的亲人，我需要工作多挣钱！"

这些话激励着琦琦继续外出工作，毕竟生活改善是需要金钱来实现的，而金钱的获得是需要付诸实际行动的。琦琦明白，只有自己努力，才能过上自信的生活。

第12章　婚姻和工作能收放自如

辛苦了两个月的琦琦，难得坐下来休息，看着布置好的新家，被站在背后的乔治连连夸奖："真没想到你不仅眼光好，而且还手巧，把家布置得很有文化底蕴！"

琦琦欣喜地回答："平时我很爱看旧房改造的电视节目，喜欢收集一些房屋软装饰搭配书刊，闲时用心，需要时自然全记在脑子里了。十几年下来，全用在了这套房子上。适宜的装饰让人放松，这才像一个家。"乔治一边听一边不停地点头。

琦琦把这十几年学过的、看过的、想要的效果，在脑子里想象过无数遍，正好都用在自己的设计上。

这一天琦琦有点儿魂不守舍，她接到茉莉和茜茜的41条信息，全是劝她回去工作，她们说店里客人增多了，有点儿忙不过来。看到店里经常流失的客人，她们心疼地说："那是银子啊。你几时能来上工？"

茜茜的信息刚开始还用文字，后来改用语音留言，琦琦知道茜茜的性子比较急，肯定嫌打字太慢，不如语音说得痛快。琦琦其实早就想答应她了，听完这几十条微信语音后，恨不得第二天去上工。茜茜哪里知道琦琦心里的苦，琦琦迟迟没有答应去复工，不是没有想好，而是一直纠结乔治的腿。乔治现在处于恢复期，必须有人照顾。琦琦已被茜茜催过两次了，半个月前琦琦就拒绝过一次，可能又要拒绝这第三次邀请了。

琦琦本来就为人善良，她不可能选择现在出去工作，乔治需要她的陪伴。这个时候的关心胜过千言万语，琦琦明白婚姻需要相互依托，这样才能走得更远。现在乔治健康出现了问题，他需要照顾，与工作相比乔治的健康更重要，琦琦又放弃了出去工作的机会。

琦琦相信，在美国只要有工作技能，总会有工作找到她的。心里决定了，琦琦认真地回复了茜茜后，心里踏实多了。琦琦决定再好好照顾乔治一段时间，让他尽快康复，这次先不对乔治说出去工作的事，也省去解释和避免误会。

这些日子以来，琦琦的厨艺提升了不少，她在手机上学会了很多美食的做法，以前不会做油条、花卷、馍馍，现在都会了，按照乔治吃过的早中晚餐，每天可以不重复花样，能吃上不同风味的美食！

在琦琦的精心调养下，乔治的腿恢复得很好，脸色也红润起来，体重也增加了。人稍微胖点儿反而显得皮肤紧致饱满，乔治拍着肚子说："我再不能这样吃了，吃多了会营养过剩，长胖！"

琦琦很高兴乔治恢复得快，如果这样再去寻找新工作，谁会看出乔治的实际年龄呢？乔治也很满意现在的精神状态，看着镜子里的自己，明显比手术前年轻多了！

乔治身体恢复后，很自信地到处投递自己的简历，寻找其他房地产公司应聘。有一次他很有把握地对琦琦说："有一家公司通知我去面试，这家公司对我很感兴趣，这次很有希望聘用我。工资薪水我也比较满意，这样我就有了两份工作，我们的优质生活就能继续维持。没想到我是越老越值钱，你应该为我马上又有新工作而高兴。"

乔治在房地产公司退休前一直在大学兼职讲课，这份工作还算稳定，但薪资不多。乔治在8月下旬刚办完退休手续，原以为得到了那个新的工作机会，但那家公司打电话告诉他，公司已确定录用一位优秀的年轻人。乔治听到此消息后很失落。虽然乔治有能力，但公司的发展理念是要全面考虑，年轻人更具优势。

乔治对琦琦说："我就是喜欢工作，你肯定没有遇到过像我这么爱工作的男人吧？"

琦琦当场表示："要面对现实，应该考虑适合的养老生活了。人不能光有工作热情，过好生活也很重要。"

其实，乔治也是从小苦过来的人，能有今天这般生活品质，与他不停地努力工作是分不开的，所以他很会规划，把理财收入看得很重。他会把钱都花在他认为值得投入的方面，如果他觉得不值，那么一分钱他都不会动。这就是乔治的价值观。

自从乔治应聘失败后，琦琦心里期盼着老板的生意好起来，她想她该出去工作了，有了更多收入，她和乔治的生活才有安全感，只有创造了价值，才能有资格去支配自己想要的生活。

琦琦一直认为，最好的婚姻就是彼此欣赏，互相依靠，成就对方。所以在这场婚姻里，她希望自己能够做到工作与婚姻生活收放自如。

第13章 天涯海角，归心依旧

入住新家已是美国的秋季，门前的树叶已渐渐变黄。这一年，中国的中秋佳节和国庆节是同一天，琦琦一天都在刷抖音查看家人和朋友们的微信，做什么事情都无精打采，就只想关注亲人们的消息。

在异国他乡，手机是琦琦生活的一个重要部分。在美国的中国华人都知道，宁愿错过其他的事情，也不能断掉微信联系，这种方式既省钱又能方便与亲人们联系。

琦琦在手机上看到亲人团聚在母亲身边的情景，让她更加思念，真希望能吃上家中的美食。微信上的视频，琦琦会重复看几遍。那里有亲人对琦琦的关心，还有朋友们节日活动的欢乐场景。假如琦琦在中国，一定是最活跃的一员。

每逢佳节倍思亲，中秋佳节更让琦琦想念自己的亲人，她能想象得到自己家乡的情景：白天大道上车水马龙，人来人往，商业街上各种商品琳琅满目；夜晚长江大桥边灯火通明，烟花闪烁，城市一派繁荣。

琦琦居住的美国小镇上静悄悄的，这让她更想念家人和朋友。此刻琦琦默默地守在手机旁，关注着中国"双节"的新闻报道、家人的聚餐、走亲戚串门的活动。

乔治看到琦琦在发呆，主动递上一杯咖啡，附在琦琦耳边说："你在想家人是吗？你想我们一起喝酒庆祝一下吗？今天我们在外面吃，不在家做吃的了。我答应过你，亲爱的，你可以每年回国看望亲人，过些日子我会同你一起回中国探望家人。"

乔治的话让琦琦得到了一些安慰。他是一位细心的男人，也许是这段时间琦琦对乔治无微不至的照顾感动了他。琦琦的思念亲人之情已挂在脸上，节日之前她就用自己挣的钱为家人买了一些秋冬衣物和品牌包及生活用品寄回了国内。

琦琦看到美国人很喜欢在二手商场淘宝，而且也看到有很多美国人喜欢买二手旧衣物穿，他们并不觉得买便宜的二手货物丢人，大家都大大方方地去寻找自己喜欢的东西，各取所需。

琦琦想起了以前在国内扶贫的经历。记得来美国之前，琦琦带队下乡扶贫，将城里募集到的物资送给贫困地区的人。其中一位同行的朋友冷姐说："这次我们说是去扶贫捐献，可朴实善良的农民把自己田里种的农作物都采摘给了我们，看看这大包小包的，让我们带回这么多的绿色食品，倒感觉是村民给了我们更多。"

琦琦有同感，祖国建设发展迅速，千家万户脱贫致富，如今的新农村村民都不需要捐献的衣物了。那时外嫁澳大利亚的菲菲正好回国探亲，也加入了琦琦的扶贫活动。菲菲跟琦琦说："中国新农村的房子跟美国的乡村别墅差不多大小，只是建筑风格不一样。中国这么好，我真的不知道为什么跟风，糊里糊涂地嫁给了澳大利亚人。幸好我是嫁给了一个好人，买房买车买保险，还不需要我出去工作。为了让我有安全感，现在都立了遗嘱，让我后顾无忧。要不是丈夫对我这么好又负责任，我真想回国养老。"

菲菲外嫁就是找到了一个陪伴，过着衣食无忧的慢节奏生活。无论物质上怎么富有，但是菲菲内心很孤独，如果她的丈夫过世，她会拿着丈夫留给她的养老钱回国，回到自己的家乡颐养天年。

菲菲那天讲出的实话，也一直是琦琦所纠结的问题，琦琦嫁给外国人似乎也是一种虚荣心在作祟，连琦琦自己也搞不懂到底需要在婚姻中得到什么，是追求一种虚幻的优越感、更好的生活环境，还是想坐享其成？

232

琦琦最初跟乔治在一起确实是对乔治帅气的外表动了心，她还想享受一份美好的爱情，体验完美的婚姻。可来到美国后，琦琦没有感受到想象中的那种幸福和快乐。有时候她麻木地享受平静的生活，清醒的时候又觉得没意思，生活失去了方向感。难道自己的余生就这样过远离故乡、亲人的生活吗？走外嫁这条路，就真的找到了最后的归属了吗？

乔治对她的好有时候让她喘不过气来，她承受着情债。她得知恩图报，乔治对她越好，她越抑制自己不能胡思乱想。可对亲人的思念与陪伴在乔治的身边相矛盾，她将因为陪伴乔治而失去对家人的照顾，也是一种不孝，有一种负罪感。

她现在才感觉到时间是多么宝贵，她若是拥有了爱情和婚姻，则无法抽身去孝敬自己年迈的母亲。她也需要亲情，而且国内的事业已经让她衣食无忧，其实不来美国她也可以过得很好。一想到这些，她就快乐不起来，她就想充实自己，想出去工作，找到一种人生价值的平衡。

经历过这些之后，琦琦更认识到自己是追求精神和物质平衡的完美主义者，但现实真不容易做到这些，于是烦恼、纠结、迷茫、何去何从的负面情绪时常缠绕着她的内心。

乔治身体恢复过来后，琦琦又开始准备外出工作了。这一天她在微信朋友圈看到刘老板出售店面的信息。刘老板倾向于让有经验的店员接手，一旦员工买下的话，客人就不会流失，这样买下的店就可以继续经营，只不过是换了一个老板。

刘老板把这个消息告诉琦琦，琦琦感觉创业的机会来了，她得好好把握。让琦琦感到困难的是她目前还没有投资创业的本钱，她必须再继续打工挣钱。积累资本需要一年的时间，如果能说服店里其他员工，再找到一位愿意一起投资的朋友，这件事今年也可以做成。大伙儿一起搞股份投资，这店买下来等于大家给自己干。一想到这里，琦琦就有点儿亢奋。在美国没有钱就是空想，她深知这一点，必须马上行动。

以前雪梅对琦琦说过："你先打工，一边学习手艺，一边学习如何管理，等有机会想自己开店了，一定告诉我，我来入股。建议你只需找三个投资合伙人就行，算我一个，你一个，再找一个人就可以开店了。"

琦琦早就将雪梅的话听进心里了，她一直等待一个机会。机会来了，琦琦马上给现在正在给刘老板打工的山东姑娘发微信。琦琦和她搭档合作过，彼此之间很了解，而且以前在一起共事的时候也聊过共同盘下一个店的计划。

山东姑娘几乎是秒回琦琦的微信："我也在想。今年只有半年时间了，我是边打工边观察半年，明年再考虑盘店的事情，如果明年条件合适，我们合作。"

机会是给那些有准备的人的，这话说得一点儿没有错！

琦琦与一直鼓励她开店的雪梅说到此事，雪梅建议："先不着急，打工半年，你也可积攒开店入股的本金，如果到时刘老板的店还没有出售，可以直接买下，如果已卖掉了，再找一处适合的地方开店，你那两个想入股开店的朋友，加上我妹小红，大家合伙开一个大点儿的店。如果你只想开一个小店，成本投资不超出 3 万美元，你和小红再加一个人合伙就行了。三个人合伙，一人 1 万美元入股，开店很轻松。"

雪梅说得有道理，到时候根据合作人数去制订开店计划，可稳扎稳打地把店开起来。琦琦心里有方向了。

家安顿好了，乔治的腿也康复了，琦琦打算与乔治商量出去工作的事。

一个周末，琦琦做好早餐，两个人在阳光房边吃边聊。琦琦学会了用婉转的方法对乔治说话："我有几件事想对你说，听听你的建议。第一，我以前店里的老板娘需要我去工作；第二，刘老板的店准备转让，我想出去先打工挣钱，积攒开店本金，同好友一起合伙入股，到时候我们自己开店；第三，现在房子也买了，你这个年龄都干两份工作，我也想出去工作挣钱，帮你一起分担还贷压力。你认为怎样？"

　　果然乔治回应："合伙开足疗店你需要出多少？几个人？打工多久才能攒下入股开店的钱？"

　　琦琦当即回答："一年应该没有问题，我们目前最适合边工作边学习如何管理……"

　　乔治说："好吧，看来你已经决定了，我支持你想做的任何事情。"

　　琦琦："谢谢你。放心吧，只要我们一起努力，往后的日子，会越来越好。我也想多挣点儿钱，有了钱才能对我的老母亲尽孝，也能帮助我的家人。过些日子，我们一起回中国好吗？"

　　乔治很明白琦琦虽然因缘分嫁给了他，因善良陪伴着他，但寻根的

想法依旧藏在心里。他现在还这么拼就是想多工作多挣钱，可以早点儿还清房贷，一旦哪天他过世了，他可以多留一些财富给琦琦。让琦琦出去打工，也是为了培养锻炼她一个人独立生活的能力。

前一段时间他看到琦琦已具备了独立生活的能力，不再担心了。这次能出去工作，他会成全琦琦。乔治明白琦琦是为了陪伴他，他得对得起琦琦才是。他努力学习中文，是想给琦琦一个惊喜。如果哪一天条件允许，乔治会跟随琦琦回中国，完成琦琦的心愿，一同探望琦琦中国的家人。

乔治知道，若想在婚姻中获得幸福，他必须少提要求多努力。人生无常，若不努力，谈何幸福？他在尽力为琦琦促成一件有意义的事情，期待着同琦琦一起回到她熟悉而亲切的那片土地，那里有养育琦琦的老母亲和其他亲人。

琦琦从乔治的眼中看到了喜悦，瞬间她感觉这是乔治想要给她的幸福。琦琦感恩在自己中年阶段可以遇到懂她、包容她、迁就她的爱人，她希望就这样平凡地走下去。若是爱能长久，这不正是她梦寐以求的美好浪漫的爱情和婚姻生活吗？

第14章　乔治的变化

可是，有一阵子，乔治变得脾气古怪，喜怒无常，有时对琦琦很温柔，有时对琦琦的态度很恶劣，让琦琦无所适从。

自从正式办理了退休手续后，乔治的情绪一直波动很大，看得出失去房产开发商副总经理的职位后，他很失落，做事没有像以前那样跟琦琦商量着办，而是自己决定后再通知一下琦琦。琦琦隐隐约约感觉到乔治有些不甘心，把原来在公司管人的手段用在家中，有意无意地用命令的语气板着脸对琦琦说事，像是上下级的对话。

考虑到乔治的处境，琦琦还是理解他，知道他需要一段时间来适应，于是很迁就他。毕竟两个人结婚几年了，为了获得绿卡，得好好呵护着这段外嫁婚姻，不能半途而废。

常言说得好，"爱情和婚姻是两回事"，在爱情中可以享受浪漫，但婚姻却是在平凡中体会感受，要一起经营才能共同成长。很多人面对婚姻是很难经受得住平凡的磨合，琦琦也不例外。生活中发生的几件事，让琦琦感受到乔治对她的爱没有那么坚定了。

第一件让琦琦不悦的事就是乔治让她一个人搬家，前文已经讲述了此事，此处就不再赘述了。

第二件让琦琦不悦的事是一次体检的经历。那一次乔治跟琦琦一起去护理牙齿，然后一起配眼镜。

车子开了一个多小时来到了以前乔治联系的私人牙医诊所。琦琦和乔治顺利对上预约挂的号，走进了牙医诊所办公室，各自一间诊室做牙齿护理。待洁牙完成后，乔治请护士叫琦琦来到他的那间洁牙操作室，琦琦告诉乔治："我已完成了洁牙，也拍片检查了口腔全部牙齿，你怎么样？"

乔治用手示意琦琦坐下来说："我可能要换三颗牙齿，医生对我说了，你的牙齿也有几颗有问题，如果不及时治疗，会有炎症影响周边几颗牙齿，后果可能会更严重。所以想与你商量治疗牙齿的费用问题。"

琦琦看着一脸正经表情的乔治，看看已退出治疗室的护士，很听话地坐在乔治的对面，继续听他说下去："医生说你的治疗费用大概需要5000美元，我只能出我自己的治疗费用，因为我单位只给我买了医疗保险，我没有给你买医疗保险，你得考虑从中国那边的银行账户汇进这笔治疗费。"

琦琦听完这番话很震惊，她完全没有想到乔治又分得这么清楚。琦琦瞬间有些怀疑自己听错了，但是眼前明明白白地看着乔治坚持的冷静态度，这不是自己听错了，是乔治已做好的决定。琦琦没有想就直接点头说："我明白了，我还是等回中国去治疗吧，我在中国买了医疗保险！"

乔治又继续说："你也看到了美国的医疗器械多先进，这里的医生的医术你不信任吗？你不愿意在美国治疗吗？"

琦琦严肃地对乔治说："谢谢你的建议和关心，我认为还是等回中国再治疗。在美国虽然医疗条件好，但是我没有钱治疗。以后等出去工作挣钱了再说吧！"

那时琦琦对乔治感到很不满，幸好她没有得什么非治不可的急病，否则以乔治如此心态，自己有可能客死异乡。在那个瞬间，琦琦又强烈地想要外出打工挣钱。

乔治拿出车钥匙，无奈地看着琦琦有些生气地走出治疗室，看着她走远，才起身对护士说下个月先安排他一个人治疗，他妻子的以后再说。

检查完牙齿之后，两个人按计划去眼镜商店配眼镜，这也是一年一次医保计划的项目。

坐在车上，琦琦看着车窗外，尽量避免与乔治的目光相遇。她不想过早地判断乔治对她的感情在起变化，她不想因小事而误会乔治对她的爱在做减法。

不一会儿就到了眼镜店，车子停下后，乔治走在前面，琦琦跟随其后。熟悉的工作人员一眼认出了乔治和琦琦，立即安排他们坐下挑选镜框。乔治不停地挑选着男士佩戴的镜框款式，而琦琦也按照以前惯例挑选着女款镜框。乔治选了他最满意的一款，价格还是最贵的。工作人员立刻帮忙包上，准备结账。琦琦也把看中的镜框拿过来，乔治一看，跟他选择的价格差不多，皱着眉头说："不能买这一款，太贵了，再换一款吧，医保上没有那么多钱了！"

琦琦拿起镜框放回柜台架子上："我不要了，只买你的吧。"

工作人员希望多做成一笔生意，于是替两人解围："那我帮这位漂亮的女士选另一款，既实惠又漂亮，款式大方简洁。"

乔治一看价格，只需补充 60 美元即可，也就笑笑说："好的，就这了，一起结账吧！"

琦琦心想，只要眼镜片度数适合，镜框好不好看不重要了，她需要的是保护眼睛。

乔治的表现渐渐变得不可理喻，但是她尽量去理解他。或许乔治为自己退休收入减少而担忧，所以才变得过分，缩减琦琦的费用支出。不然琦琦都不好找到乔治细微变化的原因。这件事她没有放在心上，心想过一阵子也许他会好起来。

有一天，他们去小镇附近的中国超市购买中国食材，琦琦知道乔治爱吃她做的红烧鱼，给他挑选了淡水鱼还有鸡爪子，又挑选了自己喜欢吃的莲藕、韭菜、板栗、花生、芝麻汤圆、红薯面条等。

挑选完东西，琦琦排队到了结账的柜台，还没有看见乔治出现。既然排到了付款，总不能不结账吧，于是琦琦只好自己付钱结账。琦琦自从出去工作了一段时间后，给家里买的日常生活所需之物，基本上自己付款。之前去购买装修用的油漆和防水水泥，也是乔治说没有带信用卡，那些材料都是琦琦买的单。有一次琦琦和乔治到一家百年螃蟹老店吃饭，临结账的时候，乔治伸出沾满油的手，说去趟洗手间，又自然地由琦琦刷卡买单。

自从买房后，乔治总是对琦琦提起每月的房贷、水电费、修草坪等人工费用，琦琦只是自然地答复说："其实买房跟以前租房相比，并没有增加家庭开支，水电费也是我们两个人均摊，用多少扣多少，还银行的贷款比原来租房子还少了300美元，每月比以前还节省了不少费用。"乔治沉默了一会儿说："那只是表面支出……这样吧，既然你也出去工作了，我从今年起就不能每月给你零花钱了，我需要还房贷。我只能这样做了，请你理解。"

想到这些巧合和乔治近几个月的表现，琦琦不得不开始思考，乔治的变化一定是有原因，不会有这么多次巧合。琦琦不敢往深处想，她很希望这些都是自己想多了。琦琦只要出去工作，就会自愿拿出500美元作为家用补贴，这样乔治手里自然多出了900美元的活动资金，怎么乔治还总是说家庭开支紧张呢？

有一天，琦琦无意间发现乔治在书房通了近一小时的电话，里面传来的是女人的声音，乔治跟对方有说有笑。琦琦纳闷儿乔治跟那个女人能有这么多聊的话题，却偏偏跟自己没有话说。琦琦从乔治的表现已看出了原因，他不喜欢琦琦对英语的学习态度，琦琦没有把学习英语当重要事情去做。

乔治在琦琦面前就跟别的女人聊天，通完话后反而对琦琦说："你根本没有想在美国生活的意思，最近不学英语，你怎么能在美国选择你想做的工作呢？以前我们说好了，当你学好了英语，我退休后跟你一起开一个房屋中介公司，挣的钱肯定比打工挣的钱多。可到现在你连跟我说话还都要靠手机翻译软件，我一点儿都指望不上你了。刚才通话的是我多年前的工作伙伴，我让她帮我引荐好的房地产公司，我要再找工作。"

乔治恨不得把所有的牢骚话一股脑儿说出来。琦琦也是悄悄打开手机录音软件，再用软件翻译才搞清楚乔治心里的不满。

说实话，琦琦真的不想深入学习英语，只打算掌握简单的日常用语，所以被乔治抱怨也不意外。

第15章 外出打工有千万个理由

乔治的身体已经恢复得差不多了，经过那几次让琦琦不悦的事情后，她再次外出打工的想法越来越强烈。经过多方联系，琦琦在外州找到了一份新的工作。

在琦琦提出要去外州打工的前一夜，刚刚吃完晚饭，乔治直接开口对琦琦说："关于你出去工作这件事，有几个问题我必须先说出来，你可以当建议听听。"琦琦边收拾碗筷边点头，默许乔治说出来听听。

乔治示意琦琦停下手中的活儿，能好好听他讲话的内容："第一，我很高兴你要出去工作挣钱，我支持。第二，我想告诉你，你要跟你的老板谈购买工作期间的医疗保险及意外伤亡保险，要谈好雇用员工的福利保障合同条件。因为我没有给你买外州的医疗保险，我也老了，一旦你生病或者受伤了，我不能前往你工作的城市看望，也没有钱给你支付医疗费用。这一点我必须跟你说明白，你听懂了吗？第三，我希望你能理解，我还是爱你的，会想念你的。因为我退休后，经济收入少了一部分，我们买了房子，我的钱需要还房贷、车贷，需要支付水电费和生活其他费用。虽然有卖房的存款，但那是我的养老钱，另外每月我还须支付我的个人养老保险1200美元。之前我对你说过这些关于钱的安排。第四，退休后我没有零花钱给你了，希望你不要误会我不爱你了，我也会继续寻找新的工作。你最好能在家附近找到工作。你认为呢？"

琦琦耐着性子听完乔治像作报告似的谈话，看来他是做了充足的准备。她很冷静回道："关于保险问题，我只能工作挣钱后自己买。因为老板是看我女友推荐的情面上，才给了我工作机会，没有理由要求老板给我们员工买保险。另外关于在家附近找工作，我已试过，但没有找到，所以只有在女友帮助下到外州去工作。

"至于家庭开支问题，我们以前租房和现在买房没有多大区别。我算了一下，租房费用每月比买房还贷款还多 300 美元，其他的水电及生活费用，还是我们两个人所用，没有什么变化。若是我出去工作了，家庭费用只是你一个人的开支，只会减少生活成本。

"另外，我理解你省去给我的零花钱，同时若是我工作正常了，还争取每月交给你 500 美元用来补贴家用。你看行吗？"

琦琦的话还没有说完，乔治打断说："我们换一个话题好吗？"

乔治一听琦琦给他算账一点儿不含糊，有点儿沉不住气。他没有想到琦琦是一个很有头脑的女人，不是几句话就能打发的。怎么说，琦琦也得向乔治当面讲清楚去外州工作也是不得已而为之。琦琦何曾不想在家里做点儿家务，守着乔治过一种快乐的晚年生活？她做梦也没有想到，快 50 岁了，却还要为了生活在异国他乡语言不通的情况下出去找工作来养活自己。

面对乔治的态度，琦琦更是铁了心要外出打工挣钱，解决自己的生存问题。她要摆脱依赖乔治的心理，主宰自己的生活。

临睡之前乔治又到琦琦的卧室说了一番话，琦琦有点儿生气，用冷静眼神看着乔治说："你现在可以回房休息了，你讲的话我都懂了。你的意思是你习惯一个人生活，你希望我能早出去工作，不给你增添麻烦，生老病死都与你无关，只要不影响你的生活就行。这样理解对吗？"

一脸冷漠的乔治连装也不装了："是的，希望你不要怪我，现在这样也不是我想要的生活。我去休息了，晚安，祝你做个好梦！"

这一晚上琦琦还能睡着吗？她也不明白乔治为何退休后变化如此之大。她现在有苦难言，真想结束这场被冷漠对待的婚姻，可她现在没有一下子放手的底气和实力。她多么希望乔治还像以前爱她、体贴入微地照顾她、在乎她，想着想着迷迷糊糊地睡着了。

琦琦也习惯了与乔治分房入睡，自从搬进新家后，两个人再也没有同居一室，并且乔治每周有四天在外，说是与人谈事或者做理疗，在外面吃完饭再回家，要么是上网课学习中文，琦琦将饭做好摆上桌子后，再叫乔治来餐厅共进晚餐。就这样，她战战兢兢地看着乔治的脸色行事，心里充满了委屈。

一个周末，琦琦见冰箱里没有蔬菜了，于是将冰箱中的冻鱼拿出来解冻，准备做一道偏辣口味的中国美食红烧鱼。厨房是开放式的，很容易满屋串味，琦琦做完饭后，将门窗打开通风，将屋内的味道散发出去后才放心地拨通乔治的电话："你今晚要回来吃饭吗？有你喜欢吃的红烧鱼，如果回家吃，我等你！"

乔治那边停顿片刻，说："可以，我半小时到家，和你共进晚餐。"

晚上8点乔治回家了，当时外面风雨交加，乔治进门后边跺脚边说："你还在等我吗？不好意思，突然下雨了路不好走，晚了晚了！"

看见乔治平安回来琦琦就放心了，温声细语说："快洗手吃饭吧，我去添热饭。想喝点儿红酒吗？"

乔治看看桌上的菜，食欲来了，自己赶紧拿了两个酒杯和两瓶不同口味的红酒，问琦琦："你是喝甜味红酒吧，我来一点儿白葡萄酒。"

琦琦高兴地点头说："谢谢你知道我喜欢喝甜味红葡萄酒。来干杯！"

乔治非常喜欢吃琦琦烧的鱼，今天的鱼是用川菜味调料包做出来的红烧麻辣鱼，味道正宗。乔治还没吃到嘴里，就闻到香味了，于是拿起筷子就吃。鱼刚吃进嘴里，就感觉正是他曾经在中国重庆吃到的美味。乔治似乎有些兴奋，又吃下第二口、第三口。乔治很满足地品尝着红烧鱼，麻辣得过瘾，一边吃鱼，一边大声说着以前在中国旅游的经历。

琦琦低头不语地吃着，因为她知道，辣味虽好吃，但绝对不能在吃辣的食物时说话，不然容易被呛到。可乔治没有注意这些，琦琦也不好打断他说话的兴趣，结果乔治真的被呛到了。

乔治不停地咳嗽，咳到眼泪都出来了，咳嗽时还不停地摔筷子、拍桌子，瞪着双眼对琦琦发怒，用手指着琦琦说："你要辣死我呀！我说过别再做辣的食物，你就是不听我说的话，我不吃你做的所谓美食！"

说这话时，乔治似乎忘记了晚餐之前自己那副馋样子。乔治变脸比翻书还快，琦琦看见此刻的乔治面目狰狞的样子有点儿吓人，赶紧避开他的目光，低头收拾桌子上的碗筷，把剩下的鱼端到厨房，用碗盖住放进冰箱里，默默洗碗和整理厨房。

乔治却不依不饶地走到琦琦身边，夺过她手中的碗向水槽里丢下去，拿出冰箱里刚刚放进去的那盘没有吃完的红烧鱼，端起来放到室外透风阳光房的小桌子上，冲着琦琦大喊："你要吃辣的食物，就在外面吃，屋里不准有这种味道，明白吗？"

乔治边说边把琦琦往外推，自己返身进了餐厅，将琦琦反关在四面透风的阳光房里。平日里若有阳光照射的时候，这是一处透气的阳光小屋，但是这是风雨交加的冬季夜晚，乔治这样对待自己，让琦琦从心里感到悲哀。

琦琦心里有多委屈就有多后悔，那种悲凉使她麻木，感觉不到室外的寒意，耳边呼呼的风声都没有使她缓过神儿来。她想不明白为何乔治退休后变化这么大。她恨自己心软，总是在风平浪静后迁就、原谅他，她应该记着这些不愉快的事情，应该学会反抗、学会放弃，而不是默默忍受。

琦琦将心一横，独自坐在室外，冷冷地看着来回在餐厅走动的身影。餐厅的灯光在夜晚是那么刺眼，琦琦坐在室外的黑暗中，透明的玻璃门隔离着餐厅，一里一外、一明一暗、一暖一冷，在夜里显得那么分明。

琦琦在室外寒冷中呆呆地坐着。她在想，冻病、冻死了最好，一了百了。这个想法在她脑子里挥之不去。十几分钟后，乔治突然像是想起什么，打开玻璃门，冲着琦琦喊："进来吧，要是冻病了我可没钱给你治病！"

琦琦没有搭理乔治，她听到这句话心里就明白了，乔治不是心疼她冻着了，而是担心冻病后给他增添治疗的麻烦。乔治最怕在琦琦身上花钱，他近期的所作所为，都已把琦琦当成了废人、闲人、累赘，根本没有当妻子。

这阵子乔治总是对琦琦一副爱答不理的样子，日常购物也不带她出门了，买的食物都是他自己喜欢吃的，经常把自己在外没有吃完的食物打包带回家，放进冰箱。

有一天，冰箱里没有蔬菜了，乔治也不在家吃饭，他却指着冰箱中的打包食物说："你不用做什么菜了，冰箱里这么多吃的，你把它吃掉！"

琦琦看乔治这么对待自己，彻底地心灰意冷了，但是她忍住了没有表现出来。因为她必须忍气吞声，她还在等待朋友帮自己找到新的工作，她的心里早已有了对策。

这几周琦琦能这么淡定从容，多亏了三位好友的宽慰及暗中相助。好友雪梅帮忙联系找工作，又帮忙购买去外州工作的机票；好友琳娜帮琦琦出谋划策应对眼前的乔治。有了好友们的全心帮助和精神上的安慰，琦琦变得更加坚强了，她不强求也不委屈自己。以"不是你的求也求不来"的态度，去面对眼前乔治对她所做的一切。

女友们劝告她，结婚都快四年了，等绿卡到手后再决定是留是走、是分是合，千万不能一时冲动做出前功尽弃的事情。要不是朋友们的劝告，琦琦早就回国了。

琦琦想，听人劝得一半，自己连最坏的打算都有了，还有什么不能忍的呢？迟早都要离开，还不如将计就计。

女友们在微信上安慰出点子说："你留下来，不是离不开谁，而是我们不能跟挣钱过不去。就算要回国，也得先出去工作挣钱，攒钱回去啊！有了钱，乔治一定会转变态度的。如今的社会很现实的，婚姻也是以经济价值等价交换，爱情可有可无，你还不明白吗？乔治这种男人更现实，你还没有看通透吗？"

琦琦感觉这几位先外嫁的女友比她现实多了。她现在也开窍了，只有金钱不会背叛她，如果还像当初那样图乔治外表帅气，图乔治对自己好，那简直是太幼稚了。

现在乔治变了，和他一起生活已失去意义了，只是不甘心这几年的守候成为一场空。所以琦琦接受了女友们的劝告，必须坚持守住与乔治的合法婚姻关系，熬过等待绿卡的日子。在这种情况下，不如先改变自己的现状，去工作挣钱，再规划自己的未来。通过与乔治这几年的婚姻

相处，从浪漫的爱情到近期的婚姻裂痕出现，说明了一个问题：经济地位决定婚姻的去向，琦琦忍气吞声的被动处境都是因为没有经济来源，所以无法当家做主。

琦琦从乔治对待自己的态度上，已明显看出乔治狭隘自私的一面。爱情淡化了，新鲜感没有了，再无浪漫可言，生活中的柴米油盐已把生活折腾得一地鸡毛。琦琦与乔治的婚姻观有着巨大的分歧，两人都开始动摇了，当初相互爱慕的感情早已荡然无存了。

虽说是自己要证明独立的能力，这还不是没有靠山和依赖才走到这般无奈的地步了吗？有哪个女人不愿意小鸟依人呢？琦琦曾听情感专家讲过这样一句话："强势的女人是逼出来，温柔的女人是宠出来的。"

琦琦一想到专家的话，就联想到了自己，她现在不就是像没有人疼爱的女人吗？想想外嫁以来的经历，她觉得这场婚姻可能已经走到了尽头。接下来的路何去何从，琦琦想不出更好的办法，只能指望着自己走出去打工挣到钱后再另作打算。此时，琦琦心里的苦涩只有她自己才能体会，痛苦无奈，心已凉透。

第16章　外嫁幸福感似乎遥遥无期

　　在朋友的帮助下，琦琦选择到离家近一点儿的城市打工，那是一个乘火车需要两个多小时且治安环境比较安全的小镇。

　　到了出发的那天，乔治送琦琦去火车站。到了火车站，乔治拉起行李箱走到购票柜台，等着琦琦用自己的信用卡购买火车票。琦琦也习惯了用自己的钱，就当乔治是作为朋友来送她，不能把他当作为自己尽责的丈夫，不然在心里就会有失落感。

　　火车票买的是离开车时间最近的一趟。每次乔治送行，都会以停车不能太久为由匆忙离开，从没有多待一分钟。之前琦琦会有很多伤感情绪，这次已经习惯了。

　　她知道，如果乔治的心不在她身上，即使勉强把人留下来，他也是心不在焉，没有多大意义。后来琦琦也想通了，也就不放在心上了。乔治也老了，能来送她，能健康平安，就是少给她拖累。只要不影响打工挣钱，不耽误工作，那些不悦的事情琦琦可以不再计较，还是以工作为重，这才是最令人安心的。

　　这份来之不易的工作，也是同琦琦以前一起工作过的店长推荐的。能到店长亲戚家开的店工作，也是因为琦琦技术不错，做人本分、善良，做事踏实，让人放心。店长在微信上介绍过店里的情况说："这里就适合你来守店工作，钱不多，但能早点儿下班。老板娘比我还实在，也是本分人，你就安心工作吧！如果想休息可以跟老板娘先商量，安全方面一定没有问题，这是一个富人小区。"

火车上琦琦翻翻手机微信、听听歌，似乎时间过得很快。琦琦每次一个人出行，都很享受这段孤独中的行程。她安慰自己，人生在世，走过的路越多，见识就越广。除了能体会到人生不同的境遇外，她还看开了很多事，内心变得更加强大，人成熟了，不再像以前那么天真幼稚。

火车准点到站，琦琦提着箱子、背一个双肩包下了火车。因为是初次到这个陌生的小镇打工，老板娘亲自来火车站接她，所以琦琦很放心地先看微信上发的车牌号，对上后再拨通电话。老板娘就在车上等着琦琦，二人相见后，琦琦发现老板娘不仅年轻，而且英文还特别好。

老板娘是河南人，名叫柯柯。看到柯柯一副善良、温柔的样子，琦琦长长地舒了一口气。车辆行驶了十几分钟就到了琦琦要工作的地方，商住两用楼房，一楼被柯柯全部租了下来，还有一层地下室。这就是琦琦新的工作地点和打工的家了。

在车上时，琦琦记下了从火车站到店面这段路上都有哪些标志性建筑，万一有什么事情，自己可以随时回到家。尽管乔治待她冷漠，她还是有一处可以去的地方。

就这样琦琦在新店安顿了下来，时间一晃半年过去了。最近琦琦的牙齿出了问题，可能是因为工作压力以及睡眠不足，牙龈发炎，喝凉水都疼痛难忍。这种时候，琦琦多么希望丈夫能带着自己去医院看病，尽一个丈夫应尽的责任。而乔治一连几天都没有回复琦琦的微信，电话更没打。

琦琦把病情及求助的意愿同时告诉了乔治及朋友们。朋友们都秒回，而乔治在几天后才回复了几句问候，说自己有多忙，如果需要他预约牙医，要在十天后。而雪梅却在第二天就托朋友约到了牙医。当时琦琦感受到友情的暖流涌入心头，友情给了她安全感。

琦琦向老板柯柯请了假，独自一人早早步行去了火车站，乘坐最早的一趟火车，赶两个多小时车程去另外一个小镇看牙。这是朋友为琦琦预约的美国华人开的牙医小诊所，一是考虑到语言沟通方便，二是考虑到琦琦没有医疗保险。

在火车上，琦琦看着一闪而过的风景，感受着呼啸而过的秋风，情不自禁地缩紧双臂抱在胸前。

琦琦拔了牙，几天后才收到乔治的回复，说了一些不疼不痒的关心的话。以前乔治若是这样对待她，琦琦肯定会很伤心也很气愤，但是这次却出奇地冷静，不再期待乔治嘘寒问暖，乔治也没有提治疗需要多少费用。

经过这次牙疼事件，琦琦一下子成熟了起来。她没有了害怕的感觉，反而体验到即便离开乔治，她也一样可以做好以前不敢去做的事，可以在美国生活得更好。这种体会估计琦琦这辈子都不会忘记。这就是乔治逼出来的勇敢，若是以前发生这样的事情，她只会躲在家里偷偷流泪忍受，不会去自救。

此时是 2021 年 11 月的深秋，夜幕降临得很早。琦琦拔掉两颗牙后，嘴里含着医生塞堵上的药棉，肿起了半边脸。虽然当时打了麻药，没有什么疼痛感，心里却是痛苦的。看着镜中的自己一脸的憔悴，脸色煞白，她发出一声无奈的叹息。

小护士是女友雪梅朋友的女儿，名叫艾米。艾米说："阿姨，这是医生开的消炎止痛止血的处方，你得上药店配药，最好今天晚上就用上。一共七天的药量，你按照上面的医嘱服药就行，一周后拍照片发给我，我要根据你的恢复情况预约下次植牙就诊时间。注意好好休息。"

琦琦听着艾米的交代，连连道谢说："谢谢你艾米，替我向你妈妈问好。这次多亏了你妈妈、雪梅还有你的帮助，不然这牙病疼死我了。我会好好按照医生说的注意事项去做，放心吧，谢谢你了！"

紧接着琦琦从双肩包里拿出早已准备好的礼物交给艾米：一只精致的白金手镯送给艾米，一套韩国美肤滋润霜、玫瑰香油送给艾米的妈妈。

这是琦琦的一份心意。当看到艾米打开礼盒露出喜欢的眼神时，琦琦很开心。她觉得贵人不能贱用，她是一个知恩图报的人，所以才有很多贵人帮着她。

艾米帮琦琦叫了一辆出租车，告诉司机送琦琦去火车站。琦琦赶上了回打工城市的最后一趟火车，出了站就赶着回足疗店，顺便到街边药店买了医生给配的药。

如果琦琦没有及时坐火车赶回来，还得在酒店住一夜，不仅多花钱，还会耽误明天上班时间。她现在很坚强、果断，生活把她打磨得不再矫情。琦琦变瘦了，但是变美了。这变化应验了情感专家说过的那段励志的话："女人最美的模样，是经济独立，脸上挂满自信的微笑、能战胜一切困难的神情。"

走出药店，琦琦走在回足疗店的街上，看着远处的灯光，迎面吹过秋风，凉而清爽，好像牙病除了心病也除了。这一夜她成熟了许多，她找到了爱自己的方式，获得了自救的能力。她彻底明白了，只有靠自己才是最安全、最牢靠的。

琦琦迈着坚毅的步子向足疗店的方向走去，她得赶在下班之前到达店里，让老板娘放心，她守时、守信地赶回来了，明天不休息，要继续工作。

第17章　变一种活法儿就通透了

　　琦琦的体质还真好，经过一夜的休息便恢复了精气神。第二天早晨，琦琦为自己做了一碗面条。医生说了，最好吃一星期易消化的不用细嚼就可以咽下的食物。琦琦知道只有拥有健康的身体才能更好地工作。她要好好吃，增加营养恢复体力。

　　足疗店的店面是商住两用的楼房，老板娘把员工安排在店里住宿，一是可以免去员工来回奔波，二是可以充分利用时间做好营业前的准备工作，员工每人每月分摊住宿费300美元。当琦琦打开店门迎接清晨的第一缕阳光时，感觉很满足。她想，从今往后要活得好好的！

　　秋风并没有阻挡客人来店做足疗，随着天气渐渐变冷客人反而多了起来。老板娘又招了以前在此店干过两年的名叫安娜的老员工，琦琦和安娜轮流排头上工。员工做工多，挣的提成就多，这也是员工愿意住店工作的原因。老板人厚道，又尊重员工，对琦琦真的很好。琦琦想通了，只要继续有稳定的工作，比到处打工换地方耽误时间还是强很多。这回琦琦心静如水，就盼着每天有客人来，自己有工做就行。

　　琦琦很平淡地对待乔治，她想，没有希望就不会有失望。反而是乔治这期间比以往联系琦琦要密切，隔两三天就发微信，也像老夫老妻那样客套问话。现在琦琦没有像以前那样在乎乔治了，一方面，自从把乔治当朋友看待，就没有怨气了；另一方面，在美国有一位合法的丈夫，起码有一个身份保障。

　　想想这些，琦琦就不计较什么了。人生观一转变，什么都悟透了，琦琦明白与乔治维持婚姻关系还是有自己的一点儿私心，如朋友们劝说的这样："不管乔治怎么待你，也得把绿卡拿到。绿卡是今后来去自由的一张签证！总是多条路的选择。"琦琦本不在意这个身份，但又不甘心白白耗了多年的光阴。其实她明白，回国发展是最好的归处。

花甲之年的乔治虽然自私，但人不坏，本性还是善良的，是个自理能力很强的男人。就冲这一点，琦琦也时刻提醒自己，无论乔治怎么负了她，她也不会去做对不起他的事。善良待人是她的本质，总把人朝好的方面想自己心里也就没有多大恨了，过的日子自然就简单，没有什么企盼，心静如水地等待。琦琦心想，该来的总是会来，该走的总是会走，是你的命运怎么转都离不开你。

乔治这边没有听过琦琦提出任何要求。自从拔牙后，乔治也觉得有些亏欠琦琦，两人虽是夫妻，但在琦琦生病最需要他的时候，却没有尽到丈夫的责任，经济上也没有资助。他没有想到琦琦不仅没有再找他提过此事，也没谈过看病需要用钱的事情，像是什么事没有发生一样，很礼貌地回复他的微信，但从来不主动在微信上问候，也不要求他为她做什么事了。

感恩节快到了，琦琦准备和雪梅见面，她想趁感恩节请两天假，去雪梅所在的城市请雪梅一起吃饭好好感谢她。琦琦想和雪梅一起过一次不一样的洋节。离感恩节还有一周的时间，琦琦没有等到好友雪梅节日安排的任何消息。到年底，雪梅的工作很忙，她说过放假的时间还不确定，叫琦琦静等她的消息。

没有想到的是，乔治这次主动连续发了几条信息给琦琦，诚心诚意地邀请琦琦跟他一起过节。乔治在微信上说："感恩节在美国就像中国的除夕，是与家人团聚的日子。既然亲爱的不能回家，那我决定去你工作的地方看望你，看望我的妻子。我们已经有几个月没有见面了，其实我一直都很想你。"

乔治的微信内容让琦琦看了后有些动容。琦琦心肠特别软，她最怕乔治对她讲这些温暖情话，乔治说话比做事要有人情味。琦琦明知这是乔治想改善两人关系的手腕，但说得合情合理，若是琦琦拒绝，还显得理亏，因为以前万圣节的时候，她已经拒绝过乔治一次。

老板娘听琦琦说到此事，也劝她还是跟乔治一起过感恩节："毕竟乔治是你的丈夫，这么长时间没在一起，也说不过去。"琦琦权衡了一下，听人劝得一半，雪梅那边还没有回信，乔治这边不断地催着琦琦答应，并且已预订了酒店，交代了前后四天来探望琦琦的计划。

琦琦想了想，回复了乔治："你可以按照四天计划来我这里，我向老板娘请四天假，就这样定了。"

不是琦琦不指望那份关心，哪个女人不希望有人疼爱呢？谁又不希望有人把她放在心尖上呢？这不正是琦琦内心想要又害怕的吗？这一切似乎又回来了，越不想，它却偏偏悄悄来到了身边。但是琦琦并没有往日的高兴，她知道这是一次维持和平关系的相处。若不计较经济利益得失，若不计较夫妻的责任和义务，琦琦把乔治当作一个朋友对待反而更容易相处。不奢求什么，就不会有太多的失望和难过。

乔治在感恩节前一天如期到达预订的酒店，到达琦琦这里时已是晚上 9 点了，正好是琦琦下班的时间。琦琦看见手机上显示乔治的信息："亲爱的，我已办好入住手续。我在酒店大堂等你。"

琦琦跟老板娘柯柯一起收拾完店里的卫生后，被老板娘催着说："你快去吧，你安心休息几天，好好陪你丈夫，让他开车带你去小镇到处逛逛。"

乔治订的酒店是一家连锁店，环境好价格实惠，琦琦下班赶到这里只需步行 5 分钟。琦琦进入酒店大堂，看见几个月没见的乔治正坐在沙发上。乔治面向酒店大门的方向望去，与琦琦四目相视，起身道："亲爱的，你来了！"

琦琦有些兴奋又有些不自在，真不知道为何有些不好意思，这种感觉挺复杂。琦琦暗示自己要大大方方、客客气气地对乔治，情感上不必尽妻子的爱，应该像丈夫一样，把情和钱也分开对待。没有什么应该不应该，学着西方人的处世哲学，嘴巴甜点儿。琦琦快步上前说了一句："开车辛苦了，几号房间？我们上去早点儿休息吧！"

琦琦一手拎起旅行箱，一手牵着乔治向电梯口走去。乔治看见比几个月前消瘦的琦琦，也有些不自在，他不知道琦琦怎么瘦了这么多，看上去 100 磅都不到。虽然他不喜欢女人胖，但是没有想到琦琦会瘦了这么多。

乔治哪里知道，琦琦的内心已有了抵抗能力，心理素质强大了，习惯了自己照顾自己。夫妻之间没有了谁的照顾，也一样活得好好的，而且生活变得简单，无所求，也就不需要忍受和迁就，也就没有了以往的责备和埋怨。

到房间后，乔治递给琦琦一张卡片："这是补送给你的节日礼物。"琦琦打开卡片，见里面夹着一个红包，装着 500 美元现钞，还有一张保险卡。

这次乔治为琦琦精心制作的礼物有三重意义：第一，表明他在意琦琦；第二，用红包表示他经济上的支助；第三，已买了琦琦最关心的医疗保险卡，让琦琦安心。乔治用实际行动表示妥协，开始为琦琦着想，为缓和以前的不愉快做出了让步。

看了这份礼物，琦琦心里感到温暖，这算是她长期在外打工挣回来的关心？她转给乔治多少钱，乔治就还回多少钱，一点儿不多，一分也不少。被乔治拥抱的琦琦也在体会，似乎已经很久没有这样亲密相拥了。乔治顺势吻了一下琦琦额头："我爱你。"琦琦礼貌地回应了一句："我也爱你。"还沉浸在温柔之中的乔治有些疲惫地说："今晚早点儿休息，我累了，明天上午我教你如何使用医保卡。"

第二天，乔治为了激活给琦琦买的医疗保险卡早早起床，那些保险条款都是英文，琦琦用软件翻译的内容不准确，看不懂就问乔治。乔治操作着网页，一会儿显示中文，一会儿显示英文，一晃四小时过去了。乔治有些不耐烦地指着琦琦半开玩笑地说："你来这边几年了，没有学到真东西，到现在英文都还不懂。我现在教你使用医保卡都吃力，要是有什么紧急情况你需要打急救电话，你都说不清楚，甚至你连家里的地址都不会说，我很担心你。如果我死了你怎么办？开车你不敢，英文你也不学，而且你根本不想学，不知道你整天在忙些什么。"

琦琦突然觉得只要依赖乔治，他就表现出这些厌烦的眼神和语气，跟他相处才两天就这样不耐烦了。琦琦感觉乔治真是在鸡蛋里挑骨头，不是真爱她。

乔治满脸的无奈和不耐烦，把琦琦当成累赘也不是没有原因。乔治对琦琦不学英语这件事非常反感，她不想学英语只能说明她不想在美国待下去。她没有这个心思，他还去督促、指责有用吗？他已经是这把年纪了，不知道还能顾她多久。

在美国不开车等于没有腿，以车代步是生活中不可缺少的一门技能。琦琦出了一次车祸后就再也不敢开车了，乔治也从来不提开车的事情，也不带琦琦练习。就这样恶性循环，乔治没有了包容心。如今两个人采取冷暴力应对婚姻生活。有时候理性起来又想到去弥补对方，但是如果在一起，又会有矛盾，老调重弹，都看不到对方的好。时间长了，眼里看见的都是对方的缺点。

琦琦没想到休假期间会发生这样不愉快的事情，但是她没有理由说乔治什么，毕竟这个事是自己的错。但是她也快到50岁了，这个年龄还要在美国打工，还要自己学英语、自己开车，真是难为自己了。自从出了车祸以后，她就有一种恐惧心理，根本不敢开车，怕出现生命危险，干脆不学。

乔治最关心琦琦的生存问题，当他看出琦琦根本不想在美国待下去的时候，想帮就帮，不想帮就装。其实，只要琦琦不找他伸手要钱，他就默认了这种婚姻关系。

对此，琦琦很失望，这种关系维持下去还有什么意思呢？像这样反反复复相互责备的冷漠场景多次上演，琦琦已感到心力交瘁，撑不住的那一天迟早会到来。

第18章　月明月暗月下忧

接下来相处的四天，乔治驾车带着琦琦前往美国的佛蒙特州的小镇去看满山遍野的枫叶，那种神奇景象，让琦琦忘记了所有的烦恼和牵挂。如果能常常置身于这画卷般的景色中，那该多好。眼前的大道空旷，无车鸣声，沿途两旁全是漫山遍野的枫叶丛林，由黄渐变成红色，像一片花的海洋，那么美好。

琦琦同乔治在共享感恩节的时光，仿佛忘记了已分居两地的惆怅，忘记了2019年的感恩节出车祸那天的惊险一幕。

看着乔治兴高采烈的样子，琦琦就觉得她和乔治只有"同甘"——享受好生活——却不能"共苦"。如果婚姻中永远不需要提到钱，不把经济利益看作生活基础，他们的相处也可以很舒服。就像这几天出来游玩的方式，住酒店乔治出钱，吃饭琦琦主动买单，途中加油费用琦琦主动分担。为了感谢乔治来看望自己，琦琦还给乔治买了围巾、保暖衣，同时还交给乔治500美元。琦琦这样做，就是把乔治当朋友对待了。乔治对她的主动窃喜，表情喜悦地照单全收，丝毫没有不好意思，当然也没有察觉这是琦琦已放弃了对他的幻想，放弃了他在婚姻中能给予她幸福的希望。琦琦已认可了照顾好自己就是最好的靠山，学会了独自撑伞挡风遮雨。

琦琦想，赚到的钱就是用来花的，如果能施舍一点儿，就能使没有爱的婚姻可以各有所需地维持下去，互不打扰，互不纠缠，互相取悦，这日子也就过得去。如果总是在鸡蛋里挑骨头，自己也不开心，真是得不偿失。琦琦劝自己，改变不了现实中的乔治，还不如先改变自己，把那些不甘心的念头从心里去掉。

幸福和痛苦都是自己找的，如果早把工作挣钱放在第一位，她和乔治的关系就好处理了。能用钱处理朋友之间微妙的关系，为何就不拿来平衡婚姻关系呢？琦琦想到这里，觉得自己以前很傻。当然，现在醒悟也不晚。

琦琦劝自己别钻牛角尖，追求什么真爱，爱能当饭吃吗？自己也体会到了没有乔治的爱，她也活得潇洒自在，可以随意买自己喜欢的衣服、首饰，也可以大大方方、无所顾忌地帮助自己的亲人。琦琦想到身边外嫁的女友，婚姻都不是很幸福，这是什么原因呢？如果婚姻有爱和善意、鞭策和苛责，更能助人成长。可是乔治如今变了，他在行动上永远给不了曾经承诺的那种衣食无忧、海誓山盟的浪漫生活。

琦琦也在意旁人的说法，她不希望自己被说成是多么物质的女人。只是因为她对婚姻已失望，想证明一个女人也可以勇敢走出婚姻形式的枷锁，把日子过得有尊严，而不是可怜巴巴地乞求别人的施舍，作家张爱玲书中写的那种低到尘埃里的爱琦琦真的不想要，只想平等相处就好。

四天的时间过得很快，琦琦想着早点儿回去工作，倒是乔治有些依依不舍。他开车送琦琦到工作地点附近，似乎还未尽兴，嘴角微微上扬，笑转头对副驾驶座的琦琦说："其实我真希望咱们俩再努力三五年，就回我们的家，过上以前那样的日子。你说呢？"

琦琦扭过头望了乔治一眼，脑中像涌泉一样浮现出很多曾经幻想过的场景，幻想着跟乔治在一起白头偕老的温馨画面。琦琦从嫁给乔治的那一刻起，本就要好好地过相扶到老的简单生活，也没有想过自己会在快步入中老年阶段还需要出来为生存奔波，今天听出乔治的话外意思，就是这种打工挣钱的生活还需要坚持三年至五年。

琦琦想着，按照乔治的家庭计划，如果到50多岁还有继续工作挣钱的压力，这不是她想要的生活。可是现在的这种两地分居生活，她似乎已经习惯了，自己过得不错，乔治看上去也很健康，还不需要她去照顾。似乎乔治还很享受这般生活，平时各忙各自的事情，微信上礼貌性地关心问候一下，知道彼此都还好就放心了，偶尔遇到重大节日，两个人相聚便好。琦琦每两个月休息一次，坐火车回家中看望乔治，在邻居们面前露露脸，有意在前后花园浇花洒水，保持着女主人休假往返的正常生活，使乔治免去解释太多的尴尬。

车子快到琦琦工作的地方时，琦琦才回过神，转向乔治说："我同意你的想法，只要身体健康，我们还能被聘用，继续干多久都行，毕竟只有工作才能创造价值，在家待着还会闷出病来。你暂时没有找到工作，在家里就多辛苦做些家务活儿。我干这项服务人的足疗工作，虽有些委屈自己，但能挣钱，我也愿意，这说明我还是健康的身体。你年纪也大了，若没有公司聘用你，也不要勉强，人都有休息的那一天。再说了，你还有退休金可以养老，为什么不制订一个退休后的生活计划呢？这点我不懂，其实我们两个人生活的费用应该够用，为何还要那么拼、那么辛苦呢？"

乔治没有认同琦琦的观点，还在强调因为房贷要还，医疗保险费要续保，争取每年一次的旅行费用，还有他喜欢在夏季享受开船游玩的生活，船的维修保养也是一笔开销。乔治认为这是维持高品质生活必不可少的。他认为有一艘船就是中上阶层人高品质的生活表现，他不想放弃这种享受湖面宁静、享受阳光和航行风光的生活，他感觉掌舵着船的方向盘就驾驭了一切，他在航行中就能找到自信和满足感。

琦琦再一次委婉地劝乔治卖掉船，结果乔治依然说："如果我卖掉这艘船，还会努力买一艘更大的船。现在没有实力改善，但我必须维持现状。我可不想因为你不喜欢，就放弃我喜欢的生活。你今后别再提这件

261

事情了，我们可以换个话题吗？"

琦琦听着乔治有些不耐烦的语气，话到嘴边又咽了下去，看着路说："你就按照你喜欢的方式生活吧，照顾好你自己。我到了，我要继续去工作了。你不用下车，路上慢点儿开车，下次再见！"

乔治知道琦琦因他说话的口气而不悦，但是他也看得出来琦琦已很有抵抗能力了，有他没他琦琦都能活得很好。乔治心里明白得很，自己不仅没有替琦琦承担任何生活开支，而且每月她还拿出 500 美元补贴家用，不用两年他就可以把花在琦琦身上的钱陆续拿回来，还会收获更多的经济利益。

乔治心里盘算的这笔账，其实琦琦也算过，她就当是还账。此时两个人各有一本账，如果乔治感觉没有互相利用的价值，也许早就提出分手了。离婚对琦琦来说也不是什么坏事，更不会感觉天要塌下来，只是现在提出来分开自己不甘心。

和乔治网恋到结婚这段时间，要是没有发生那场车祸，暴露出乔治的自私本性，琦琦会心甘情愿地守候着这段自己选择的感情。她曾经幻想着乔治永远珍惜他们的爱情，在有生之年能相依相伴。琦琦不图乔治的钱财，只图他对她无微不至的体贴，这就足以让琦琦下定决心，放下亲人和朋友，从千里之外嫁到美国。

如果不是为了爱，琦琦是不会远赴异国当外嫁新娘，可这段让人曾经羡慕的婚姻，却在维持四年后就出现了危机。琦琦想要的爱与温柔已被磨得所剩无几了，彼此多花一分钱都会记在心间。琦琦体会到，所有发生的事就像是一场场交易，是价值索取，只是没有撕破脸。两个人的修养都很好，乔治表现得很绅士，遇到尴尬难题总是会立刻换一个话题。这已经是乔治的惯用伎俩，琦琦心里跟明镜似的，清楚她与乔治商量的事情都会不了了之，他常常用转移话题这一招避免回复不妥引起琦琦的不满。

车停下了，乔治坐在车上望着琦琦下车，摆了摆手："你去吧，我们再坚持几年就好了，我回家后还是会继续找工作。我也想早点儿过上正常人的生活，不想这样分居两地，你懂吗？"

琦琦当然懂乔治的意思，他想维持现有的生活品质，又想琦琦工作挣钱补贴家用，还不需要他负担琦琦的生活开支、照顾他的生活起居。琦琦也想过这种老了有伴儿还有钱的生活，可是内心总怀疑，持有这种金钱观的婚姻能维持多久？她的善良让自己不想与乔治计较，但她也不确定自己的心态会不会发生变化。随着工作压力的增加，琦琦的想法也会发生变化，总拿中国与异国他乡比较，这么大的落差让琦琦改变主意是分分钟的事情，但她又不甘坚持了几年的婚姻生活因为自己的一时冲动而失去获得身份的机会。

这也是琦琦纠结的重点。其实在琦琦的心里，绿卡已经不那么重要了，她就是想赌一把，看看她和乔治的婚姻是否真的那么糟糕，那些永

不言弃的爱情是不是都是传说。

也许以后再也没有这样的旅行了，琦琦不确定还能和乔治走多远。只要乔治不过分，琦琦还是会迁就他。谁让她这辈子遇见了这个缘分呢？琦琦一想起那么多外嫁婚姻中的姐妹都掩饰不住心里隐藏的那么多痛楚，就感觉自己走进了盲婚的怪圈，进退两难。一种莫名其妙的无奈感涌上心头，茫茫人海，真情难寻。

第 19 章 一瞬烟花落

此时，琦琦觉得自己就像水中漂浮的浮萍，她站在店门口望着乔治开车离去，转身踏入店内，进入工作状态，一刻都没有停。平日里琦琦从不休假，这次是因为乔治特意来这个小镇看她，老板娘就批准琦琦休假四天全程陪同，享受老夫少妻的旅行生活。

在与乔治短暂相处的几天里，琦琦从乔治的谈话中得到了她想找的答案。这一晚，琦琦满脑子想着这种分居两地的异国婚姻该如何继续经营下去。

为此，琦琦跟几个外嫁的女友探讨过，答案都不一样。

好友雪梅说："趁能够做得动，就干几年，多挣点儿钱，到老了咱们约着一起回国，在一个四季如春的城市一起养老。"

好友露西说："等我小儿子读完大学了，我就回国，我们一起在海边养老。"

好友菲菲也在微信上留言说："当你回中国了，我也从澳大利亚飞回中国，我们好好商量，邀请几个好友一起养老。"

好友们的未来计划，都有回国的打算，掏心掏肺地表达中国是自己的根，祖国才是最安全的港湾，只有生活在祖国的大地上，才没有那种漂泊的孤独感。

这一次跟乔治分开后，琦琦几个月没有再跟他见面，每天都是早起做些准备工作，到晚上下班后，独自一人把店门锁上，再回员工宿舍休息。她每天都让自己忙碌起来，以忘掉那些烦心事。

这几个月里，琦琦的生活状态很不好，她感觉不到快乐，连挣钱也没有当初的热情了。最近跟乔治没有多少沟通，他正在积极张罗着进养老院事宜，根本没有考虑到妻子琦琦在外工作的辛苦，自顾自地办了一个人的养老保险，只要他感觉需要进养老院的时候，办完手续就可以入住。乔治早已做好了自己的养老计划，却推说是认识琦琦之前就规划好的方案。他咨询过保险公司，若是琦琦这个年纪投保办理养老保险，每年需要交很大一笔钱，不划算。乔治在微信上明确说过，他没有这个经济实力为琦琦购买医疗保险和养老保险。

　　琦琦知道这个消息后，失望地收回自己的期待，从获悉乔治准备一个人入住养老院生活的打算后，与他联系得更少了，几乎连节假日团聚的机会都没了。

　　这一年在圣诞节来临之前，琦琦终于拿到了等了很久的绿卡，可她没有一点儿喜悦，这张绿卡耗尽了她的整个身心，换来的是疲惫不堪和沉甸甸的愁思。她问自己：这场外嫁的婚姻生活值吗？这还是她当初为爱而嫁的婚姻吗？

　　虽然名义上自己和乔治有一个家，可琦琦从来没有享受过安逸、稳定的生活，在那个新家，她只生活了几个月，就被冷暴力逼着离家外出工作。现在，平安夜近在眼前，而乔治没有一点儿动静，琦琦一个人度过一个个无眠的夜晚。望着窗外的天空，她沉思良久：拿到绿卡又有何用？还不是过着两地分居的生活？

　　以前想着拿到绿卡后可以在两国之间往返，过上移居的自由生活，只要乔治还活着一天，她都会守候在身边陪伴。可现在，她感觉是自己多情了，乔治压根儿就没有指望过她的陪伴，关键时刻这所谓的丈夫还是辜负了她的善良。换句话说，乔治根本没有把琦琦的去留当回事，还一直认为琦琦就是为了那张绿卡而留在美国生活，不跟她离婚就是对她最大的恩惠，是在帮助她如愿地合法留下来。

望着手中的这张绿卡，她丝毫没有幸福感，还是和以前一样去工作、去忙碌，为生活而奔波。看来自己真的该考虑回国定居了。

平安夜这一夜很漫长，她一直熬到天亮，决定出门走走，想想如何改变自己的生活现状。她无精打采地向小镇的湖边走去，想好好地静一静。

琦琦想起了老板娘对她说过的话："我打算不久之后就回中国，到时候把这足疗店关了，你若是想接手这个店，盘给你也行啊！"琦琦当时直接回老板娘说："我也想回国好好享受人生了。我不打算在美国开店创业，你可别想让我来当这店老板。"

想起这段对话，就好像发生在昨天。

公路两旁的大树掉光了叶子，只剩下光秃秃的树干，落叶铺满了地面。琦琦漫步在街头，神情茫然，情绪低落，心里空荡荡的。枯叶在脚底发出咯吱咯吱的响声，琦琦围着的那条鲜红的围巾随寒风飞舞着。那是母亲送给她的，用来保暖挡风。她猛然听见飞机的引擎声传来，停下脚步，抬头仰望天空，看见一架飞机从她的头顶掠过。

此时她更加想念中国的亲人。她已有几年没有见到亲人了，这种惆怅没人能懂。爱已经没有了，婚姻也不如意。对于这种不幸福的婚姻，离婚才是一种解脱。可回国又怕丢人现眼，担心有些人嘲笑她……她现在该咋办？

直到看不见飞机的踪影，琦琦才收回目光，低头沉思了一会儿，再默默地挪动着脚步。她似乎做出了什么决定，步伐越走越快。接着她快步向湖边跑了过去，眼睛里含着泪水，露出了已做好准备的神情，好像已铁了心，做出了一个大胆而重大的决定。

琦琦快速地冲向平静的湖边，一个急刹，停住脚步。旁边晨练的人还担心她想不开跳湖自杀呢。此时她想明白了自己想要什么样的生活。琦琦面向寒冷的湖面解开围巾，向天空挥动着，并将心里憋了很久的话大声喊出来："是你乔治心里没有我的，是你不需要我了，别怪我放弃这场没有爱的婚姻，我该飞回我的祖国了，我决定了！"

这时，清晨的阳光正慢慢地从东方升起，琦琦擦掉脸上的泪水，远远地站在那里，平静地呼吸着清新的空气，释放着一切压抑的情绪。她要跟这几年来的人生轨迹彻底告别，让一切随风而去，她要活好当下！那些虚伪的面具和虚荣心，让它们都见鬼去吧！

当琦琦心里有了回国的计划后，内心顿时涌出无穷的力量。她相信，只有回到祖国的怀抱，她才不会畏惧，那才是最大的安全保障，自己的家才是她想要的幸福港湾！那种由内向外从骨子里流露出来的自信，再次清清楚楚告诉她，自己才是靠山。

机场的天空飘浮着朵朵白云，一架飞往东方的航班，正冲上云霄，上升，上升，飞向更高。此时，琦琦已经坐在了飞机的座位上，她紧闭双眼，可脑海里却浮想联翩，像是做梦又像是真的。这次她终于回来了，至于以后是去是留，已不那么重要了，最重要的是，她已经找到了人生幸福的方向，命运已掌控在自己手中，只需按照自己的内心去选择……

后记

我萌发写外嫁女性盲婚题材的故事这一想法已有很多年了。在生活中，我接触过不少外嫁女性，从她们的倾诉中了解到很多真实的故事，有很多外嫁女性不幸被骗，婚恋中介公司为牟取暴利，大肆鼓吹"外国的月亮比中国的圆"的论调，骗取了无数位女性的会员费。所以，我创作《盲婚》这部长篇小说，是为了告诫广大女性朋友，在选择走外嫁这条路时一定要慎重，以免毁了自己的一生。

历经三年往返实地取材，五年多的艰辛，终成此作。承蒙几大纸媒体、音频平台、掌阅平台，以及出版社的大力支持，使这部长篇小说在原创基础上日就月将，终于和广大读者见面。

在本书出版之际，向为此书献计献策的文学前辈以及为本书顺利出版付出艰辛劳动的编辑老师表示深深的谢意！感谢大家的信任和支持，我也将继续努力，希望在以后的文学创作中创作出更多更好的作品。

赵舒娴

若待上林花似錦